只为卿云

周闻道——著

天津出版传媒集团

百花文艺出版社

图书在版编目（CIP）数据

只为卿云 / 周闻道著. -- 天津：百花文艺出版社，
2024. 7. -- ISBN 978-7-5306-8881-6

Ⅰ．I267

中国国家版本馆 CIP 数据核字第 2024BN0853 号

只为卿云

ZHI WEI QING YUN

周闻道　著

出 版 人：薛印胜　　选题策划：汪惠仁

责任编辑：张　雪　　美术编辑：任　彦

出版发行：百花文艺出版社

地址：天津市和平区西康路 35 号　邮编：300051

电话传真：+86-22-23332651（发行部）

　　　　　+86-22-23332656（总编室）

　　　　　+86-22-23332478（邮购部）

网址：http://www.baihuawenyi.com

印刷：天津联城印刷有限公司

开本：880 毫米×1230 毫米　　1/32

字数：180 千字

印张：7.625

版次：2024 年 7 月第 1 版

印次：2024 年 7 月第 1 次印刷

定价：58.00 元

如有印装质量问题，请与天津联城印刷有限公司联系调换

地址：天津市宝坻区新安镇工业园区 3 号路 2 号

电话：(022)29937958

邮编：301825

目录

相约……

呼伦贝尔的冰火之约

出发了,从一个叫天骄的宾馆,目的地是陈巴尔虎旗金帐汗蒙古部落。从火热进入冰冷,去参加一场冰与火的祭奠、一种与欢乐和喜庆相关的生命仪式——呼伦贝尔冬季冰雪那达慕大会。

一

我们应约而来,在这个冰雪隆冬。

与其说是朋友相约,不如说是冰火之约、生命之约。几千年来,或者说几千年前的几千年,这相约就已开始。这里的草原、湖泊、河流,这里的山和山上的动物植物,总是独立独行、神秘莫测,在冰与火的磨炼中顽强生存,并发出邀约或诱惑。多少人怀揣几分敬意、几分好奇、几分畏惧,应约而来。一年又一年,一代又一代。

亚洲草原最早的游牧帝国,至少在两千多年前就已形成。无疑,呼伦贝尔,是牧民们最早的家园。东胡人来了,乌桓人、鲜卑人、蒙古人、鄂伦春人、鄂温克人也来了。他们为冰火之约而来,为繁衍生息、逃亡迁徙而来,或为争掠占领、逞强扩张而来。落地容易,生根却难。他们逐草而栖,居无定所,只能以冰火为伴。只是梦从未曾熄灭,留下或离去,梦圆或梦碎,轰轰烈烈或平淡无奇,都不重要了,重要的是来了。

这次是我来了,有点儿姗姗来迟。

当然,所谓迟,是相对的。在这片土地,冰与火、草与河,或者湖,才是土著,其余都为客。并不仅仅是因为早,这里没有国际法上的发现与占领优先原则,而是因为本质和意义。对于生命,时间是一个并不可靠的证人,根本无法求证。古老而年轻的呼伦贝尔冰火,丢给我们一个鸡与蛋式的悖论。

"生产的原始条件表现为自然前提,即生产者生存的自然条件,正如他的活的躯体一样,尽管他再生产并发展这种躯体,但最初不是由他本身创造的,而是他本身的前提。"马克思在《经济学手稿(1857—1858)》中的告诫,似乎是对牧民们所说。生存法则就是铁的定律,必须首先征服自然,才能发展自己,追梦才有可能。自然是什么?是草绿草枯,是夏天毒热、冬季滴水成冰,是蛮荒无序、天敌遍野。而火,与冰相生相克的草原之火,是拯救,是奢侈,也是炼狱。更重要的是,在偶得之前,火还是一个虚无的概念,不及水中之月。这些北方游牧民族,只能狩猎、牧养动物,作为食物之源;以动物之皮,作为保暖之衣,并因此而适应自然,推进文明。而冰与火,是贯穿始终的纠结。

是个偶然,首先走近我的是冰雪。

二

冬季的草原,只属于有心者。我们这几位不适时宜、远道而来的不速之客,能来,是荣幸。

出发前就收到主人的短信提醒,天气寒冷注意添衣。一种温暖,考虑得真周到,我有点儿感动。寒冷,有多寒冷?零下 15 摄氏度至零下 26 摄氏度,伴有 2—3 级偏北风。呀,这样的冷,怎不令人闻之而栗？这是个什么概念？长期生活在成都平原的我,从来没有体验过,也根本无法理解,这种极寒已超越了我想象的极限。恐惧、好奇、神秘,似乎什么都有,又什么都不是。

心朝着一个方向,未知被想象完成。带着这样的心情出发,这感觉被一路催长切换,演变成飞机舷窗外的五彩冰凌,机翼下不断铺展的山舞银蛇,行走中亦步亦趋的叽叽喳喳碎响,与呼吸伴随的丝丝缕缕白色雾气,以及热情主人早已备好的线帽、棉裤、皮靴、羽绒服、防冻霜和生热贴。冰雪已摆脱具象的羁绊,幻化成一种感觉,萦绕在我的主观世界。我相信,当一个意象让人如此纠结时,它背后一定隐藏着比寻常更多的东西。

是的,别急。

关于呼伦贝尔,一个冰雪的童话,还没有开始；这些所谓的感觉,不过是个肤浅的序言。不信,请随我出发,到陈巴尔虎旗金帐汗蒙古部落,去看一场冰与火的盛典。

一色的白,横无际涯。汽车像一只笨拙的小甲虫,在雪原上艰难爬行。到了。主人反复提醒,下车一定要戴上帽子、手套、生热贴；在雪地逗留的时间久了,最好戴上太阳眼镜；身体的任何部位,都不能露在外面。对这种武装到牙齿的防寒措施,我们总是不习惯,甚至怀疑这有点儿夸张。回答也往往是"没关系,没关系",一副不以为然的样子。这也难怪,酒店里令人冒汗的暖气和开到最高档的汽车空调,都使我们被置于另一个温暖的小世界,以至于形成许多假象,让人忘记了极寒的威力。冰雪的威力，并没有因此而改变。

我的怀疑，很快被击碎。数据显示，车窗内外的温度相差近 50 摄氏度。温差变异为一缕轻烟，袅袅的、浓浓的、白白的，有几分妖娆的狂野，在车门开启的一瞬，魔幻般冒出，萦绕在车门间。这是有形的。无形的是冷，伤筋透骨的冷。伴随轻烟，一股寒气扑面而来，给人一个冷不防的突然袭击。身体的裸露之处，不仅是脸部和耳鼻，无法完全封闭的袖口领口，都有明显被寒气侵袭的感觉，且程度不断升级。先是凉，幽幽的凉，宛若夏日里的风，让人有些微的惬意与清爽。紧接着是冷，飕飕的阴冷，由凉转换而来，有丝丝的寒意，在身体的某个部位蠕来扰去。然后是痛，隐隐的刺痛，在阴冷处生成，疯长，似有一根根尖利的刺，正慢慢地刺入肌肤，越来越深。就在我戴线帽、口罩、生热贴的短暂时间，那寒气已乘虚而入，从领口贯入，直感觉有一股飕飕的凉，以颈为界，从上至下，满身乱窜，在棉衣与身体之间，分隔开一条线，或者说缝隙。随着寒气的漫延，中间的缝隙越来越大，让身子感到空荡荡的，仿佛游离于不着边际的寒冷里。我赶紧围上围巾，此时，才感觉僵硬的双手已不听使唤。

浑身严严实实包裹完毕，想到该看看草原了。

草原消失了，冰雪统治着世界，这是我的第一印象。四野茫茫，天地一色，记忆被清零，我甚至辨不清东南西北。方位与草原，是在主人一句不经意的介绍中找回来的。

那达慕，欢乐喜庆之意，一个蒙古族的传统节日，这次是在冬季举行。然而，在这片空旷的冰雪之野，几乎找不到与节庆相关的元素。没有壮观的演播厅和大舞台，也没有观礼台、主席台、检阅台，只有几座蒙古包和类似瞭望哨的高台，被雪舞的彩旗勾连在一起。参与的人也是散乱的,看不出有什么统一组织。牧民们身着各色民族服装,牵来牛马和骆驼,聚集在一起,有的策马雪域,有的在试马鞍,有的则在与来客闲聊、合影。人群的旁边,是一带洼地,与其余雪地有明显区别。那一带洼地隐隐地来,蜿蜒而去,头和尾,都没有走多远就消失了。一丘高地,似曾相识,微微隆起,挡住了洼的来路;洼的尾,则被苍茫的白色吞噬。我心中一个激灵,想起了一个词:山舞银蛇。我有点儿发愣,不知是要搜寻诗的意境,还是要寻找蛇的踪迹。主人好像看出了我的心思,热情解释道:"那是莫尔格勒河哩,今年的冬季冰雪那达慕,就在这河畔举行。"

莫尔格勒河,一个熟悉又亲切的名字。

三

哦,想起来了,想起来了。

记忆很快被激活,回到两年前的夏末。我不是来过吗?带着一个梦,和梦的行李。那天,我们下飞机后,就包了一辆车,从海拉尔出发,经弘吉剌部蒙古大营、莫尔格勒河、根河湿地、敖鲁古雅鄂温克人部落、额河边境、黑山头,到达满洲里。往事并未如烟,一切就在眼前。亲爱的莫尔格勒河,你还记得吗,那个痴迷的游人?我与你一样,对这草原都依恋太深。我走了又来,而你,似乎更不舍离去。从大兴安岭的哈达岭出发,到汇入海拉尔河,319 公里行程,你依依不舍、弯弯曲曲,绕行了 1500 公里。不,是徘徊,就像古诗所描述的孔雀东南飞时的心情。此刻,我就在你身边。追忆历史,或相伴流连,都远远超越了所谓的缘。你没有忘记吧?我的足迹、我的亲近、我在草尖上的呼吸。不然,呼伦贝尔怎么有那么多的故事?

一切仍在眼前,并非简单的记忆还原。

莫尔格勒河,隐藏在陈旗草原深处,"天下第一曲水"是它的笔名。金帐汗蒙古部落就栖居于这里。

汽车在草原上穿行了大半天,与其说是累了,不如说是"走车观草",总有些不够味。到了下午,在一处草水相依的丘坡前,我终于忍不住了,请师傅停下车,直奔那草那水那坡而去。登上丘坡,放眼四野,我震撼了:这才是草原!西斜的太阳,收敛了毒热张狂,留下了满草原的明丽清爽。阳光往草原上轻轻一洒,广袤的草原便被注入无限的柔和与蓬勃。主体是绿,一望无际,不仅溢满了丰草之地,也染透了天上的云和河里的水。

是的,绿改变了世界,也主宰着草原。

天蓝得完整而纯粹,看上去好像是没有天。莫尔格勒河是浪漫而抒情的,它的姿势、它的步态、它的容颜,都似乎在刻意与草原呼应。于是,染了一身绿,却丢掉了自己。花和草的区别,只有在近处才存在,远处望去,一切都融入进浩瀚的绿影里。山坡上、草海里、河岸边的蒙古包和牛羊,更像是上帝的骰子,摆放在绿毯上。哲学家说,绿是生命的底色。我相信,这么浩瀚的绿,聚集于草原,一定是有原因的。我放下梦的行李,枕于草,牵一缕深邃的蓝,拟作香被,覆之于身,找另一个梦幽会。

然而此刻,一切都消失了。主人的热情解释,并没有释去我心中的疑惑。没有草和绿,这草原还算草原吗?

我有些不甘心,甚至不愿相信。

收回视线,把目光聚焦于眼前,我要寻找绿的踪迹。还好,没费多大工夫就找到了,就在身边。不是草,而是草与同族的草原植物,而今只剩枝蔓。应该是花,只是我叫不出名。有了花,草原的绿,才浸润着香味。曾经的童话,已经入梦,此刻,却轻易就被唤醒。那天,我们摘了一些花,在草原乱跑,忘乎所以。花的品种很多,香味、色彩、形状各异,带着泥土和牛羊粪的气息。我将这些花朵精心包裹,一束一束,放入梦的行李。目的非常明确,要带回家去,把它制成标本,夹于书页,作为梦的珍藏。

原来,懂得珍藏的并非仅有我,草原更用心。

大地是书,冰雪是纸页、花草、牛羊、蒙古包、弓箭、陶俑、头盔等,都是文字。当然,主要还是人,牧民。东胡、匈奴、突厥……草原的足迹被他们牢牢记住,珍藏在书页里。阅读是庄重的,我心怀敬畏,轻轻走近,躬身俯地,贴近那枝蔓。不是怜悯,是敬重。手套太笨拙,摘掉也罢,什么冰雪,什么冷不冷,见鬼去。我与枝蔓,手触着手,肌肤贴着肌肤,感觉不是冷,是温度。伸出指尖,贴近枝蔓,轻轻捡起上面的几片积雪,放入舌尖,化了,丝丝地甜。太阳眼镜越来越模糊,试图摘下擦拭上面的雾,才发现手指已经麻木……

珍藏被思绪检索,两年前的此在,被在场再现,还原成温馨的镜像。金针花、金莲花、白刺梅花,更多是不知其名的花朵,但我相信,眼前的枝蔓,就在其中。

冰雪覆盖下的枝蔓,近似标本。

叶已掉尽,花已遁迹,绿已逃离,只剩光秃秃的枝蔓。冰雪当下,这不是畏惧,而是策略。智者,向来不与天道背行。枝蔓是挺拔的,坚守在冰雪的重围之间。不是一株两株,而是一片。冰雪近尺厚,以一种铺天盖地的强大之势倾泻过来,淹没了草原的绿,却无法扼杀生命。奔腾的骏马、负重的骆驼、冬牧场里觅食的羊群、冰河下面游弋的鱼儿、蒙古包里弹着马头琴、唱着《美丽的草原我的家》或《敖包相会》的牧民,都是证明。还有这孱弱的枝蔓,蔓草青青,繁花似锦。逃逸的草原,只剩下枝蔓。在这片枝蔓挺拔之处,冰雪的肆虐被排斥、被撕裂、被击碎,土壤直面阳光。更为惊奇的是,在枝蔓的根处,一些草的叶和根,若隐若现。谁能否认,开春后,草原苍茫蓬勃的绿,就是从这里发芽生成的呢?原来,草并不是逃离,而是以另一种方式存在,既诠释了自己,又证明了生命。

一种复杂的情绪在心里涌动,眼睛泛着湿润。再次抚问:是你吗?我的书,我的梦,我的珍藏。

四

感动之后,我仍有疑惑。

是什么神奇力量,让蔓草如此顽强?听当地朋友讲,一些酒醉之人不小心躺于室外,很快就会被冻死的。随着冬季那达慕的开始,我的疑惑才被解开。

原来是火,与冰雪相生相克的火。

冬季那达慕,欢乐喜庆,在这时,祭火是魂。由骑勇开始,过程是共同的生命进行曲,区分主要在序幕。如此神奇,刚才散乱的人群,突然就组织了起来,很有秩序。蒙古族、鄂温克族、鄂伦春族、达斡尔族,支支骑勇穿着本民族的服装,擎着本民族的大旗,呼着本民族的口号,从冰雪中列队而过。然后是各民族的方队,牵骆驼、赶马车、坐雪橇的牧民。他们或唱或跳,且歌且舞,欢乐而来,喜悦而过。厚厚的冰雪被踏碎、消融,露出的泥土、沙石和草根格外醒目。那达慕,只是一个表象,或者说是符号。当一种习俗演化成祭奠,它所要表达的意义,便超越了本身。

祭火开始了,这冰火之约,在一片广袤的冰雪之域。

刚才欢悦而过的各族牧民,以另一种姿势,转眼间又出现了。最明显的不同,是手中的火炬。它们形状各异,大小不一,被牧民们执于手中,时而被高高擎起,时而挥舞起伏。生命之舞,天地为圣,大道是最好的佐证。一支最大的火炬首先被点燃,然后是两支、三支、许多支,围绕在大火炬周围。几大堆篝火,不知从哪里突然冒出熊熊烈焰,火起生风,呼呼狂舞;上百的牧民,男女老少,围在篝火一侧,跳起了不同民族的舞蹈。此前,我根本没有注意到它们的存在。冰天雪野,瞬间改变了局面。篝火与火炬狂舞之处,冰雪逃得无影无踪。一个舞动的、喜悦的、狂欢的火炬之海,在莫尔格勒河畔生成,主宰着草原的一方世界。

突然,在火光中,我发现了一双眼睛,噙着泪,深邃、坚毅、从容、期待、自信。一位老牧民,深情地凝望着火。我的心微微一震,我要寻找的东西,答案不就在那眼神中吗?

顺着那眼神,我走进了历史,走进了草原,走进了这些在冰与火相伴下走过来的古老民族……

我不能确定,呼伦贝尔与地球的冥古宙、太古宙、元古宙和显生宙有什么干系;也不能简单地说,地球生命的起源,如原核生物、真核生物和多细胞动植物的出现,就一定与这里有关;同样还不能肯定,第四纪冰川与人类的出现,是否也关系这里。但有一点是可以确定的,在两三万年前,扎赉诺尔人就在这里繁衍生息;从西汉至清朝的两千多年里,这里以其丰饶的水土,哺育了北方游牧民族的主体,养育了蒙古族和成吉思汗。进入蒙古历史文化博物馆,那里展示着一些古迹,面对扎赉诺尔人头骨化石、鲜卑旧墟石室,或黑山头古城、金边壕等,你不能不肃然起敬。

当然,这些都是结果。实际上,过程要比结果艰难得多,复杂得多。又回到冰与火,这个生命的炼狱。

考古证明,地球上的人类,是在第四纪冰川时期形成的,火的出现更早。因此,对于生命,冰与火都不是劫数,而是天竞之物。走出森林的鄂温克人,失去的不仅是狩猎技能和语言。我有了隐隐的担心:长期生活在温润之乡,结果会怎样?

当初的冰与火,只能靠想象去还原。

想象的介质,可以是历史学家们的演绎,也可以是考古学家们的复原,甚至可以是创世纪上的传说。想象的羽翅,着陆于遥远的创世之初。天地未开,一片混沌,没有秩序。日月星辰,春夏秋冬,一切都是混乱的,就连地球的风衣——大气层——也还没有形成,必然伴随混沌的大气环境——夏天更热,冬天更冷。很难想象,那些最早眷顾呼伦贝尔的生命,是如何禁受着冰与火的考验,挨过了那漫长而艰险的炼狱之旅,以至于没有走失的。有一点可以肯定,冰火之验,只有在冰火之浴中完成。火不仅能驱寒,还可以熟食、照明、避邪、驱逐猛兽。

世界上的民族,凡经历过生命炼狱的,哪个不尊火、崇火、奉火为神?在中国的"五行"中,火被视为构成生命万物的基本元素。在古希腊神话中,火神赫菲斯托斯与太阳齐名。他形象丑陋,却娶了最美丽的女神阿佛洛狄忒。这种丑与美的融合,其实就是一种暗示,生命磨难与希望的暗示。在人类出现之前,地球上就有了火、雷电、煤炭、撞击等,它们都是火之源。我们就有理由猜测,正是因为有了火,有了冰火之约,我们这个原本荒芜的星球才有了生命的形成、人类的诞生。在冰雪严寒中成长起来的草原民族,更是把火视作神,视作一种生命的图腾。

我的判断,由白音哈达的蒙古记忆求证。

五

在陈巴尔虎旗金帐汗蒙古部落,呼伦贝尔的历史由记忆还原。生产、生活、文化、服饰、蒙古人家,等等,在这里一一呈现。

一个蒙古包,就是一个记忆的符号。它们取向不同,内容相异,既独立,又互为一体。冰与火,是共同的主题。对我们来去匆匆的远客来说,这无疑是一个捷径。很省事,一切就在眼前,直接而形象,真正的在场再现或在场此现。无须远涉,无须考古发掘,也不必钻进故纸堆里,只需轻轻地抬脚,就可叩开记忆之门,踏入草原的历史。

先要定居。在草原,无论土著还是外来者,面对冰雪,想要安居乐业,首先要解决的问题,是火。祭火,既欢迎来者,庆贺过去,又祈福未来,祝愿留下来的人。熊熊燃烧的篝火,最让人心感踏实,表达安居心情。定居了,无论时间长短,都是主人。主人就要有主人的样子,要善待一切冰雪中的来客。在蒙古人家记忆里,我看见蒙古老人教育孩子的祖训:"如果不热情招待客人,你出门也没人照顾你。"而最真诚的招待,就是生起你的炉子,让它不要熄灭,因为"外来的人不可能背着房子,有火的屋子才有人进来"。在敖鲁古雅的鄂温克人那里,无论上门的是熟客还是过路的陌生人,都会被热情迎进"撮罗子",行执手礼,然后生起篝火,煮肉烧茶。怪不得,蒙古包里随时都是温暖的,从身到心。同样,结婚、生子、送葬,从生命的起始到生命的终结,从放牧狩猎到喝酒唱歌,甚至老人向孩子讲草原的故事,都需要祈福,凡是值得庆祝的事,就要燃起一堆火。冰雪为伍,险象环生,跨越就是胜利,时时处处都是考验,都离不开火。

不能不感动了。蒙古包里的火,不仅是为了自己啊,也是为了陌生的路人,为他,为我和你。

冬季冰雪那达慕,有两个观摩印象很深:伊敏河冬泳和牧户布里亚特人家。一个关系水,一个关系人。

冰雪的根,都是水族成员。呼伦贝尔的水,主要集中在3000多条河流、500多个湖泊中。伊敏河与莫尔格勒河都属其中。与这里的其他河一样,伊敏河早已冰封,如一条冰带,蛇行大地。冰冻三尺,非一日之寒,乍一看,鱼绝迹了,水停流了,河已死亡,可当冰面被锉开,一切并非如此。冰层之下,水冒着温暖的轻烟,鱼在自在游弋,河水更加湍急。冰河冬泳的意义在于,弄潮健儿的一招一式,都是生命的宣誓。

草原民族的生活,在蒙古包里。

那天下午,草原晴好,阳光金光灿烂,广袤无垠的雪,白得刺眼。我们来到布里亚特牧户人家,说是采风,实际上是赴一场古老而现代的冰火之约。冰雪在蒙古包外,厚实、松软、寒冷。在那达慕现场看到的蔓枝,这里已没有踪迹。生命的气息,是由一只狗带来的。那狗黝黑、乖顺、友好,完全没有川西坝子看家狗那凶猛可怖的影子。也许是听见我们脚下的喳喳声,知道有客人来了,那狗拱开蒙古包虚掩的布帘门,嗖地跑了出来。狗跑到我们面前,摇头摆尾,十分亲热。冰天雪地里这可亲可爱的狗啊,一切生命都是同根,何况还那么友善热情。我们争相合影,生命在冰雪中,蒙古包、人与狗,构成冬草原独特的风景。

我再次感受到了,冰与火,与草原民族的深刻关系。

美国人类学学者哈伊姆·奥菲克对人类进化与经济起源的研究表明,火的使用,在人类进化中,具有无与伦比的作用。火不仅能取暖照明，还能杀死某些动物体内的寄生虫，软化某些植物的纤维，消除一些食物中的有害元素，拓宽人类的食谱，改善人的消化，增强人体机能，促进人类的进化文明。考古学家至今不能确定，火究竟是什么时候走进人类生活的。根据现有发现大致可以推定，欧洲发现火要比非洲晚100万年。那么，亚洲大陆，在呼伦贝尔，火是何时走进人们生活的呢？北京周口店的人类化石也许是个佐证。时光追溯到160万年前，一些能够制造工具并直立行走的非洲人，从非洲大陆走向欧亚，这些被称为尼安德特人和周口店猿人的亚洲先民，不仅带来了非洲的火种，还改变了人的行走方式。然而，对于草原之火，我们是否也存在奥菲克所说的"尚未得到良好的理解"的情况呢？

生命的存在离不开火，特别是在冰雪之境。这是我踏着冰雪，走进蒙古包后，再一次得到的证实。

野外太冷，不可久留，简单照了相，我们就匆匆往蒙古包里钻。不是一帘幽梦，而是一帘冷暖，帘内帘外，冰火两重天。长桌上已摆满了奶茶、奶皮、炸羊尾、手把肉、莜面饼等，热气携着喷香扑鼻而来，热络而诱人。可是，冻得手脚发麻的我，更关注热和暖。其实，热和暖，早已明显感受到了，在我钻进蒙古包的一瞬，一股热气扑面而来。所谓关注，是想解开一个谜：冰雪荒野中，这热来自哪里？就在这时，我发现了火。说起来很简单，火在炉子中燃烧，炉子置于蒙古包中间。一只长方形的铁炉，连着一根更长的烟囱，接点成90度。炉子横卧于地，烟囱直通于天。炉膛和烟囱都是铸铁坯子，传热散热效率极高，又可排出污浊烟气。这样的炉子，在草原传承了几千年，不同的是炉里烧的东西：现在大都是煤，而过去，则是牛羊粪。

哦，几千年了，条件在变，冰雪未变。火没有族姓，寒冷是共同的敌人。进了蒙古包,就是一家人。这里的炉,这里的火,这里的牛羊肉和奶茶香饼,就可以享用。

关于冰与火,生命的存续与顽强,呼伦贝尔的祭火和火的图腾,这些深邃的大道之理,似乎在瞬间得以破解。

我有些暗暗得意。

六

可是,我错了。

在呼伦贝尔,在漫长的生命之旅,如果把冰火之约,局限于自然之间,那是一种肤浅的行为,甚至是对草原民族的失敬。

最残酷的冰火之狱,不是冰火,而是人自己。

文明因需要而起,因欲望而灭。蒙古高原出土的大量细石器,如石刀、石刃、石镞、石钻、石斧,以及雕刻器、切割器、砍砸器等表明,早在新石器时代,当黄河流域、长江流域的远古先民开始向农耕文明转化的时候,这里的游牧文化圈就已悄然形成。到了青铜器时代,这里的游牧民族已开始由氏族制向部落社会的演进,直至形成东胡、肃慎、匈奴等族群。大家仍是同舟共济,相依相携,毕竟地广人稀,面对冰雪,人是如此渺小,生命是如此脆弱。相依,才能共存;任何独我自私之举,都无异于自杀。为了生存,敖鲁古雅的鄂温克猎民发明了火镰取火。为了生存,他们抱成一团,相互取暖,用一种类似原始共产主义的生产方式,维系着共同的存在。狩猎所获,按"乌力楞"人户均分,兽皮还专给孤儿寡母或打猎技术低下的困难户。一位优秀的猎手,往往以比别人分得少为荣。

然而，"均分"的理想只能是暂时的，只适应于原始部落生产方式。草原定律证明，财富与欲望，是难以抗拒的罪恶渊薮。当财富与贪欲积累到一定程度，最初的部落共同体便到了解体的边缘。草原因富饶不断引来"杀身之祸"，自杀、他杀，或者互相厮杀。另一种冰与火，在草原形成。

美丽的草原，从此不再安宁。

先是争夺厮杀。且不说蒙古族正式命名前，草原部落间那些厮杀争夺、生灭分合，就是在成吉思汗统一蒙古后，呼伦贝尔草原民族又经历了多少冰火之狱？而元朝灭亡后，蒙古族的分裂、多舛与磨难，更是一部不堪翻阅的冰火史。

往日的草原正是这样。部落与部落之间，你杀过来，我杀过去，兵刃相接，根源是火。

这是一个关于火的传说，也许就发生在呼伦贝尔。有位猎人打猎一整天却一无所获，很生气，回家生火时，炉膛崩裂出声。这本来是正常的爆响，竹篙或树皮燃烧时常常这样，可牧民误认为是人霉火不顺，气不打一处来，愤然拿出猎刀，刺灭了火。火熄灭后，气温直线下降，待冻得不行，他才想起火，欲再次生之，火却再也点不燃。猎人被冻死了。传说的背后是造神。

循着奥菲克的逻辑，不难还原草原那一场最早的厮杀。

火是生命之神，珍藏在洞穴或蒙古包里，由部落中最威悍骁勇的猛士守护，须臾不可丢失。特别是已经享受过火文明，那利害关系，远胜过今天我们使用惯了的电灯、电话、电视。丢失，简直是不可想象之事。然而，一切皆有意外。一场大雨、一阵大风，或一个意料不到的不小心，某个部落的火种确实就丢失了。那时，人们还不懂得交换，比如用几只羊、几头牛，甚至部落中最美丽的女子，去换回一点火种。火镰取火也是很久以后之事，在当时，只不过是个既不可望，也不可及的梦呓。

不能坐以待毙，必须重新获得火。

当生存面临威胁，生命危在旦夕时，一切道德、良知、道理、公义，以及公序良俗，都失去了意义。获得与拯救，就是最高准则。唯一办法就是抢夺。一场由火引发的冰火之争，不可避免地在部落间发生。你夺过来，我抢过去，多少部落灭亡，多少部落崛起，多少部落融合。灭与被灭，都属自然，冰与火不相信眼泪，只相信战胜。草原规则与丛林规则，具有相同本质。没有秩序的灭失与融合，改变着草原，又铸就着草原之魂。草原族谱不断被打乱又重组，并且在优胜劣汰中进化与前进。

和解源于交换，也就是刚才谈到的以物易物，而交换又促进了沟通和语言，衍生了现代商业的雏形。神圣而神秘的火，与游牧文明亦步亦趋，照亮的岂止是草原。

还有迁徙与扩张。东汉初年，游猎的鲜卑族拓跋部一支，就从大兴安岭的密林走出，南迁西进，沿根河越过大兴安岭，来到莫尔格勒河。在这里，他们经过冰与火的磨炼、草原的滋润、马背的洗礼，终于站立起来了。站立起来的鲜卑人，没有忘记拓疆扩土，占据大漠，南迁阴山，跃马弯刀，问鼎中原，一切似如囊中探物。北魏王朝的建立，北方的统一，中国历史上北方民族第一个入主中原。这里也是成吉思汗策马扬鞭、横扫千军、叱咤风云的古战场。这位从蒙古包里走出的英雄，是文明与野蛮的结合，冰与火的融合。他不仅在这里统一了蒙古草原，为长期以来的战乱纷争画上句号，而且在这里开启了未来。他那二十万彪悍的蒙古铁骑，就在呼伦贝尔的冰与火中铸成，然后走出去，东扩西征，横扫欧亚大陆，建立起了广阔的帝国版图。

当然，无论疆土拓得多宽，根仍在这个草原。呼伦贝尔的冰与火，永远是蒙古民族的精神之魂。

七

不能忘记的，还有被掠夺与扼杀。

上次到呼伦贝尔，站在黑山头的战壕里，眺望并不遥远的铁丝网，我心里就涌起一种难以释怀的惆怅。深蓝色的云高挂于草原的上空，天地一色，没有间隙。清清河水，茵茵绿草，艳艳野花，成群的牛羊和牛羊觅食的姿势，还有草坡上的蒙古包，蒙古包前优哉游哉的牧羊犬，都没有什么区别。那条叫额尔古纳的河，一直流淌在呼伦贝尔的怀抱里，被视为蒙古民族的母亲河。

八

啊，我理解了冰雪那达慕，理解了祭火与欢乐。

冰与火，生命的两极。面对冰雪、火，是一种拯救，生命的救赎。这救赎，缘于大道之理。救赎了，适应了，安稳了，却不能忘记，不能丢失。长久的坚守与期待，积淀为一种仪式，神圣而庄严，以祭奠表达，生命终有了皈依。

人早已离开呼伦贝尔，心却仍留在那里。未来的路还很长，经历了冰与火的祭奠，还怕风雨？

山海为关

从围墙到长城,并没有距离,可是我怎么一走,竟走了几十年。不能说已经到达,我到达的只是长城东头——山海关,一个形而下的存在。

对山海关,我是既熟悉又陌生的。中学时上地理课,老师就绘声绘色地在黑板上边画边讲:山海关在河北秦皇岛东北的渤海之滨,与万里之外的嘉峪关遥相呼应。那里是明长城的东端起点和东北重要关隘,自古是华北与东北的海陆要塞,有"天下第一关"之称……

从此,山海关在我脑子里留下的深刻印象,总是和长城、大海、关隘联系在一起的。可是,后来学历史,特别是中国近代史,对所谓海防、长城、关隘了解愈多,认知愈深,理解反而愈艰难了,留下的是越来越多的怀疑与迷惑。就这样带着一知半解的灰色知识,在怀疑与迷茫中游走,一走就走了几十年。今天终于来了,山海关,你能告诉我什么呢?你能释怀我心中的疑惑,廓清我纠缠已久的迷惘吗?

是的,山海为关,在文化启蒙中,带给了我们什么暗示?

思之太久,求之太切,草草登记入住后,我就急切切往海滨长城赶。心想,夜色再深,超得过这千年山海之关吗?好在距离不远,也有路灯护行,一切并不觉得艰难。

终于到了，到了一个叫老龙头的地方，到了长城脚下。据说，宇航员在太空中，肉眼能够看见地球的两样东西，就是长城和运河，都是人类文明的产物。显然，当初修筑长城的目的，不是为了给现在的飞天英雄们赏景，而是关乎家国之安。沿着长城两千年的足迹追溯而去，我们看见的不仅是二十多个诸侯国家和封建王朝的兴衰存亡，还有延绵不绝、熄熄灭灭的刀光剑影。岁月再久，也风化不尽所有的记忆，稍一钩沉，一些事便会悠然而起。比如此刻，朦胧夜色中，我站在古长城下，脑海里交织出现的，便是战国群雄的争夺和分分合合，诸夏文化与秦、楚、吴、越文化的交流融合，强大起来的北方草原匈奴和东胡的掳掠，秦国富国强兵后的咄咄逼人，以及塞北游牧部落联盟的虎视眈眈。太需要了，需要一道铜墙铁壁，像高山，像大海，像农家防盗防抢的院墙一样，来呵护危机四伏、朝不保夕环境下缺少安全感的国心民心。

无须问古，山海相依的老龙头，就是见证。

这里是万里长城中，唯一集山、海、关、城于一体的海陆军事防御体系。雄伟长城，宛若一条巨龙，从嘉峪关出发，引颈东驰，飞越崇山峻岭，直入渤海。老龙头乃居其首，命名即创世。老龙头，三个硬朗的词素，构成一个掷地有声的名称。谁能否认，这里一定隐藏着许多秘密，关于山海、长城和关隘。我带着几分好奇，把思维的触角，伸进符号的背后，从形而下到形而上。海石城、靖卤台、南海口关和澄海楼，多么严密有序的组合，不仅是山、海、关，还有靖和澄。用心不谓不良苦，决策者、修建者和旁观者，都没有秘而不宣，将全部的目的昭示于天下：山海为关，以求靖边安宁。还嫌底气不足吗？再看看帝王将相、文人武士们的铿铿之声，它们把墨宝留在了澄海楼上。如今，墨迹虽干，气韵犹在，可直入来者丹田。"胸襟万里""天开海岳"，这些雄性大词，从形到神,仅仅是一种修辞、一种寄托、一种期盼吗? 非也! 那是一个块垒,在长期的忧患中郁积而成,很久了,深藏于这个国家、这个民族的心中。谁能回答,千年沧桑,万里艰辛,老龙头与这个国家、这个民族一样,经历了多少风雨飘摇,凌辱磨难? 山海以证,长城为书,关隘是口。有太多的拥堵需要释放,只是此刻,灯影恍惚,夜色朦胧,我什么也看不清,什么也听不见。唯有一堵墙,黑黑的、厚厚的、沉沉的,笃立在我面前;还有海风携带着的海浪声,阵阵缕缕,从海中央吹来,如泣如诉,撞击着这山、这关、这长城的头,给我带来丝丝凉气。

我陷入一种墙的幻想之中。

一面硕大的墙,把我的视线拉长,又拉近。时空倒置,思绪飞扬,悠然间回到出发地,原来,自由的思维常常也逃不出围墙的文化怪圈。

墙,依然是墙,或者叫围墙,围在老家院坝的四周。它常常挡住我的视线,让我站在屋里,有了家的安稳与温馨,却看不见思蒙河水的流淌,看不见田野的四季变换,比如春天的油菜花、夏天的稻秧、秋天的满坝金黄。我理解,因为两害相较取其轻,何况不仅咱家有围墙,许多农家都有。那时,农村很穷,一些耐不住饥寒的农民,就"饥寒起盗心",趁夜深人静时,翻墙入室,干起了偷鸡摸狗的勾当。即便再简陋的茅屋,都少不了要筑个围墙。那围墙越筑越高,越筑越厚,越筑越长,从家筑到了城,从城筑到了邦,从邦筑到了国。围墙文化,成为这个两千年封建帝国的一个独特风景。我想起了"三里之城,七里之郭"。这里的城,也可理解为城池、城墙。可以推定,城墙是由围墙演进而来的,且动机、目的、功用几乎一样。

那么,眼前呢? 我的一切努力,似乎都是盲人摸象。

墙,仍是一堵高高的、厚厚的墙。我顺着墙壁向上看,仰望苍穹,看见的是深邃无边的黑夜，和闪烁沉浮的星月。不是美，是一种奇特的浩瀚、遥远、幽暗，甚至透射出股股阴森的寒气。在这种浩瀚与渺小的强烈对比中，你会突然发现人类一些争斗的好笑。向左看，那是西向，夜色、浅山和树都被遮蔽，视野里的长城并不像长城，更像是一段被放大了的围墙。遥远的嘉峪关，只在想象中存在，一切勾连都被隔断，隔断于一种不明不白的介质中。向右看，更是纯粹的幽暗。视觉被幽暗解构，把发现的使命推给了听觉和嗅觉。隐隐约约的涛声，挟裹着海水的<u>丝丝腥臊味</u>，从远处的幽暗中袭来。长城的尽头，幻化成一股怪异的气息。唯有大地是实在的，老龙头、城墙和我的双脚都站立其上，有一种安泰基于地母般的瓷实。

这时，我忽然有了个发现：远看长城近看墙。再伟岸的雄关，当你走近，窥其一点或一隅，贴近它的细处，所能看见的，所能感受到的，也只是局部的渺小。山海依然，心，不再踏实。

这种渺小感的改变，是在第二天。一早，我再次来到老龙头。心里想的是，有了"夜为关"的体验，要再领略一下"昼看衢"的壮美，甚至在心里早已酝酿了一堆大词，诸如"雄关漫漫，大道通衢""不到长城非好汉，到了长城见好汉"之类。果不其然，关于山海关，中学时老师传授的书本知识得到了验证。但不知怎的，当身临其境，深入了解后，面对这逶迤长城、巍峨雄关、浩瀚大海，当年那种青春式的冲动、自豪、踏实，却再也找不回来了，充斥于心的，反而是更加浓郁的迷茫。我甚至对老龙头的名字产生怀疑：三个表意复杂的词素，反过来就是头、龙、老。头，是否要表明一种地位，此处在长城中的地位，长城在国家安危中的地位，及皇帝老儿在这个国家中的地位；龙，当然不是指黎民百姓，所谓龙的传人、这个以龙为图腾的民族，而是泱泱大国，或天子龙孙；老，是一种隐喻，一种活力荡尽、生气尽失的龙钟之气，此刻它被植入龙和头的骨髓，意味着什么。我先还以为，这样的理解有点儿望文生义，甚至有牵强滑稽的俗气之感。后来发生的一切足以证明，这一切已然一语成谶。

首先进入我视线的是孤兀山。我在想，当初徐达安放长城之头，修建老龙头时，选址仅是个巧合，还是代表了一切疏离民心朝政的本意？"危楼千尺压洪荒，骋目云霞入渺茫"中的"危楼""洪荒""渺茫"，康熙的本意又是要表达什么，威严、雄奇、势不可越？显然不是。作为一国之君，难道他已隐隐看到了什么，想到了什么，或预感到了什么？也许，这一切，都由镇守此关的清将郑才盛的一个"逃"字作了诠释。八国联军来了，不只是兵临城下，还要与已得先机、掠去我大片土地的沙俄对垒抗衡，抢占整个中国。老龙头和宁海城，便是他们登陆的桥头堡。贪得无厌的侵略者仗着船坚炮利，乘虚而入，跨海越岳，直指这片古老的疆土。作为镇边之将的职责，守关护国乃天命。也许本来，郑才盛是要抵抗的，哪怕战死沙场，也要尽一个将士的天职。可是，联军还没到，腐败无能的清政府密令已到：不准抵抗。作为防御设施，这山、这海、这关、这军队，还有什么用呢？在侵略者的狞笑声中，澄海楼、宁海城和附近的村庄，化为一片灰烬；在尚未冷凝的灰烬上，英法德意日五国，建立起了自己的兵营。

面对历史尘烟，山海关，你究竟有多少难释的隐忍？

我始终认为，"人之初，性本善"只是个美丽的传说，就像歌词里说的，"精美的石头会唱歌"。毫无疑问，私和俗，是世界的纷争之源。我们有个认识误区，似乎不知道的，就是美好的，比如我们对西侯度人、元谋人、蓝田人、周口店猿人等原始人类生活方式的猜测，比如历史学家们对原始共产主义和禅让制度的描绘。我更相信人性的一些劣性本质，比如私与欲，是与人俱在的——只要有人，就必然存在。文字的记载只是个呈现，但从中看见的，更多是这种劣性的尾巴。我们借助文字，走进公元前两千多年，走进夏商更替。我们看到，禹治后期，传说中的禅让制度已开始解体，出现人与人之间、族群与族群之间、国与国之间的争权夺利。天下国家，本为一理。谁能否认，后来的部族厮杀、朝代更替，直至现在的地区冲突、霸权主义、军备竞赛，都并非所谓的价值观推销，而是源自最原始的利益魔咒。有了争，就有斗；有了斗，就有了战；有了战，就有了进攻与防守，就有了壕沟地堡、关陕长城，有了现在的导弹与拦截系统。历史的演进竟是如此令人震惊：因争斗的推波助澜，一面小小的围墙，竟演变成了太空下这个星球最蔚然醒目的大观，演变成了如今的卫星、导弹与黑客。

解释说，山海关的命名，与地形地貌有关，即一边临海，一边连山，所谓依山邻海。对此，我一直心存质疑。这么重要的"天下第一关"，万里长城之首，命名会如此肤浅简单吗？我更相信，这样的命名是有深刻考究的。从耗尽国力修筑万里长城，到山海关的命名，都是一种寄托：抵御外侮，祈求国泰民安。

山海为关，修筑长城，沿用的都是同一种思维：希望借助自然屏障和人工工事，来构筑一道护身符，保障国家安全。

可是，这靠得住吗？

眼前的孟姜女庙和那个凄美的传说，也许都是一个隐喻。

时值中午，早秋的阳光仍有些毒热。垂拂的枯藤，把阳光切割得光怪陆离。海风推着海浪，一层一层过来，带着些微的腥味，弄不清那腥味是来自风，或者海，还是长城。转了半天，有些累了，我借助一溜儿古长城的阴影,找了块石头坐下小憩。面朝大海,却没有春暖花开,有的只是吊古的沉郁与轻叹。大海坦荡,城砖厚实。每一波海浪就是一段历史,每一块城砖就是一部典藏。天上的乱云,把阳光分割得遍体鳞伤。不远处的长城上有两条巨大裂缝,是唐山大地震时留下的,但传说并不是这样。据说,那就是孟姜女哭塌长城的地方。她千里寻夫而不见,呼天抢地地哭泣,一连哭了七七四十九天,柔肠寸断直哭得山海动容、长城崩塌。前一段崩塌了,眼看这里也快崩塌,她停止了哭,所以留下了一段裂痕。长城崩塌了,孟姜女死了,投海而死。一位刚烈而善良的女子,来于海,回归于海。我坐在长城的尽头,这块坚固的石头上,双目注视着眼前的长城和海,希望从一块秦砖、一波汉水中,找到那个故事的蛛丝马迹,找到那个多情女子。她的寻找、她的哭声,和哭声里的崩塌,究竟意味着什么,蕴含着什么,竟有那么大的能量。传说不可信吗?一个故事、一个传说,哪怕是虚妄的、神话般的,能够一朝一朝、一代一代口口相传,传了几千年,本身不就反映了一种人心背向——再坚固的长城,也抵不过柔软的民心。难道这就是佛莱所说的原型,文学的原型、历史的原型、生活的原型、民心的原型、兴衰存亡的原型,以传说呈现?

原型不是现象,而是根性的真实。山海为关,可御外侮,这是多么豪壮铿锵的深谋远虑。此刻,我就在山海关,坐在一块坚硬的石头上。我不需要雄才大略、豪言壮语,只需要山海作证,这种冷兵器时代的定律,究竟为多少岌岌可危的王朝,带来了最后的拯救!

据史书记载,最早的长城始建于春秋战国,始修于燕王,起因便是防御。在春秋五霸、战国七雄中,燕国国土最小,兵马最少,力量最弱,随时都有被邻国吃掉的危险。卧薪尝胆之下,为了保国卫土,燕王征用民夫,在国疆边界山顶修建烽火台,筑起高高的城墙。后来的历朝历代帝王,都把修筑完善长城,作为抵御外敌入侵的军事大举。因此,长城在不同时期,有了不同的称谓,比如方城、堑、长堑、城堑、墙堑、塞垣、塞围、长城塞、亭障、障塞、壕堑、界壕、边墙、边垣,等等。修筑长城还创造了古代建筑文明,如万年灰与燕京城、冰道运石、山羊驮砖、击石燕鸣,等等。

修筑长城决心最大、耗资最大的,当属秦、明两代。可是,两朝君王都没有预料到国破家亡的真正原因。

秦王的思考不能说没有道理,将早些时候修建的一些断断续续、点状分布的防御工事,连接成一个完整的防御系统,"北筑长城而守藩篱,却匈奴七百余里,胡人不敢南下而牧马"。这样,"癣疥之疾再重,也侵入不到膏肓"。为修筑长城,秦王调用了占全国人口近一成的民工,冒着严寒酷暑,穿越崇山峻岭,积土垒石,凡十余载。殊不知,除了外忧,有时,内患才是更大的危险。他一面加紧修筑御敌的长城,一面却在天天树敌,自毁更重要的长城——民心。如果说,秦王焚书坑儒伤害的是那个时代的文化和良知,那么,暴政与奢靡,伤害的便是他的国之根基。去看看秦王的宫殿吧,如果在那个年代,靠着人走步行,你得要准备足够的时间,三五天肯定不行,得以年计。三五天连阿房宫都走不完啊——"蜀山兀,阿房出",不仅是简单的修建,而是创世;"覆压三百余里,隔离天日"和"五步一楼,十步一阁",也不仅仅是规模和气派;"咸阳之旁二百里内",还有"宫观二百七十""关中计宫三百,关外四百余",这些遍布宫内宫外、关里关外的宫殿,与寒月边关的长城相对应,留给人多少想象的空间。

拥有的一切怎愿意失去,江山、社稷、宫殿、嫔妃、生命?灭六国后,秦始皇就在考虑防御和今后的事。

就像修建万里长城，希望这个帝国永远不亡一样，秦王还希望自己长生不老。他派了亲信徐福，满世界寻找长生不老药。结果，药没寻到，不仅自己五十三岁就驾崩了；国力耗尽，官逼民反，国家也很快灭亡了。显然，秦王不是不知道长生是不可能的，寻找，不过是欲望的最后一搏。不然，他就不会在一面寻找的同时，一面为自己修墓。骊山陵墓，从始皇登基时就开始修，前后三十余年，每年用工七十余万。墓外围2000米，层高55米，从内装铜铸顶、水银河流湖泊，到守卫的石俑兵马和机关处处，都是用民脂民膏垒成。不，应该叫掘墓。横征暴敛，徭役沉重，严刑峻法，老百姓苦不堪言，实物的长城修成了，民心的长城却早已崩塌。那崩塌不是来自孟姜女的哭声，而是陈胜、吴广的一声怒吼"王侯将相宁有种乎"，以及随之而来的李斯腰斩、赵高专权、巨鹿大战、刘邦入关，就连派去寻找长生不老药的徐福，也见利起异心，有去无回了……

民心已去，国之将倾。威严的山海、长城、关隘，都只是个摆设，最多不过是这场改朝换代中的冷峻看客。

明朝的灭亡，更是耐人寻味。

此刻，我所在的山海关老龙头，就是明长城的东尽头。一边倚山，一边临海，典型的山海之关也。国家文物局历经两年勘测宣布，中国历代修建长城总长度为21196.18千米，分布于北京、河北、山西、内蒙古、辽宁、山东、陕西、甘肃、青海等十五个省区。也就是说，古老的长城，与半个中国联在一起。在明长城的8851.8千米中，人工墙体6259千米，壕堑359千米，天然险2232千米。其东部险要地段，大都用坚硬的条石和青砖砌成。在现存长城中，明长城占了大头。在那个施工条件落后、山川险峻的恶劣条件下,明长城是怎么修建的并不难想象,难以想象的是,它的投入与功效之间的关系。

没想到的是,一个对山海长城倾注了无限心血,寄予了无限愿望的王朝,最后的灭亡,竟与山海长城有直接关联。

不错,威胁主要来自北方。那些北方的游牧部落,"大兴师征之,则遁逃伏慝,不可得而诛也;师还则寇钞又起;留卒戍守,则劳费不赀,故唯有筑长城以防之"。可以说,这令朝廷苦不堪言。长城之筑,不仅可以省戍役,防寇钞,还可休兵而息民。历史学家们也喜欢从客观上寻找防患的原因。《新书·过秦》谓,汉武帝时,"建塞徼、起亭燧、筑外城,设屯戍以守之,然后边境得用少安"。《汉书·匈奴传》也说,"筑长城,自代并阴山下,至高阙为塞",赵武灵王正是以"变俗胡服,习骑射"而著称于世的政治家。

可是,明王朝却忽略了内政与民心,忽略了自身的暴政、贪腐和八旗子弟的慵懒无能,忽略了皇亲贵族、地主豪绅对土地的霸占和对农民的盘剥,忽略了连年天灾人祸已让广大民众食不果腹、衣不蔽体,沦入人相食的绝境,忽略了日益尖锐的社会矛盾。这一连串的忽略,终于让一个因欠债而被迫当牧羊官,也是一名在银川打小工的驿卒——李自成——撕开缺口。统摄人心的口号,并不新鲜,也不深邃,可都是针针见血,如"均田免赋""贵贱均田""五年不征""割富济贫""不当差、不纳粮",及稳定物价、废除八股、安置流民、颁布新历、赈济贫民等。起义军在高迎祥、李自成的率领下,攻城略地,左征右战,在荥阳大会上提出"分兵定向、四路攻战"方案,直取北京,直至建立大顺政权,逼得崇祯帝自缢煤山。直到此时,明王朝最后获得一个拯救的机会,那就是起义军内部的战略失误、离间争斗、贪欲自灭,特别是闯王的心腹大将刘宗敏对清军镇关大将吴三桂爱妾陈圆圆的占有,让原本打算投奔闯王的吴三桂,为美人冲冠大怒,转投清军。

打开关门的,不是侵略者,而是自己人。山海为关,在自开的关门中一切都荡然无存,徒留一个惊世的历史悲叹!

是的,关门自开后,吴清联军越关而进,西入中原,如入无人之境。清军从誓师伐明,到攻占北京,竟不足一月。灭亡了,襁褓中的大顺;灭亡了,摇摇欲坠的大明。灭亡于一种文化深处的劣性——贪腐、内讧与私欲。其实,何止大明,鸦片战争、甲午战争、中法战争、八国联军侵华,整个血泪斑斑的中国近代史皆因此。

资本的本性是趋利。资本的力量强大以后,总是要寻求可以继续获利的地方,包括越海破关、攻城略地。

这是世界近代史的主线:资本的输入与抗拒。西方资本向东方扩张,遇到了麻烦,因为这里有庞大的大清帝国,有两千多年的封建专制,以及它们铸就的那道坚固围墙,从观念到体制。排他与拒绝,是围墙的本性。阻碍还有山海相隔,有万里长城,有关隘重重。单靠资本的力量不行,就另辟蹊径:硬的不行,就来软的。西方列强首先选择了鸦片,充当刺向东方的软刀子;软刀子遇阻,就换枪炮开路。于是,第一次鸦片战争,第二次鸦片战争,在硬与硬、硬与软的对决中,中国更大的软肋——制度和国民性——被列强一枪刺中。于是,西方殖民主义者长驱直入,开始了疯狂的侵略掠夺。

将时空拉回欧亚大陆,看那里的山、那里的海、那里的历史。

山海依旧,却因为第一次世界大战,彻底改变了原有的政治版图。几家欢喜几家忧,喜的是法国、比利时、意大利、希腊和罗马尼亚。他们胜了,不仅迎来了微笑和香槟,还获得了领土和赔偿。忧的是德意志、奥匈帝国和奥斯曼帝国。他们败了，原本强大的帝国，因败而纷纷瓦解，国之不国。另一方面，1917 年的俄国革命也让原本作为参战国之一的俄罗斯帝国，跟着宣告寿终正寝。

世界流行着和平主义的声音，柔软、甜美而动听。

山海欲宁，但风雨不止。许多欧洲国家仍充斥着极端民族主义和复仇主义情绪，特别是一战战败国德国，在签署《凡尔赛和约》后，丧失大片领土、殖民地以及其自身的经济优势，这种希望收复领土的强烈情绪似压抑的野火。当拥有极端民族主义思想的阿道夫·希特勒成为德国总理后，这种复仇的野火就拥有了助燃的火星。战争的覆辙、重蹈，几乎就等时间了。

不是没有警觉的，但有些事情的演进往往身不由己。为抗衡德国的扩展野心，英、法、意三国决定成立斯特雷萨阵线（Stresa Front），可最终无疾而终；苏、法也签署了《法苏互助条约》，但也各有各的盘算；还有蒙特娄会议、东方公约、尼翁协定等，一个个牵制之举，都试图改变世界运行的方向；加上阿尔卑斯山、地中海、波罗的海、荷兰湾等天然屏障，反战力量构筑起了一道又一道政治、军事和地缘的山海之关。可是，当邪恶的野心可以砸烂整个世界的时候，一切斯文的条约就成了一纸空文，山海只留叹息。

就在和平主义的曼妙之声仍回环缭绕于欧亚大陆的时候，一道撕裂长空的闪电，击碎了美丽的梦幻之境——1939 年 9 月 1 日，德国以闪电战之势入侵波兰，并着手尝试建立庞大的欧洲统一帝国。

膨胀的野心与失控的民族主义情绪相融合，形成一股排山倒海的力量，以至于山海为关，不过是一个美丽的传说。1939 年末到 1941 年初，德国发动一连串侵略战争，并借由条约的签署，几乎占领了欧洲绝大部分版图。名义上保持中立的苏联,也趁机暗度陈仓,在与德国签订《苏德互不侵犯条约》后,陆续占领或吞并其在欧洲边界的六个邻国,包括其在战争爆发时所占领的波兰。已经加入轴心国的日本,为了获得在亚洲及太平洋地区的领导地位,绝不满足于已经占领的中国东北地区。日本陆续袭击了位于太平洋的美国统辖地区,和坐落于中南半岛的欧洲殖民地,很快获得了西太平洋和东亚战区主导权。1941年,日本袭击珍珠港、关岛及菲律宾,占领了大部分东亚、东南亚和太平洋地区的国家和地区。

在轴心国的铁拳之下,"一战"战胜国精心构筑的山海之关,终于土崩瓦解了。美丽的世界,被野心、战争与瓜分的狂潮吞噬。

山海为关,最终却演化成悲怆山海的惨剧。山海与正义,都显得软弱无力,未显关隘之功,没能避免惨剧的发生。

战胜者当然知道前车之鉴,不敢高枕无忧,只是,防御之策几乎仍然沿袭了传统思维:山海为关。为防御盟军登陆,德国早于1941年底起,就开始依托山海之隘,构筑永久性防御工事。从"大西洋壁垒"到"隆美尔芦笋",从大口径火炮到铁甲之师,从坦克陷阱到滩涂地雷,一道依海靠山的沿海铜墙铁壁已然铸成。

然而,一场举世无双的诺曼底登陆,不仅宣告了德军山海为关战略的破灭,而且彻底扭转了战争格局。

"一战""二战";胜者,败者;山海,拯救。世界陈述的同一个故事,似乎有了最终的结局。但战争并没有结束,对立并没有结束,思考也没有结束。

时间不早了,我从石头上起身,本想到长城上走走,然后看看附近的天下第一关、望夫石、秦皇求仙入海处,或者关外风景,可天不作美,突然下起了雨。看天,浓云低垂;望关,一堵厚实的城墙挡住了视线;观海,仙山全无,只是雨蒙蒙一片。

拯救是徒劳的。山海为关,原来阻隔了自己。

总有天性保全

始阳、多功、石头寨……

下得雅（安）西（昌）高速，一连串富有天性的名字，就仿佛在不断地在提醒着我们，是要去一个与众不同的地方。

是的，今天要去雅安天全。

最初的冲动完全是自然的诱惑。因为近邻，多有交往，也非常关心彼此情况。早就知道，天全的自然之美，主要由两大资源构成。一是绿。四季葱郁的绿，遮天蔽地，形成了天性的植物之被，庇佑着这里的山水田土。冷杉、栎树、云杉、桦树、杉树、马尾松等，都是这里千年的土著；国家一级保护树种珙桐，二级保护树种连香树、水青树、杜仲，三级保护树种青木杉、西康玉兰、领春叶、银叶桂、厚朴等，都在这里扎根繁衍：它们既恩泽乡人，又珍藏天性。二是水。这些都是传说，女娲补天少了最后一块石头，让老天留下一个缺口，祈求"天全"，成为这里世代相传的美梦。传说被自然的天性证实：这里年平均1735.6毫米的降雨量，比只有一步之遥的眉山多了几乎一半；地表水多年平均径流量达到38亿立方米，自然水量达到68亿立方米以上，更是让近邻望尘莫及；天全河、白沙河、青衣江常年的丰满，让水的天性九九归一，汇流远行。

怎不向往?绿和水,都是生命的天性之需,一种上天的加赐。因此,一听说要去天全,我的梦就开始发芽,疯狂生长。

梦,是被天性的扭曲吵醒的。

在去天全之前,一个难得的周末,早就想好要好好享受一下"睡觉睡到自然醒"的奢侈,可不到七点就被吵醒了。

吵醒我的不是城市的喧嚣,也不是常常出现在小区的小贩晨早的叫卖声,而是鸟鸣。还是想要努力再次入眠,几次尝试都以失败告终,没有别的原因,仍是那鸟,叽叽喳喳,闹个不停,像是在打闹,又像是在追逐嬉戏,便有了一种金昌绪式的情绪,想到要"打起黄莺儿,莫教枝上啼",于是披衣起床。可是,在开门的一瞬,我惊讶了。

原来,是两只喜鹊,在盆景枝头嬉戏。

盆景是阳台的装饰,自从搬入新居,妻就开始精心经营这方寸之地。目的是非常明确的,要在这城市的高楼,钢筋混凝土的森林,培育些微的绿意,慰藉远离尘土的心。岳母是妻坚定的支持者,常挂在嘴边的一句话就是"树离土枯黄,人离土心慌",还有一套自成体系的"道理":植物生长必须接地气——地气就像人的呼吸,是人类天性的需要,呼吸停了,人就殁了。可是,靠盆景托起的地气,总还是因泥土太浅,缺少深厚根基,地力不济,加上平时忙于工作,缺少打理,阳台上的几盆盆景,从文竹、栀子、蟹爪兰、杜鹃,到仙人掌、瓜叶菊,在蓬蓬勃勃郁郁葱葱一阵子后,都先后叶衰枝枯了。一段时间,远离绿色和地气的岳母,甚至嚷嚷着要回她的老家乐山。

喜鹊嬉戏于阳台上的三角梅中。这是妻前年从郊外一家园艺场购回来的,种植时还反复解释:这三角梅原产自南美洲的巴西,耐旱喜湿,开花的时间长,花色鲜艳喜气,好像种上一盆三角梅,就拥有了绿和花,就唤回了高楼里丢失的自然天性,就种植了一个不败的春天。

可是,阳台上的种植与田土里的种植显然是有区别的。这种区别不是不可逾越的鸿沟,只要临场把握恰当,也可调适。问题出在人。从小在乡下长大的岳母,坚持她那套祖传的田土经;而在城里长大的妻,则坚信只有科学种植才能花开更艳。她们在同一个屋檐下,同一个阳台上,种植同一盆三角梅,就不愁没有好戏上演了。从被种植那天起,这几株三角梅,就难逃被她们母女一次又一次重塑的命运。

刚买回时,给三角梅培土,岳母费尽九牛二虎之力,专门从楼下小区的花圃里弄来一袋自然之土,正往盆景缸里倒,被妻立马制止:"妈,要不得,要不得。三角梅需要培养土。"说着,她从一个黑色塑料袋里倒出一堆土,边倒边说。"这是卖梅的用壤土、牛粪、腐叶土、沙等堆积腐熟,再加入适量骨粉培育的,怎能随便弄点土就成?"岳母嘟哝着嘴,一副不高兴相。为了说服岳母,妻又拿出卖梅人送的配土方子。岳母接过一看,不再坚持了,只见方子上面写着:园土、腐叶土、沙=5:3:2;泥炭土、腐叶土、沙、珍珠岩=4:3:2:1。

见烈日当头,火烤光灼,三角梅叶卷花蔫,岳母赶紧将其移至室内。妻见了直嚷嚷:"妈,干吗呀,三角梅喜强光。"说罢,又把盆景搬到了阳台。一旁的岳母心有不服,又找不出有力的理由。

唯有一点母女俩没有分歧,就是浇水。岳母的浇水,是出于呵护,就像父母对待孩子,总怕孩子们没有吃饱,没有穿暖。岳母认为,水是生命必需,万物皆不可或缺。不仅对三角梅,对阳台上所有植物她都一样,天天浇水,有时甚至早上浇了晚上又浇。妻见了心里总是流露出欣慰,因为这不仅减少了她的操心,也符合她的种植理论:三角梅喜湿润,对水分需求量大,尤其是盛夏季节,缺水易影响生长和开花。可重水之下,阳台上的三角梅却花容失色了。盛夏之际,正是绿肥红瘦,四野葱茏之时,三角梅的叶子却开始泛黄、脱落。

看着病恹恹的三角梅,我想到了龚自珍的《病梅馆记》,心里泛起一种暗暗的隐忧,既为这失去天性的梅,更为这无处嬉戏的鸟儿。

鸟的天堂,应该在森林里。

这是鸟儿的天性追求,中学时读巴金《鸟的天堂》,留下了很深刻的印象。至今,我仍记得巴老笔下的鸟的天堂绿色的景象:一簇簇树叶伸到水面上。树叶真绿得可爱。那是许多株茂盛的榕树,看不出主干在什么地方……

然而,不知道从什么时候开始,我站在阳台,放眼四野,满目灰黑的、僵硬的、死寂的,除了楼房,还是楼房。绿灰飞烟灭,自然的天性、鸟儿的天性、人的天性,都不知道该在何处安放。

当见到"始阳"路牌时,我的眼前顿然一亮。

命名就是创世。天性的阳光,艳而不俗,暖而不媚,穿过雨城阴郁的天空,从这里开始照耀。天全陪同的朋友说,这里前几天一直下雨,刚刚晴起来。我的心里倏地闪过一个富有天性的命名:德政为阳。下雨也好,天晴也罢,自然就好,保持本色最重要。我相信,这里的雨,只是雅雨的飞地。既然女娲补天都补不了,说明这雨就是天性的需要。还补什么天,还求什么全,自然就是天性保全。

雨过天晴,大道使然。是生锈的阳光,还是不锈的阳光,在天全一看就知道。正值三伏天,这一晴,阳光就回归了天性的本真,清朗、明丽、耀眼,没有成都平原的腻黏闷热。有了天性的雨水,又有了天性的阳光,生命的天性必须都占齐了。这使人不能不想到西秦的徙国,想到鲜卑乞伏氏在汉魏时自漠北南出大阴山的迁徙。陇西西固金城(今兰州市西固区)并不是最终目的地,最终目的地当然是生命最好的天性梦想,是阳光和雨水。存在决定本质,"徙始音近而易名始阳",不过是只听其声不解其神的虚妄之语。

始阳,我把它理解为阳光开始的地方,或生命的故地。

阳光开始的地方,处处都有生命天性的痕迹。山是天性的朴实。没有"横看成岭侧成峰",只有"远近高低各不同"。这里的山是拿来滋养生命的,而不是为观赏。滋养生命的山自然野性,素面朝天,散发着天性之气。这里的水不像城里人使用的自来水,有一股淡淡的次氯酸钙味,或充满人工痕迹的"矿泉""纯净"。这里的水就是水,它来自自然,浸润着天地万物,充满天性的真水无香。所谓清洌甘甜,不过是城里人喝惯了自来水矿泉水纯净水的错位感觉。

守护与保全,是天性最大的夙愿。

退耕还林,退的是破损,还的是天性。阳光是开始时的样子,山川河流当回归本真。始阳镇结合实际,立足镇情,调整农业产业结构,把退耕还林和生态家园建设有机结合,退耕近 4000 亩,其中栽杂交竹 750 余亩、毛白杨 1180 余亩、楠竹 2500 余亩、桑 500 余亩。农民林、竹、桑、草、蔬、瓜、果、粮兼(套)种,生态涵养与经济效益相结合,改变种植结构,推广免耕栽种技术,大力提高土地产出效益,真正实现了退得下、还得好、稳得住、能致富的目的。

天全人也追求富足,这是人的天性,不同的只是方式。

脑子里浮现出许多时代大词"无工不富""要致富,修公路",我们曾为之闻鸡起舞,欢欣鼓舞,激情豪迈。不是蒙太奇,是大词背后的画面:"三废"(废水、废气、废渣)肆虐,超标的 BOD(生化需氧量或生化耗氧量)、COD(化学需氧量),令人惨不忍睹。我看见水中变形的鱼,地里开花不结果的树,天空弥漫的雾霾。生命的天性之需被残忍踏碎,生命的天性之美被严重毁灭。

我理解,所谓始阳,其实就是生命天性的阳光。

始阳过了是多功,前方直指灵关。现在的灵关已划归宝兴,左思《蜀都赋》里的"廓灵关以为门",显然是一个天性的隐喻,并不因行政区划的调整而改变。唐时明月照亮这方山水,多功而通灵,治理呼唤天性的归真。唐天宝元年(公元 742 年),在此置的始阳、灵关、安国、和川四大兵镇,及唐中叶以后建立的土司制度,并确立高、杨二土司地方自治,就结束了一方匪患频仍的历史。人们安居乐业,古老的茶马古道祥和安宁,天性的昌明之治从此开启。一个为防匪患之乱而设置的关隘,成了希望的通灵大门。

远道迁徙而来,是为了生命的天性追求;从这里出发,赶着一队马帮,或背着沉重的茶包走出去,同样也是。

小河乡甘溪坡在天全县城之西。我猜想,这里原本应该没有村庄——偏僻的荒山野岭,也许还常常有野兽出没,长虫相扰,天性虽在,衣食住行却很现实,毕竟平地河谷更适合于人生存发展。

这里的村庄,是茶马搭载来的。

天性的茶,就是一个谜,人天性的需要就是谜底。

谁能否认,茶叶里药理作用的主要成分茶多酚、咖啡碱、脂多糖、茶氨酸等,本来就是上天对生命的天性恩赐,就像阳光、雨露和绿植。且不说它对现代疾病,如辐射病、心脑血管病、癌症等疾病有独特的药理功效,也不说那些从北方迁徙来的羌人,来到青藏高原,整天吃着牛羊糌粑,需要消食减肥、利便排泄,就是生活在平原大坝的人,比如你、我、他们,也需要提神清心、清热解暑、消食化痰、去腻减肥、清心除烦、解毒醒酒、生津止渴、降火明目、止痢除湿,需要生命的质量和生活的成色。这就需要茶,需要上好的茶。

上好的茶在蒙顶山,与天全同脉相连。

在老天对这一方水土的加持里,蒙顶山所受恩惠似乎更胜一等。年平均 14.5 摄氏度的气温,2000—2200mm 的降水量,细雨蒙蒙,烟霞满山,不是古诗词里的风景,而是这里的在场叙事。叙事主体不是人,而是上清、玉女、井泉、甘露、菱角等对峙五峰。它们不仅壮美,还把阳光巧妙分配,让再烈的阳光都变得柔软安静。这样的阳光洒在茶树上,不是简单的光合作用,而是天性的滋养和抚慰。现代专家说,蒙顶山把茶叶生长的关键要素,都天性般占全了。怪不得这里的茶会"高不盈尺,不生不灭,迥异寻常"。古人没有研究那么多,凭经验判断,蒙顶山的茶、雅安的茶、天全的茶,就是比其他地方的茶好,好在其外汤色微黄,清澈明亮,其内滋味鲜爽,浓郁回甜。

这一切的好,都好在天性。

发现这方茶天性之妙的是瑜儿,不是吴理真。是瑜儿熟读炎帝神农的《本草经》,了解炎帝当初为著此书,有一段"遍尝百草,日遇七十二毒,得'茶'而解之"的经历,出于对自然天性的敬畏,对生命天性的疼痛,开始关注茶。天下名山僧占多。妙济禅师吴理真占据蒙顶山,只为了弘法布道。为救民于瘟疫,他才听信瑜儿之言,于西汉的甘露三年(公元前 53 年)"携灵茗之种,植于五峰之中"。

把蒙顶山茶的天性之美传遍四方的,是茶马。斯人已远,其影犹存,在简陋的甘溪坡茶马驿站,有两张照片令我震撼万分。

一张是路。就是茶马古道。这张俯瞰式的立体照片,是当年一位洋人拍摄的。崇山峻岭,沟壑纵横,标注是"茶马古道雅安段",其实并不见道,只有重峦叠嶂的山。道在山中,隐藏在悬崖峭壁之间,被一个个清晰的文字标示其走向。蒙顶山、雅州府、天全城、芦山城都是出发的元点。一路南下,是为官道:雅州府—荥经县—箐口站—长老坪—二十四盘—羊圈门—飞越岭—泸定桥—打箭炉—折多—理塘—巴塘—察木多(昌都);一路北上,谓之小路:雅州府—飞仙关—碉门(天全县城)—长河坝—二郎山—泸定桥—打箭炉。官道也好,小路也罢,八百里路云和月,只有天知,地知,背茶哥知。

一张是人。背景是灰蒙蒙的天。一条原始的土石路和半片破旧的青瓦房,被灰蒙笼罩,阴沉沉的。两个背茶哥,站立在碎石古道边小憩。一个面朝镜头,一脸愁苦中有些许的淡然;一个背对镜头,大半个身子被茶包遮挡,只露出两只直直的脚和一根拄在拐子窝里的木棍。背上是茶,上好的茶,用竹篾包扎成条,再一排一排编条为墙,笃实而沉重。墙上挂着的草席、雨具和干粮,堆积成岁月和日子,像一座厚厚的大山,压在背茶哥背上。他们沿古道蜗行,一背就是千里。

路和人,都是茶马道上天性的风景。

不能不令人望而生畏,这样的路、这样的背茶哥、这样的茶包。可是,在这漫长曲折险峻的古道,靠这样的人背马搭,最多时,一年能创造多达一千多万斤茶叶、土产的流通量!我不敢想象,当年的马帮是怎样走过这条路的。唯一可能的解释就是天性。天性的路、天性的茶、天性的阳光月色、人天性的生存欲望,创造了天性的奇迹。

茶马驿站负责人介绍,一条茶包约十七八斤。我们简单一数,背茶哥每人背上一编十七八条茶包,就是三百来斤哩!即便从天全县城出发,到达甘溪坡的八里地,也需要从早走到天黑。

路再远,天黑了就得停下。先是三五人一伙,席地而餐,披星而息,戴月而眠,或躲进路边的山岩里,半醒半睡到天明,然后又启程。后来路过的人多了,精明的当地人在甘溪坡两旁修建了客栈,接待来往茶客。如今,甘溪坡已人去屋空,独留几眼拐子窝,是一些青石路上的小窝,鸽蛋般大小,由背茶哥的拐杖拄磨而成。昨夜刚下过雨,一个深深的拐子窝蓄满了水,似一只眼,又似一面小小的镜,映照着古道旁的繁木杂树,残垣断壁。我盯着它久久发愣。

忽有所悟:此刻,来到甘溪坡的不是茶客,是我们。

我们的到来,不是访古寻幽,也不是钩沉往事,是寻找天性。世事沉浮,天性流失。在我们满世界寻找价值的时候,是否想到世间最珍贵、最重要的价值,不是别的,是天性,即天生的自然、本分、率真;是否想到,浮躁虚妄的红尘,还有一方圣土,保全着人与自然的天性。我始终相信,世间总有净土,把尘世的浮躁拒之门外。漫山遍野的荆棘和天上的星星可以作证,天性在这古老的茶马古道上,在背茶哥艰辛的淡然里。每一个拐子窝,都是岁月的流沙叠印。理想的彼岸,不在陶渊明的《桃花源》里,也不在莫尔的乌托邦中,而是就在眼前,就在天全的地域词典里。何不来一次精神的移民安居?

当然,最好的天性保全,在人性里。人性里的真,人性里的善,人性里的仁,人性里的义,人性里的信,人性里的智和忠诚。

比如天全,比如石头寨。

石头寨是天全土司文化的一个印记。我先还感到诧异,中国的土司制度不是主要在西南少数民族地区吗?应该说,这是官方最早的少数民族政策之一,或者说一种地方治理方式。边陲之域,地广人稀,交通不便,经济贫穷,常常匪患相扰,朝廷鞭长莫及,以钦定方式确立一种以地治地方式,在当时历史条件下,这对保一方平安,还是有一定的效用。这里说是寨,其实有点儿夸张,整个石头寨的规模也就十来亩地。建筑更少,不及当时或现在一户富户人家的院子。

但寨不在大,有人则灵。石头的寨人是高土司。

不知是否与嘉莫墨尔多神山的传说有关,总之,从嘉绒十八土司开始,天全就实行了六番招讨司式的治理。这肯定与唐末雅安地区的叛乱有关。先是江南临江人高卜锡,以军校从征西路有功的留镇;后又是黄巢进军长安,唐僖宗逃往成都,太原人杨端以千牛卫从僖宗幸蜀;昭宗嗣位,命与高氏分土而治;后蜀时高、杨后人率众投奔旧附,再次受封碉门、宁远等六地军民安抚司,杨土司设署于碉门,高土司设土署于始阳。始阳土署建石门楼、石牌坊、石墙、石院,石头成寨,不只是防御——石头有灵性,是最原始的天性之物啊。

在石头寨,我发现了最古老的天性之治——土司制度。

是的,天全的土司制度是因治而设,既是一部边远地区地方自治史,又是一部生动的忠君爱国史。几近千年,这种天性的忠与爱,不仅守护着这一方平安,而且在抵抗张献忠"大西"政权进攻,避免重蹈蜀地旷古的血腥中,也书写了可歌可泣的壮丽史诗。

而在天全民间,则有"睡梦师""金凤凰""李打鱼子""孝儿子"和"挑水者的报应"等传说。这些传说流传得久远而广泛,一遍又一遍地演绎着诚实、勤劳、孝顺、仗义的天性故事。

我想起了原型批评家诺斯洛普·弗莱的话:传说是现实的原型。不能不说这是一种天性文化,从官方到民间,从现实到理想,从治理到男耕女织,浸润在天全的山水骨子里,岁月难蚀。

天性的真、善、美，是它的魂。

灵关在前。入始阳，过多功，问政石头寨，走进天全，就走进了一方天性保全之地。世事易变，天性保全，保全的是天性的魂。

世界很浮躁，天全很安静。

一楼景远

朋友自海南儋州来眉山，一到就嚷嚷要去远景楼。那种热度，完全不亚于时下的粉丝追星。这个小小夙愿，当然没有理由不去满足，何况朋友是位东坡铁粉。

我们就这样匆匆去了远景楼。我来不及思考朋友执意的目的，该怎么介绍；朋友来不及掸去一身风尘。

有人说，这种说走就走、说去就去的旅行最浪漫、最富有诗意，但作为东道主，我更在意满足朋友的心愿。下车，直奔顶层。电梯封闭了视线，封闭不了心。在上楼途中，朋友就发出一连串的疑问："当初的远景楼，不是只有30米高吗？"好在眉山2004年重修远景楼时，我是市规委会和项目文化咨询委员会成员，了解整个过程。我向朋友解释，当初修建的远景楼确实只有30米，但是当时眉山城内最高的建筑。后虽经宋元明清历代修缮，原楼最终还是毁于兵火。这次规划重修，主要注重取其神韵与立意，而非形式，即要突出高远。凭楼远眺，当有"登临览观之乐，山川风物之美"；飞檐斗拱，又要秉持唐宋之风，庄重古朴大气。因此，现在的远景楼，主楼13层，高达80米，裙楼也有5层，是目前中国最高大的仿古建筑群之一。

没想到，朋友对我的介绍似乎并无多大兴趣，甚至连登高远望也只是个形式，简单游览一番后便草草离开，到楼下的"天然居"茶园与我品茗聊天了，而且一聊就是半天。一热一冷，反差如此鲜明，我开始还有点儿不可理解。

这里很低，领略不到远景，就是当年的岷江老河道，如今的东坡湖，也是一半城楼一半水。高耸的远景楼，不仅是一种遮挡，还是一种压抑。眉山也非昔日眉州，高楼比比皆是，借一楼而览全景尚难，何况远景。

朋友淡然一笑，轻道："高不在楼顶，远也不在视线，在心。东坡不是有诗'高处不胜寒'吗？"

远景楼下，我形而下的思维，与朋友对远景楼的理解，竟相距十万八千里。我似有所悟，汗颜。在规划远景楼时，自己曾经的引经据典、侃侃而谈，如今显得是何等浅薄。一楼景远，何在？坐在远景楼下，我并不理解高和远。

我们继续聊。准确说，是我继续聆听。聆听一位比我更懂东坡、更懂远景楼的人，去讲述怎样理解高远，并在理解中与真正的高远走近，去欣赏灵魂的远景，然后，与东坡的精神圣地靠近。

景由心生，远景无形。故乡的东坡，在写《眉州远景楼记》时，你的心情是怎样的？在想些什么？

我心飞翔，飞翔于北宋的天空。我在元丰元年（1078）与元丰七年（1084）之间徘徊，仿佛一位工程监理，要重新审视这一伟大工程的奠基与竣工。

我发现一个人，护着一颗心。一颗赤诚与抛弃、理想与失意、浪漫与破碎交织的心，笃立寒风里。

那是东坡,虽一脸疲惫,仍面带宽容的淡定。

他手持一封"家书",写信人是当时的眉州知州黎希声。政通人和,百姓拥戴,遂修远景楼,诚邀东坡作记。远景楼尚在修建之初,并未成形,更谈不上亲临与目睹。一切关于远景楼的书写,其实,都是精神还乡。

彼时的东坡,已逾不惑之年。在遭遇了丧父之悲、王安石变法之争、密州徐州旱蝗饿殍之灾后,他又被置于"乌台诗案"的冤屈里,遭贬黄州团练使。自号东坡居士,心生遁世是难免的,没丢性命已是万幸。

从庙堂之高,到江湖之远,超过了从天堂到地狱的距离。虽然,东坡还是东坡,不应有恨,豪放依在。

不是巧合,应该是宿命。

恰在此时,一封温暖的"家书",不仅打通了东坡割裂已久的原乡精神,还让他发现了生命真正的高远之地。

眉山很远,心很近,灵魂根处的高远突然被激活。它不在庙堂宦海,就在出发地。那里有岷峨、大旺寺、连鳌山、纱縠巷、短松岗,还有童年那些无邪的欢笑与稚拙的足迹。也不是作文,作文只是灵魂的结绳记事。一个人默默钩沉,是要让记忆还原原乡的样子:"其士大夫贵经术而重氏族,其民尊吏而畏法,其农夫合耦以相助。""他们安本分努力劳作,容易管量却难以制服。""岁二月,农事始作。四月初吉,谷稚而草壮,耘者毕出。""轼将归老于故丘,布衣幅巾……酒酣乐作。"

把心放在远处,随当年的东坡躬耕东坡,日出而出,把锄回望,目光落在故乡。品读这些句子,我总会想起陶渊明的"芳草鲜美,落英缤纷""不知有汉,无论魏晋"。

因为走得太远,竟然忘了出发的目的。

东坡在远处遥望故乡，故乡在望远处的东坡——这位历尽磨难，且行且远，没有回头，也难以回头的游子。

身在江湖的东坡，心却难以真正离开朝廷。

风景在远处，本来就是一个魔盒。天生豪爽浪漫的东坡，向往高远之心从未曾泯灭。邀明月以伴，与嫦娥对饮，流连于琼楼玉宇，不过是一种远景精神的外泄。

再美的远景，都离不开一个参照系，那就是观察原点。看东坡那一路的足迹，就知道他是怎样走远的。

仍然是眉山，看看出发前的东坡。

青神中岩寺击掌唤鱼，广济连鳌山泼墨豪书，甚至初入科举，进京小试，以一句"皋陶为士，将杀人。皋陶曰杀之三，尧曰宥之三"让主考官"欧（欧阳修）、梅（梅尧臣）二公既叹赏其文，却不知其出处"。

我的心里有一种隐隐的痛：那种洒脱、那种本真、那种性情，是怎样在登高走远中，一次又一次被敲打、撕裂、击碎的？我问东坡，东坡回答："问汝平生功业，黄州惠州儋州。"

我循着东坡足迹，回访三州，领悟登高走远。

我的心震颤了，深深地震颤。我看到一个又一个的攀高，摔下，在不断重复，而且，一次比一次重，一次比一次惨烈。谪居黄州，"东坡何罪？独以名太高""料峭春风吹酒醒，微冷"。真正的走远，是磨难中的成熟。

但高处孤冷，成熟并不能掌握自己命运。

从神宗到哲宗，此番沉浮起伏，均因变法而起。新任执政者，对反对不当变法的元祐党人，不遗余力地迫害，一浪高过一浪。距离阻断不了阴谋，远处的风景成了惨烈的血雨腥风，如此不堪。短短两月，对东坡的贬谪诏令一路五改,一次比一次远,一次比一次残酷。这一次,竟然是天涯海角——海南儋州。

绍圣四年(1097),已经年过花甲的东坡,依然领命漂泊于琼州海峡。茫茫大海水天一色,海鸥在天地间翱翔。但远处的风景,不属于东坡。"归去来兮,吾归何处,万里家在岷峨。百年强半,来日苦无多。"

属于他的只有三间茅屋和载酒堂。他将茅屋题名"桄榔庵"。当然,还有他的乐天豪放和无恨。这才是他心中笃定不变的远景。有诗为证:"我本海南民,寄生西蜀州,忽然跨海去,譬如事远游。"

一楼景远,何须天下。

家在西蜀,此生东、北、南。君不见,河南郏县城西小峨眉山东麓东坡墓那片柏林,都是向西而生。

一棵马武的树

　　进入马武"从古到今"生态园，迎接我们的是一棵树——香樟树。这棵树高大威猛、玉树临风、柔中带烈，令人望而生敬。这是我的第一感觉。这感觉，几乎让我的赞叹脱口而出：

　　好大一棵树！

　　已是晚上十一点，我从北京赶过来。按正常的行程计划，是该下午五点钟到的，飞机、动车一路的晚点，计划被变化所取代，拖到了现在。正值酷暑，蝉喘雷干，臭汗浮尘腻了一身。没想到一路的烦躁郁闷，竟一下被这棵树排解：月悬高天，一幕幽净，暑热的心里，顿生一缕清凉；清风徐来，绿叶婆娑，就有了一种主人颔首微笑的感觉，我把它与欢迎和盛情联系在一起；主要的还是树，这棵屹立门庭、孔武有力的树。它一下令我想起了马武。我相信，这就是一棵马武的树。它敛息了两千年的刀光剑影，身披柔和的月光，恭迎着八方嘉朋。

　　我从这方水土的命名中，找到了马武；从马武的人格魅力中，相遇了这棵树；再从这棵树，寻找天地人和的机缘巧合。

　　树屹立门庭中央，四周被一圈凸起的土台护住。枝干已被修整过，除去枝蔓，主干更加突出。进门的路、庭院里的地面、四周的围墙，都是水泥砖瓦的建筑物。虽在建筑风格、用材、装饰、外部风貌上,主人都刻意突出与乡土的相融,还是难免流露出不少欲说还休的人工痕迹。

这更加突出了这棵带着乡土气息的樟树。

科学家的研究都是后来的事。他们说樟树散发出的松油二环烃、樟脑烯、柠檬烃、丁香油酚等化学物质,可净化有毒空气,具有强心解热、抗癌的功效。种树之时,人们还没有这些发现和理论,只有对环境的感觉和体验。不难想象,在公元之初,一支闯入蛮荒之地的乌合之军,对生存环境的依赖有多大。樟树木材的耐腐、防虫、致密、香馨,樟脑的驱蚊杀虫奇效,以及樟木散发出的沁人心脾的清新之气,怎么不被视为至宝?

樟树粗壮结实,须两人牵手合围,方能抱住。从香樟的生长规律看,这棵树应该有近百年历史。虽然,相对于千年马武,百年算不上什么,但谁能否认,树与人一样还有父母,以及父母的父母。一代香樟,就可活到百年千年,那么,眼前的这棵树,只需三五个轮回,便可抵达马武的遥远。因此我坚信,这棵树,远比我们离当年的马武将军更近;也许它的父辈、祖辈或者曾祖辈,就为马武将军拴过战马、驱过蚊、遮过风雨,陪马武将军望过月,看过马武将军训军练武。

鸟儿从天空飞过,没有留下翅膀,翅膀被风吹走了,被云带走了,被雷电击碎了,变成了诗人们的想象。马武的故事却在这里留了下来,口口相传,从人类记年就开始,一直传到今天。我甚至怀疑,马武是不是就是为公元而生的。与人类记年同启同步,不是要证明自己的存在,而是要证明文明的足迹。

战与和,是事物演进的两端,蕴含了世事的因果哲学。我不清楚,当年马武在这里屯兵,究竟是为了什么。

不是不清楚目的,目的肯定是战争。自古用兵,何不为战,只是不清楚目标和结果。为谁而战,剑指向何方?是为陈年的旧账寻仇,为长久屈居江夏做一个了结,还是参加竟陵、西阳三老起兵,进入绿林军中,与汉军会合后,酝酿新的出击;是邯郸"鸿门宴"诛杀谢躬未成,心归刘秀后为进击诸群贼做准备,还是为朝廷捕虏将军之拜,挟中郎将之威,以王丰为副,与监军使者窦固、右辅都尉陈䜣率领乌桓、黎阳营、三辅招募士兵,及凉州诸郡羌胡兵、解除刑枷的犯人共四万之众,迎战陇右西羌侵犯之敌前的屯居操练?总之,马武是为战争而生、为忠诚而生、为正义而生的。有太多的征战在等待着他,期待着他,屯兵,只是他恪守使命的一种形式。

这次屯兵的结果不得而知,史上没有记载,传说也没有答案。也许,历史留下一个疑问,就是要给樟树一个任务。

我再次把目光聚焦到眼前的樟树。

从生长环境看,它的籍贯应当不是这个水泥铺设的庭院,而是异乡,就像当年的马武。异乡在哪里?或是远方的湖阳(今河南唐河县),因为追随着马武的足迹,才来到这里;或是在不远处的某处山头、某个岩壁、某条河边。不在远近,关键是背井离乡,到来的目的。贼患未除,是求江山和安稳。屯兵,是为了防御或者出击;而不战而胜,才是兵家至境。于是,我对马武在这里屯兵有了新的猜测:这是一次不战而胜的屯兵,是为了威慑、修炼、平和与安稳。

眼前的樟树,就是马武的证人。

疑惑并没有因此而完全释然。比如,可能是一生的征战、太多的厮杀,让马武将军厌倦了,疲惫了,遁迹这里,本身就是为了休养生息,寻找一份生命的安静。屯,只不过是一种军人休整小憩的方式。也可能是这方大美神奇山水，有化干戈为玉帛的神奇功能，一切征战与厮杀，到这里，就会被一种直指内心的法力所俘获，让屯兵改变原本的含义。

马武镇2016年的"开果节"，让我顿悟。

仍是树，不是香樟树，而是梨树。还有桃树、李树、橘树、苹果树，等等。它们与香樟树结伴而来，来到马武，是要诠释不同时代的马武精神。如果说，当年的香樟随军是出于战事，属于武，那么，现在的众树聚会，则出于和平，属于文。发展建设，出于丰衣足食，属于武；旅游文化，则出于享受和精神所需，属于文。古今马武，武戏文戏，物质精神，种粮种树还有种花舞文，祈愿都融合在"开果节"的大戏里。这令人想起古人的"衣食足而礼仪兴"，或马斯洛需求层次理论。

我看见一场大戏的延续，从当年的马武屯兵，到现在的"开果节"。"台上一分钟，台下十年功"，或者"四月梨花七月果"，都是一种比喻，说明无论当年的"兴汉推马武"和"中兴将军"，还是现在的美好愿景，无论武还是文、物质还是精神，一分付出才有一分收获。大戏背后，是数千亩的"翠冠""黄金"优质梨和品种繁多的经济林，悠闲富足的百姓生活，以及上千亩的奇花异卉，"从古到今"生态旅游观光园，马武新农村学院、马武镇青年干部学校、农耕文化展览馆、马武将军文化展览馆、文艺陈列室和科普馆，中国散文学会创作基地，其人文意义，都蕴含于一棵屹立的树。

离开马武时，我禁不住回首，久久仰望这马武的树。

走进古村

古村在四川眉山丹棱县顺龙乡，由"湖广填四川"的赵氏人家开辟，坐拥一方"龙抬头，鹰飞翔，玉缠腰"宝地，以"幸福"冠名。一位精通风水五行的易经大师见了惊叹不已："不知为何，主文昌木运的四绿驻此不离。"

走进古村，就走进了幸福。

——题记

古村的雨

不能不说这是个意外。兴致勃勃而来，来到丹棱顺龙乡幸福古村，并不为雨。想象是橘红树绿，秋景怡人；风发乎于情，止于礼；秋阳柔柔地洒下来，村庄浸润在暖暖的溶液里。

却阴差阳错，遇上雨，避犹不及。

先还觉得有点儿扫兴，可走着走着，逐渐发现这许是一种幸运。多好的风景，五六十人，一色的白色透明伞，或漫步，或观赏，或用指尖轻触一下红橙上的雨滴。雨，不仅让人领略到了古村的别样风貌，还让人发现了幸福的另一种样式。

其实雨很小，不用心甚至感觉不到它的存在。在路边停车场下车，男士们就大摇大摆地往进村的路口走，大都没有打开主人备好的伞，而打伞的女士们似乎还显得有点儿矫情。村坐落在山坳处，下山的坡路较陡，怕雨天路滑，村里用彩色生态透水水泥砼和透水沥青，将原来的石板路改造成防滑路。细碎的雨飘落在透水的路面，便没了踪迹。路两侧是葱葱郁郁的松树、柏树和不知名的乔木灌木杂草。这情景，更令人相信是行走在王维的诗意里——山行元无雨，空翠湿人衣。

感觉到雨的存在，是脸上偶尔的点点凉击。说击有点儿重，实际上那雨点击得很轻，不仔细感受，察觉不到一点湿润。只有当你心中想到是雨时，那雨才真正存在，就在古村飘落着。有文友便开玩笑说，这雨很低调啊。一个低调，生动诠释了古村雨的风格。都是文化人，知道"低调"二字的分量。世事复杂，天外有天，雨外有雨，低调不仅是一种敬畏，还是一种修为。我心里嘀咕：这古村的雨，难道也是受了古老传统文化的影响？

下行百多米的坡道，便进入山洼处的村庄。

高耸的林木退去，矮小的桃李柑橘一统天下。因为开阔，天空反而显得更加敞亮。雨更大了，不是雨珠更大、更结实密集。其实雨丝很细，细得像似是而非的丝线；雨也不是落下来的，而是飘下来的，而且在飘的过程中，一改刚才的低调沉静，随风起舞，伸肢扭腰，彰显出一种优雅的激情。温情、轻柔、诗意。这雨总令人感到有点儿熟悉，只是，我一时拿不实在——究竟是在屠格涅夫的《幽会》里，还是在莱蒙特的《农民》中，抑或就在萧军的《八月的乡村》里。这样的雨，很容易令人想起中国古时淑女的样子，温婉贤淑，笑不露齿；或者想起《红楼梦》中的

"枕上轻寒窗外雨,眼前春色梦中人"。

我站到村头一块高地,本想一揽古村的全貌,可是,我失望了,不仅是因为山。所谓山外有山,不只是高山,也包括浅丘,如眼前的古村。丘山错落,挡住了视线,许多人家都是犹抱琵琶半遮面。所谓农家,不过是一个飞檐、一缕炊烟、一个院子,或者一顶绿盖。如果说,点点丘山让村庄增加了一种固定的遮挡,那么,蒙蒙细雨则让村庄平添了一层流动的遮蔽。两者交织,村庄就显得神秘莫测。雨中的村庄,很容易令人想起那幅《蒙娜丽莎的微笑》。作为达·芬奇的最高艺术成就,那微笑不仅成为意大利文艺复兴时一个时代的符号,在微笑的背后,还有更加丰富复杂的社会内涵。有人考证,蒙娜丽莎的微笑中,包含83%的高兴、9%的厌恶、6%的恐惧、2%的愤怒。

古村多雨,一年日照仅 1100 余小时,而降水量却高达 1300 多毫米,超过成都平原 200 多毫米。关于古村雨的来历,我曾经有过天大的误会。这里离雨城雅安只一步之遥,传说女娲补天差一块石头,留下一个带着裂缝的、残缺不全的天,成为雨城天漏雨多的千年传说。同顶一片天,于是我猜想,这里雨多应该与邻近的雨城有关,是顺理成章的自然现象。

可是,事实并不是这样。

据古村的龚大爷讲,这里历史上雨多,并没错。但一段时间,这里山上的树木被砍光了,用来"大炼钢铁",后来又搞"以粮为纲,毁林造田"。失去了植被的庇护,古村不仅水土流失严重,雨水也越来越少,甚至常常干旱,把庄稼旱死。这让我想起了苏轼的《喜雨亭记》:"五日不雨可乎?曰:'五日不雨则无麦。'十日不雨可乎?曰:'十日不雨则无禾。'无麦无禾,岁且荐饥,狱讼繁兴而盗贼滋炽。"有雨才有喜。

那时，集体土地多为水田。"农业学大寨"期间，为调节灌溉，在乐山军分区和下乡知青协助下，乡里组织农民修筑了幸福堰、学寨堰，以及如毛细血管般的石砌灌渠，在古村的松鼠峡修了全县第一座小型水力发电站，不仅大大改善了生产灌溉条件，还让农户用上了电灯。直到中央实施退耕还林，这里才从根本上改变了生态环境，让古村重迎喜雨、旱涝从人。知时识心的雨，成为滋润这方林茂果丰的不竭源泉。政府还动员村民发展经济作物，不断技术创新，种植不知火柑、春见柑、夏橙、脆红李等水果，一年四季花香不断、水果不断。

集腋成裘，集雨成流，这似乎是一个自然的逻辑。狐狸腋下的小小皮毛，聚集成衣，可以保暖；而聚集成的雨，却需要出处，否则，难免散漫成患。正因为如此，在从半山腰沿着坡道往山洼处走时，我曾有小小的担心：要是在洪涝季节，天天下暴雨，这锅底似的村庄会不会水漫金山？难道这里也有另一对李冰父子，也有另一个疏流避患的故事？

未曾想到，我的担心，又引出古村更古老的往事。

那往事，让我颠覆了长期形成的一种思维定式。有道是，山有多高，水有多高。那年，当自驾翻越唐古拉山，面对一方小小的池塘时，我对这个口口相传的民间俗语坚信不疑。这种心中的豁然与坚信，不仅因为那口高入云端的池塘，主要还是雨。当然，当时天并没有下雨，而是下着雪。纷纷扬扬的雪，彰显了雨妖娆的形式。雨是天上的来客。再高的山，都高不过天。

我没有想到的是"低"：山有多低，水有多低。

水往低处流。其实于水，低的道理比高更简单，更好解释。不好解释的是，低处的水去了哪里？如果集雨成流，那山间的阻隔，又该怎么解决？俗话说，隔山容易隔水难啊！

集雨成流，一流就流出了不少故事。

一个故事，随流而来，由赵登俸老人讲给我听。

小的流，流到半山一个低洼处就流不动了，囤积成塘，正好成了村民挑水、煮饭、浇地的佳处。久而久之，人们就习惯性地称之为挑水池塘，天天在这里挑起生活，挑起希望。忽有一天，村里来了一帮拍电影的，说是要拍《被爱情遗忘的角落》。对于那个过分书面化的电影名字，村民们念起来有点儿别扭，特别是说到"爱情"二字时，还有点儿怪不好意思。但村民们是高兴的，这里终究没有被城里人遗忘。他们天天屁颠屁颠地跟在摄制组后面，争当群众演员。当看到漂亮的存妮儿，揣着小豹子一句示爱的话，偷偷跑到挑水池塘，蹲下，用双手轻轻掬起一捧水，洗脸、梳妆，露出羞涩幸福的微笑，他们沉积多年，不，也许是几百年、上千年的心结打开了。他们跟着笑。

大的流，流着流着，就流成了河。叫赵河或赵溪。

别处是先有河，后有桥，这里是先有桥，后有河，至少在命名上是这样。这本身就说明赵姓人家在这里的影响。

据说，为了解决过河难的问题，很早前一位赵姓老汉，用附近山上的石头，砌了一座拱背桥，取名赵桥，用以连接赵河两岸，让村庄通向外面的世界。幸福古村，以前叫赵桥，其名字也取自这座桥。当我进一步问那位赵姓老汉的详情，当地人也不得而知。因此，关于赵桥，我相信传说背后有某种隐喻。

无疑，桥是古村人修的。赵钱孙李，百家姓之首，赵，也许就是个代名词。雨，乃吉祥之物，在古老的农耕文明里，风调雨顺，就是对幸福的最美好向往。苏轼说"亭以雨名，志喜也"，古村何以例外？赵桥与赵桥的传说，不过是古村人顺应喜雨，方便耕作来往，寄托幸福梦想的一种精神图腾。

如今，公路早已修进了古村，幸福也改变了原来的样式，但赵桥仍矗立在赵河之上，迎接与陪伴一场场喜雨。

古村的路

路，是幸福古村最老的长者。

古村的历史，只有路有资格讲述。这里当然说的是石板路，而不是进村新铺的彩色生态透水水泥砼防滑路。彩色生态透水水泥砼防滑路只是古村路中的"细路仔"，代表着古村路的青春一代。修路的石板，大都就地取材于古村所处总岗山脉的红砂岩。年辰久了，石板上长出青苔，连年生灭所染，红砂岩变成了青色，古朴自然，常常令初来的人产生误解。石板路成就了路，也成就了古村。古村因路而走出了深山，走出了自己的样子。

如果说，彩色生态透水水泥砼防滑路是古村的红地毯，代表着古村人对八方来客的热情，那么，石板路就是古村的舞台。舞台不在大，关键看上演什么戏。"三五步走遍天下，七八人雄兵百万"，古村的历史，都在这舞台上上演。

这不仅是路的逻辑，也是古村的足迹。我是在古村幸福公社的见山书屋发现这个秘密的。这里是村民的文化活动中心，也是参政议事的地方。不足百平方米的小屋，一色的木质结构，与古村的古朴互相映衬。屋内简单地布置着书架、茶桌和电视等。沿着弯弯曲曲的石板路，从四面聚集到这里的人，从活动的内容，大都可以判断身份：看农技书、打牌聊天的，大都是本地人；而外地人大都在聚精会神看电视。不是说外地人没有看够电视,也不是说这里的电视与众不同,而是因为电视里播放的是与古村结下不解之缘的《被爱情遗忘的角落》。

是的,因为那部四十年前的经典电影。

那是古村曾经的辛酸,也是古村的骄傲。只要外地人一进村,行走在古村的石板路上,当地人总是绘声绘色、不厌其烦地向你介绍:这里是沈山旺的家,这里是存妮儿与小豹子约会和被捉奸的地方,这里是存妮儿跳水的水塘。他们觉得煞有介事,仿佛那个物质和精神极其贫乏年代的爱情悲剧,真的就发生在这里。欲望被瞬间点燃,年长的为怀旧,年轻的为好奇。

在某个秋阳融融的上午,三五朋友,相邀而行,没有发呆,也没有目的,随意行走在古村的石板路上。不是走别人的路,让别人无路可走,而是与古村人分享古村的路,让阳光浴心,让心情压路,目空一切,天地皆无,领略遁迹桃源的超然。

沿石板路走到幸福公社,似乎就走到了尽头。重温角落,心有戚戚,出门,站在房头,看屋前屋后的路,顿感惊奇。

古村的路,以幸福公社为节点,出现明显转折。横向走,两翼均以石板路为主,横七竖八、纵横交错,像树干上伸出的枝杈,把一家一户连在一起;往下,通向更低的山谷处,能听见隐隐约约的水流声从谷底的溪涧传来。那水流声更像是天外来声,隐忍、含蓄、羞涩,带有一层古典主义色彩。

我怀着好奇心,跨出幸福公社的门,沿着一条石板路往右前行。穿过一片凋落的桃园,就到了赵桥。石板路年代并不久,并不是最早的模样。据古村旅游公司的小谢介绍,路是原来的古道,但石板是后来铺设的,不仅新,还显得规整、完善,没有岁月的留痕,也没有盐铁客的脚板印和拐子窝。这多少有点儿令人遗憾。好在,这种遗憾很快得到了弥补。

本想看看,从脚印到泥土路、石板路,古村的路究竟有多长,隐藏了什么秘密,没想到这一走就走上了盐铁古道。

古村路古与新的分界,是从赵桥开始的。

是的,又是赵桥。刚才的赵桥是以雨和水的姿态进入我的视野,现在却是以路。我的兴趣在石板路,总想找到它应有的古老苍凉,找到古诗词中的感觉"枯藤老树昏鸦,小桥流水人家,古道西风瘦马",或者"长亭外,古道边,芳草碧连天。晚风拂柳笛声残,夕阳山外山",而不是眼前的新和规整。我只是从介绍资料上得知,古村有一条盐铁古道,但总感觉那应该是古而必远的,脑子里浮现的是一种遥远而苍茫,不知道它竟这么近。

我站在赵桥上张望,想找回刚才的遗憾。

我望见山。鹰嘴崖就在眼前,以高耸浓重的葱郁,张扬着一种伟岸而不可动摇的霸气。又望见河。赵河与其说是河,不如说是一条溪或涧,有涓涓细流,或昂首,或卧行,狂放和文静,都是在瞬间转换。我不知道它的下游为什么叫冷水河,是赵河原本就叫冷水河,后因赵家修桥而易名,还是因为在过去这本来就是一条"冷"河:高山雪水,人烟稀少。比如此刻,时在深秋,山寒水瘦,万物凋零。但冷并不是它的本质,至少现在不是。不说在洪水季节,就是一场暴雨过后,这溪涧的水也会瞬间陡涨,洪波汹涌,令村民和盐铁客望而兴叹。现在到古村旅游观光的人,常常络绎不绝,谁不沿石板路到赵桥看看。

目光收回,落于脚下时,看见了真正的石板路。

古老、苍凉、残缺。这些石板路应有的特征,从赵桥开始就显现得十分明显,一直往前延伸,直到进入鹰嘴崖的丛林。索性下桥往前走,循路而往,没走几步,一块醒目的路牌,清晰地揭示了这路的真实身份:盐铁古道遗址。真没有想到这么近,传说中的盐铁古道,近到离幸福公社仅百步之遥。

往前走,石板越来越稀疏残缺,间或还有土路为继。再往前走,就是泥土路,且路径越来越小,越来越崎岖曲折,直至消失在杂草丛中,只能凭一些踩踏的痕迹,才能判断路的存在和走向。望着高耸的鹰嘴崖,苍凉险峻,我心生敬畏。

但古村人不能因为没有路,就停止脚步。

安宁需要前进。唐时,丹棱居住的主要是獠人。而獠人性暴,时有骚乱。为镇压獠人之乱,唐太宗贞观六年(632),朝廷派来统军的右武卫大将军李子和来到这里,一条军事通道连接开通了。官兵们带来的不仅是安宁,还有中原文明。

文明需要前进,需要盐和铁。

盐,是人们日常生活中不可或缺的必需品,是"百味之祖(王)",放盐既可增加菜肴滋味,又能促进胃肠消化液分泌,增进食欲。盐是生命的守护神,没有盐,人就很难保持身体的正常活动,维持正常的渗透压及体内酸碱的平衡。铁,不仅是农耕文明由石器时代向铁器时代转变的核心标志,还是冷兵器时代的基础。遥看残忍的古战场,刀光剑影,十八般武器——刀、枪、剑、戟、斧、钺、钩、叉、鞭、锏、锤、抓、镗、棍、槊、棒、拐、流星——哪一样离得开铁?

可是,丹棱无盐,也无铁。

其实,何止丹棱!

而不远处的贵州有"八宝",其中"五宝"为金属:金、银、铜、铁、锡;更近的四川自贡、五通等地都有盐。

需要的只是流通,只是路。

丹棱有路,即使没有,也可以修。像鹰嘴崖、赵河这样的山隔水阻都难不倒古村人,还有什么可以阻拦的?岷江中下游地区的商贾们发现,要使一方安定繁荣,汇入久远的南北丝绸之路,走出国门,融入世界,从岷江眉山码头上岸,进丹棱、雅安、茗山,出四川、达青藏最为便捷。于是,古老的军事通道,被活跃于这条古道上的盐铁客巧借,便成为了一条重要的出川商道。到了清代,"丹马盐铁古道"被正式命名。古村的石板路,正是这条平安道、生命道上的一个重要节点。

可石板路走到赵河,似乎走到了尽头。

天意不知是要成全赵家,还是成全盐铁古道。最早的赵家,从遥远的孝感来到这里安家落户,远行的梦并没有从此被搁置。山外有山,人一旦踏上远行的路,要停下脚步很难。

我突然感觉,鲁迅先生的话,在这里体现得特别明显:世上本没有路,走的人多了便成了路。从没有路到有路,从泥土路到石板路,再到彩色生态透水水泥砼防滑路,在这方寸之地、百步之间,古村的路,就给我们讲述了路的全部历史。我顿然感到,自己竟然比辛弃疾更幸运,没有上高楼,却望尽了天涯路。我甚至怀疑,宋元时期的行政治所"路"、明清时的"省",或元代的"府",其命名的起因也包含了常人所能到达之地。

拾起记忆,还原古村路的前世。

眼前是一本泛黄的《赵家族谱》,与我家的《周氏族谱》一样,源头都起始于明末清初四川遭受的那一场生死浩劫,那一场浩大迁徙——湖广填四川。

于是我猜想,是谁修了赵桥,让古村的路,从此与盐铁古道,与外面的世界连在一起?是赵家一世祖赵手荣和李氏,还是在外做了高官后,带领赵家子孙衣锦还乡,修建了赵家祠堂的赵家六世祖赵洪端?又或者,这桥就是古村人共同的杰作?

一切都源于幸福的梦想,路和桥。

康熙三十三年(1694)颁布了《招民填川诏》,下令湖南、湖北、广东等地民众大举向四川移民,规定"凡愿入川者,将地亩给为永业"。赵家人从遥远的麻城孝感,千里迢迢"填川"而来,来拯救那一场大屠杀后的苍凉。既来之,则安之。既然举家而来,来到这"龙抬头,鹰飞翔"的宝地,何不把永生的幸福种下?同胞兄弟刻意分为"赵、严、黄",不就是为了多占一分田土,创造一族永续的安居乐业和繁荣?自己的家园,怎能不好好珍惜,呵护好,建设好?何况,修桥的目的不仅仅是为自己,还为了南来北往的盐铁客商。

古村是个安魂放心之地。再长的路,也长不过人的脚步。从泥土路、石板路走来,古村走上了彩色生态透水水泥砼防滑路。

盐铁古道被历史湮没了,古村的新路才刚刚开始。

古村的屋

村落二三里,人烟十数家。

全依山作市,半在水之涯。

溪口横桥渡,街心断岭遮。

筒车杨柳岸,摇曳酒旗斜。

这首名为《高桥》的诗,出自清代丹棱县张场镇大田坎人李昶元的手笔。诗的书写对象为幸福古村附近的高桥,出丹棱城西约 17 公里,是今丹棱县双桥镇的旧称，又是清代"四川三才子"彭端淑、彭肇珠、彭遵泗的故居。但此处用来描述古村的风貌，也是十分贴切的。

古村坐落在山坡台地上，面河而立，错落有致。无须站到鹰嘴崖的山头，只要站在半山腰进村的公路口，或者位置较高的赵家大院，俯首一看，古村的面貌就一览无余了。台地西北高东南低，似半面锅壁，舒缓中错落有致。坡上有丘，丘旁有沟，房屋依势而建。锅壁的另一半被鹰嘴崖拦腰斩断，隔在了山的后面，留给人无数遐想，想象关于幸福的另一半。

树是古村的灵物，有了树，古村就有了灵气。但是，树只是自然之物，无论是原生的松树、柏树、柳树和其他乔木、灌木，还是人工种植的树，包括古老的银杏，年轻的桃树、李树、柑橘树等，都不能代表古村，甚至不能代表村庄。

能够代表古村的，是院子和炊烟。

古村因院子而生，因炊烟而存。院子和炊烟，是古村的标配。就像烟雨江南的标配是楼房窄院，水墨徽州的标配是四水归堂的合院，彩云之南的标配是三坊一照壁一样。各式各样的院子，承载着中国人几千年来的寻常烟火生活，不像既想得城市文明之先，又想留院子文化之脉的城市人那样，在静街深巷、厚墙高楼、门庭赫奕、远离尘土中沉落，迷离，丢失。城市院子文化的元素，需要挖空心思，去寻找和还原。这里的一栋栋村舍，就是古老而传统的院子本身。

院子稀稀疏疏，间距或大或小，并不规则整齐，显出一种随性的自然洒脱。不是杂乱的美，而是和谐的美，疏密宽窄都恰到好处，这反而增添了古村的质感。清晨，太阳还在鹰嘴崖的背后，炊烟就从院子里冒了出来，慢慢腾腾、徐徐袅袅，在院子上方转悠，令人想到"孔雀东南飞，五里一徘徊"。直到有风召唤,它才依依不舍地离去,与等候的山岚会合。

受中国传统文化的影响,住宅是讲究风水和阴阳平衡的。《周易·系辞下传》制器尚象说,对院子风水的构建就有专门的论述,认为"古者包牺氏之王天下也,仰则观象于天,俯则观法于地,观鸟兽之于文与地之宜"。这是华夏文明创造的生命哲学,不是封建迷信。乾卦中"天行健"的"行",就是运动,是宇宙万物的相互关系和生命源泉。何况赵家远道而来,人生地疏,宁信其有;何况蜀地曾经遭遇那样的劫难,巴山蜀水凄凉地,又弥漫着浓浓的阴煞之气,让人不得不心怀敬畏,处处小心谨慎。因此,古村的院子,是有讲究的。

这从古村的选址,就可以看出。

显然,"龙抬头,鹰飞翔"是一种大"象"。鹰嘴崖的耸立,既是一种阴阳的平衡,又是一种震慑和护卫。鹰,以神勇著称,被誉为英勇之鸟。任何对鹰的残害行为,都被视为邪恶之举。比如前些年,我在一次旅游途中偶见熬鹰。当我看见猎人对鹰的那种从肉体到心灵的彻底戕害,看见一个高傲自由的灵魂在经过一番徒劳挣扎后,终究因悲愤、饥渴、疲劳、绝望而无奈屈服,成为贪婪猎人逐兔叼雀的驯服工具,那种惨烈残忍,不禁令人心生恐惧。而龙鹰之间的院子前面,有赵河环绕而过,玉带缠身,不能不说让大"象"更加灵动了。山坡当阳,既可迎和风细雨,又可接融融阳光。脚下,则踏着一大片肥沃的油沙沃土。

至此,古村五行中的金、水、火、土都齐了。拥有了生命之源和生命之本,必然是种啥得啥,啥都不种也会草茂果硕。

乍看,似乎少了木。其实不然。漫山遍野的葱郁,并不比孝感差。只是族人不放心。这也难怪,儿行千里母牵挂,何况这次要去的是凄凉蜀地,且去了就不回来,要安家生根。

别的不好带,树好带。树不仅可补木壮木,还可以遮风挡雨,修房建屋,搭桥造船。树种在哪里,根就扎在哪里,枝繁叶茂才是本事。就这样,长途迁徙,跋山涉水,除了简单的行囊,他们什么都没有带,就带来了树。而且,不是一棵,而是三棵:两棵银杏树、一棵槐树。早就分配好了的,同胞兄弟"赵、严、黄"三人各执一棵,落户在哪里,树就栽种在哪里。于是,姓赵的老大,把一棵银杏树栽种到了古村;姓严的老二,把另一棵银杏树栽种到了附近的严沟;姓黄的老幺,把槐树栽种到了附近的黄湾。种下了树,就种下了心和梦想。

心诚则灵,一长百年,树还是那树,景却不再是那景了。当初老大带来的银杏树,长成了今天古村的夫妻树;而老二、老幺带来的银杏树和槐树,则成了严沟和黄湾的一道风景。当然,改变的还有一个约定。因是同胞兄弟,为避免近亲繁衍,三人出发时族上约定:三姓不得开(通)婚。这约定坚守了近两百年,终于被爱情的力量冲破。约定是怎样被突破的不得而知,也许是当初的近亲早已出了五服,实质上变得不再近。还有一种说法是,一对相亲相爱的赵、严后生,设宴把双方族长请到古村的老银杏树下,酒过三巡,向二老讨教一个问题:"这随从先辈来的银杏树都结成了夫妻,按族规该如何处置?"二老先是一怔,然后,若有所悟地打量着眼前的青年男女,稍停片刻,拈须自语:"天要下雨,娘要嫁人,随缘吧。"青年男女喜极而泣,立刻高敬美酒,向二老行跪拜之礼,身旁高大的夫妻树作证。

带来的银杏树和槐树,是根,是魂,须精心呵护。

环绕在院子周围的树,当然不止银杏和槐树,还有不少其他树。过去是用材林,包括松、柏、桉等,还有杨柳,纯粹就是风景,现在则主要是经济林。一到春天,漫山遍野的红桃白李,这里简直就是仙境;夏季,是夏橙和脆红李的天下；而金秋，则有桂花飘香、金橘压枝。室内的家什农具，也与木分不开：木地板、木窗户、木床、木仓房、木家具；木风桶、木犁耙、木扁担、木水桶、木粪桶等。还有不少竹藤家具，与木本来就是一家子。家里多摆放花草树木，让自己活在森林里。而吃的中药、木耳、薯仔、核桃、开心果、茶叶、春见柑、脆红李、桃子、不知火柑、蜜柚、蔬菜，大多都是草本食物。

古村最早的房屋起于何时，什么模样，现在已说不清了。现有的院子，大都是二十世纪六十至八十年代的民居建筑。

走进古村院子，就像走进了川西民居博物馆。

有封闭式四合院，也有半合式扁房。选择封闭与半合，除了考虑人口及造价，主要还是地势，有的山坡上根本就摆放不下一栋四合院。结构与材料则大同小异，一色土墙青瓦的川西院子。土墙是夯筑的，有点儿像藏区的"打阿嘎土"。我小时候在农村也经常见到夯筑土墙的情景：用两面结实的木板固定成墙体模型，往土里渗入适量的石灰、头发和糯米粥，然后填入模具，一层一层地夯实。这样夯实的土墙，不仅能耐风雨侵蚀，还隔温防潮，冬暖夏凉。也有院子以当地石条垒基、石条作柱、石板铺院，墙体则用土砖镶砌。院内的水缸、洗衣板、茶几板凳等生活器具，也大都以当地石材为材料。

石屋、石路与树浑然一体，形成古村的独特风景。如此独特的风水，从环境、居所、家什到食物，五行之要全齐了。古村人心里踏实安然，日子也过得活色生香、风生水起。

也许风水本身蕴含一些科学的因素，只是尚未被我们破解；也许长久的心理暗示，是一种无形的力量，可以改变生命的轨迹。有了它，就多了一份从容笃信，让你在人生路上，能根据自己的命有所准备，做到"得时而进，失时而退"，趋吉避凶。总之，古村人种下的心与种下的树一样，虽经历风雨无数，却一往茁壮而长，长成了三家的人丁兴旺。近二十代孙，都在这方耕耘，耕耘古村，耕耘严沟和黄湾，耕耘丹色的梦想。

屋不在豪，有人则灵。

根据《赵家族簿》所记载，赵家正式的字辈，是宋太祖赵匡胤制定的，即"匡德惟从世令子，伯师希与孟由宜"。赵桥赵氏家族也制定了本家族在古村自第十一代起的排行：

手明承秉悟，国文廷眧腾

隆宗登吉庆，富贵永良臣

文学开儒仕，联芳枝子怀

荣华春光彩，金玉得奇才

代代相传，烟火不断。不知是否与风水有关，古村赵家现在已占据了全村大半的族姓，成为古村历史的见证。

随着农村改革的深入，自 2000 年起，政府引导农民调整产业结构，种植适合当地土壤和气候特性的柑橘、脆红李、茶叶等经济作物；2014 年又引进川旅集团，在这里实施乡村旅游示范工程。从千年盐铁古道走来的古村，焕发出前所未有的活力。

项目建设坚持"严格保护、尊重传统"理念，注意保全乡村精神的灵魂。中国传统庭院和川西民居院子的核心元素，如青瓦房、石板路、元木屋、抱鼓石、宽阶沿，及"龙门""堂屋""仓房""灶房"等，都被重新植入，复原原乡。院子内还打捞式恢复放置了传统农耕文明时期的犁、耙、风桶、石磨、蓑衣、斗笠、竹耙、箩筐、藤椅、瓢筅等生产生活用具，将古村落传统特色建筑符号,推广应用到赵家院、龚家园、熊家园和知青点等处,使古村的院子更具乡村味道。

我从小在乡下的院子里长大,走进古村的院子,总有一种别样的感觉,稍不留意,就勾起了童年的记忆。小时候种过的花、逗过的狗、喂过的牛、晒过的太阳、背过的背篓,都如约而至,与你用心对答,聊起陈年往事。如果你当过知青,不妨到古村的知青点看看,住上一宿,在院子里的瓜篷李树下喝一杯茶,看看沉寂了的农具、屋檐下挂起的一串串玉米和红海椒,听听深夜里的狗叫;或者站在院子边缘,望望曾经挑水的池塘和池塘前的大寨梯田,都会倍感亲切。

目前,古村已发展旅游民宿 4 户,农家乐 12 家,从事旅游业的人数占到古村人口的一半,村民人均收入逐年递增。

走进古村,沐一缕阳光或一丝细雨都很舒服。更重要的是,你会感到,幸福,不仅是梦想,还是一种生活方式。

介入……

有丽为羌

我与丽江的瓜葛,一直与寻找有关,寻找一条叫丽江的江。丽,就是美;江,自然是江河的称谓。符号学告诉我们,地名里往往隐藏着地域文化的密码。"概念无内容则空,内容无概念则盲。"我相信,一条以丽命名的江,无论如何不可以庸常的眼光去理解。

结果可想而知。

但这绝对不是否定我寻找的意义,恰恰相反,我感受到了老天的厚爱。我甚至怀疑,自己阴差阳错地寻找,冥冥之中也是老天的安排。老天不忍看见我的虔诚无果而终,要特意给我一个意外的惊喜。

最早的寻找始于文字里,那已是二十世纪八十年代的事了。那时,我在县政府办工作,县里要组织几个人外出考察少数民族工作,其中一个点就是丽江。我开始了紧张的筹备。人年轻,工作还有一股子激情,总想尽量把问题考虑得周全些,把事情做得细致一点,让领导方便且满意。因此,我没有按部就班,除了例行地衔接吃、住、行等琐事,我还认真搜集提供有关丽江的背景资料,不仅有党政信息、民族风俗和经济指标,还包括了历史、地理、人文等等。

就是在这时,我开始关注丽江的来历,还有丽和江的关系。我自觉不自觉地带着一种定向思维,所定之向,源于习惯的顾名思义。

初始的寻找,让我陷入一种迷惑的焦虑。

因为路。一条皇朝的路,与羌人的千年迁徙之艰对接,两个不同的名词,在这片西域之地重合,把我带进了丽江的历史。

先是治所的路。形式上是朝廷治式的演变,实际上是羌人的足迹。它延伸进历史的深处,唯有文字的结绳记事,可以捡拾起一些碎片般的记忆。从中,我看见了汉唐的"道"、宋元的"路"和明清时"道"的回归与治理。统治就是统治,无论"道"还是"路",不过是为了彰显治权,搜刮民脂,给老百姓既不能带来富足之道,也不能带来幸福之路。满册的"蛮夷"之谓,就是证词。

后是行走的路,更能反映当时的真实。

我不否认,任何文字都有抽象的意义,难免带着某种历史的遮蔽,不可完全相信。但《汉书》里的记载,"有蛮夷曰道",还是让我看见了羌人初来丽江时的艰辛。我相信,蛮夷之说是一种生存环境的描写。"地上本没有路,走的人多了,也便成了路。"这话是七百多年后的鲁迅说的,所反映的绝对不是现在才有的真理。蛮荒、野地、荆棘丛生、猛虎长蛇,还有碧水蓝天、茂林沃土,我想象着当时的情景。正因为原始,这片西域之地才更显出它的魅力。

我不仅找到了羌人留下来的理由,还找到了元王朝在这里设路为治的依据。有地有人,当然需要治理,不能无政府。只是那治所的名字——丽江路——仍然叫我费解。书上说,那是因为流经这里的金沙江,有个别名叫"丽水",故而得名。我不以为然。此说有点儿牵强,我甚至有点儿怀疑,那是后人的生拉活扯、自圆其说。既然以水为名,为什么要弯来绕去,不直接叫"金沙路"或者"丽水路"呢?

我初始的寻找,就这样在迷惑中结束。当然,在给领导提供的资料中,我还是采用了书上的说法,而把迷惑揣在心里。没想到,岁月悠长,阳光是热的,揣在心里的迷惑,孵化出了一个生长的牵挂和好奇。一旦条件具备,我的寻找与探秘之心就演化成一种出发的冲动,难以收拾。就这样,前事未了,后缘又起。我的继续寻找与再一次来到丽江,在那一刻就已经注定。

几年前,我们几个朋友相约,自驾来到玉龙雪山和丽江境内的金沙江。怀揣的迷惑虽仍未解开,却发现了山和江的隐秘。

山是玉龙雪山,纳西族人心目中的神山。

我不是要说它的雪,或者它的云,对那些曲折离奇的陈年故事,我也不怎么感兴趣。我只想说说它的阳刚之美,因为我觉得,它与丽江最为般配。阳刚就在那里,处处显现,我感兴趣的是它的血缘。

我看到了一种惊心动魄、荡气回肠,并为之震撼。

恍若梦幻。可这一切就发生在眼前,在这片叫三江并流的区域。时间也不久,还不到五亿年,在以光年计算的宇宙,确实算不上遥远。血脉通向一片汪洋的底部,再深入下去,进入一圈厚重的岩石。从表面上看,这是一片沉寂之岩,沉睡于大海的深处,默默无闻,与世无争,头上压住一汪沉重的冰凉,鱼龙混杂,泥沙漂荡。其实,这是一种错误的判断。它的血液从未停止过流淌,它的热血从未熄灭过火焰。只是,胸怀大志者,从来都不事张扬。漫长的积压,沉积成了一层深厚的海相碳酸盐,附着于深海的底面,不知是要保护还是要封杀。唯有岩石是清楚的,十亿年、百亿年的等待,只是为了那神圣的一刻——古特提斯洋盆海洋环境的蜕变。沧海桑田,世象诡秘。终于,那一片不可一世、常常在头上兴风作浪的海,顷刻之间消失,让位于一条阳光和轻风相拥的地平线,贝壳是它的祭品。

伟大的是石,白云岩、石灰岩。

不是一场爱情的践约,而是山的生命见证。海枯了,石却没有腐烂。它们在海底沉睡弥久后,以大山的气魄,来了一个巨龙抬头,屹立于赤道之北。全球最后一个冰期气候被抛在了身后,徐霞客的"领挈诸胜"只是一个记录。我目睹了一场轰轰烈烈的冰火相约,一个华丽的独立宣言。它告诉我,一个伟大的阳刚之美,是怎样以独立自由的方式实现。这不是美丽的传说,玉龙雪山是怎样横空出世,挺拔巍峨,开始与天日同在,与大地共舞的,阳光可以作证,蓝天也可以作证。那份喜悦、那种自豪、那种自信,就写在脸上。表面是雪,大道无形,真水无香。莽莽苍苍、气势恢宏的冰清玉洁,正是阳刚的呈现。它以柔美的方式,诠释着一个崇高的美学经典:

美,是自由的象征。

眼前的玉龙雪山,生气远出,雄浑天成,更像是一幅画,中国古典绘画。不同于西洋画的焦点透视,它需要用一种散点透视的笔法,方可解读。我尝试着模仿宋代大画家郭熙,以看山的方式,感悟玉龙雪山的"三远",包括自下而上仰视的高远、自前而后窥视的深远、自近而远平视的平远,发现了一种"高贵的单纯和静穆的伟大"。这样的美与崇高,让我想到曾经辉煌一时的古希腊精神和希伯来精神。我还是有些怀疑眼前景象的真实,于是闭目静思。我要验证,是否有相应的审美效应:心醉神迷,惊喜若狂,喜惧交加……

很遗憾,我仍然无法得出结论。

究竟是因为这里没有我寻找的答案,还是我不够虔诚? 著名美学家朗吉弩斯说过,崇高是伟大心灵的回声。

我的继续寻找，自然离不开那条叫丽水的江。

它与丽江有那么多的瓜葛，要破解丽江命名的谜底，怎能忽视得了这唯一的证据？不需要大前提、小前提，不需要三段论式的演绎，只需一个简单的思维递进：既然说丽江因丽水而得名，那么，金沙江为什么又叫丽水呢？这个问题，促使了我与金沙江的又一次照面。

对金沙江的记忆，总是和一种温馨联系在一起。

最早对金沙江的印象并不是这样的，这源于我对江河认识的不断深入。从小生活在农村，足不出户，门前那条思蒙河，就是我见过的最大江河。后来到县城读书，见到了岷江，它对我而言简直是一种震撼，原来世界上还有这么浩大的江。金沙不是以大征服我，而是湍急。思蒙河与岷江，一小一大，但它们有一个共同特点，柔和、舒缓、温情脉脉。除了偶尔的洪水肆虐时日，它们都是柔柔的、软软的，水光潋滟、波澜不兴、款款深情，给人一种慈母般的宽厚，恋人般的温馨。我甚至因此而形成对江河的误判。当第一次见到充满野性、狂放、凶险的金沙江时，我简直有一种难以言说的激动和敬畏。

那是1981年，为解决夫妻两地分居问题，费尽周折，我把在攀枝花市工作的妻子调回了青神。调令发出后，我前往办理调动手续。从金江火车站下车后，我们打的去攀矿。就在进入市区途中，在凌空的天路飞桥之上，金沙江进入了我的视线。车在江岸行，江在谷底流。混浊的流水，湍急的险恶，一圈又一圈的旋涡，仿佛顷刻之间就会吞噬世界的一切。我把头死死扭往反方向，甚至闭紧双眼，不敢看深谷里的金沙江。爱人还生了气，说我对她的工作之地没有感觉。

在记忆快要消失的时候，羊年9月，我再一次巧遇金沙江，是在川藏线上。最深刻的印象，就是那种将要淡化的湍急汹涌，再次被找回，甚至有过之而无不及。江水混浊，恐怖险恶，我甚至把它比喻为西南的黄河，或中国的亚马孙河、刚果河。金沙江的形象，几乎就这样在我的记忆里定格。我甚至怀疑，早年书上查阅到的丽水之说，不是舛误，就是一种因恶而生的向善愿景。

但是，我最终还是错了，颠覆性的错。不是错在对丽江与丽水关系的怀疑，而是错在对金沙江的认识。

这是我再次走进金沙江的发现，就在羊年的深秋。

的确，这是一条颠覆记忆的江。它从攀西的崇山峻岭穿越而来，当走进丽江古城后，离去须臾，又掉回了头。从那行走的足迹，我分明看到了一种孔雀东南飞式的心情。更令我不可思议的，是它的行走姿势。一条洪波汹涌、湍急险恶、昂首挺立的大江，到了这里，怎么就变得如此温文尔雅、轻缓安静，宛若一个凶恶悍妇一下子变成了温柔的淑女？是因为唐古拉山和虎跳峡的雄伟，早已奠定了你生命的高度，后来的一切高耸都已变得多余，还是因为各拉丹冬的融雪、老君山的修行、香格里拉的梦幻，让你的灵魂得到洗礼，改变了狂放的习惯？是因为青、藏、川、滇的穿越遥远而漫长，让你确实感到了疲倦，想休息休息，还是因为尘河、鲹鱼河、黑水河、西溪河、溜筒河、水洛河的汇入同行，让你多了几分顾盼？抑或这方水土有什么化恶为善、化险为夷的魔力，以至于让江河低头，大江驯服，浊流澄清，变得如蓝天下逐草觅食的羊群？

我的追问似乎很远，又很近；很抽象，又很具体。我不否认，流入丽江的金沙江是美的，美得温婉，美得醉人。那美就这样摆在那里，我发不发现、承不承认，都改变不了它的存在。问题是，这不是我要寻找的答案。丽水与丽江之间，并没有必然的等号，金沙江的美，解释不了羌人的心事,破解不了丽江命名的秘密。

对,最美的风景当是人,羌人。

美学家说,美学的对象是广大的美的领域。马克思也说过,人与动物不同,人是按照美的定律来塑造物体的。当美学成为一门独立学科,被称为"伊斯特惕克"时,它就开始研究感觉和情感。英国作家福斯特的小说《看得见风景的房间》,曾让美学家兴奋不已,他们说,这就是他们寻找的美的感觉。现在流行的美学高雅趣味,虽是在古希腊的天空形成的,但谁能否认,对美的感应,不是人的天性?

初到丽江的羌人正是这样。他们也许还不知道什么是美学,但不要因此怀疑他们对美的感觉。他们发现,整个丽江,正是一片"广大的美的领域",一个带风景的房间。美或丽,处处都在,何止一条江、一座山、几棵树。既然在希腊人那里,凡是可以提高美的东西,没有一样被隐藏起来,他们又何必隐藏?既然这里的美,非一景一物能概括,何不一并揽下这里广大的美的领域和人?

一切都是顺理成章的,不是纯粹的审美想象。尽管,艺术想象是人类精神中最难解之谜,但爱可以创造奇迹。因为爱,羌人或纳西人,按照自己对美的感觉,来塑造这片土地,给它命名,并把这种命名与自己的愿景联系在一起,让自己成为带风景的房间的一部分。古希腊精神和希伯来精神中人的审美进程,所谓感性的人、理性的人、完善的人和信仰的人,羌人在向纳西人转换中,不经意间就走完了全程。

没想到,一种发现美与崇高的感觉,在此刻出现。

当我把寻找的目光指向人时,一个哥德巴赫猜想式的难题竟在顷刻之间破解。阿里巴巴之门,是一个时间点:

元朝至元十三年(1276)。

这一年,产生了许多帮助我解开寻找之谜的元素。首先是元朝廷在这里设置了行政区丽江路。这是丽江第一次以一个地域治所的身份被正式命名。与此相关的还有:北方的羌人经过千年的迁徙,大量到达丽江,扎根安居;有了人,社会就需要治理,丽江的土司制度逐步形成;羌人正在尝试改变自己的族姓,由羌族演变成纳西族。

我相信,我的寻找,在一个大胆的猜想中完成。

那江,丽江的江,也许原本不叫江,而叫羌。在被称为人类童年文字的纳西文中,无论是象形,还是假借,我们都不难发现其与汉语表音相同的例子,比如"沟"与"抠"、"湖"与"贺"、"五"与"瓦"等等。初到这里的羌人,在一个没有路的地方行走,蹚出一条路,人们就叫它羌路。元代的治所不过是顺势而名。羌人把这里的大美,与自己的族姓联系在一起,给这方圣土命名,不仅是因为太爱这片土地,更为纪念那迁徙千年,来到这里的羌人祖先。"江""羌"相混,只因方言土语的表音相近。丽江是符号,丽羌才是本意。

不独山水,有丽为羌。在我,这是一个美好的祝愿。

看一棵树修成府

树在狮子山头,隐身于一片柏树林中,俯视着东面的木府。

树和府,就构成了一道风景,立于丽江城南一隅。历经风雨无数,柏树林修炼得郁郁葱葱、生机勃勃,已然成景,站立于这城的最高处。而木府则巍然大气、群楼竞雄、殿宇辉煌,尽显王者气度。丽江人说,"北有故宫,南有木府",并非信口的自夸之词。

前几次到丽江,大都流连于古城的热闹,并没有注意到木府,也没有注意到木姓土司与丽江的深厚渊源,甚至不知道还有个叫木府的地方。走进木府,走进这个皇城气派、可熏秦里的古宫殿群,就走进了八百年大研古城的心脏。这是随行的丽江朋友告诉我的,言语间流露出不少自豪。我开始还有点儿不以为然,在心里嘀咕:真有那么神?当我看了那些记录着纳西人的沧桑和东巴文化辉煌的木牌坊、石牌坊和万卷楼,翻看了徐霞客的《滇游日记》,体味了这位游历世界、阅尽名山大川与神宫奇殿的奇士"宫室之丽,拟于王者"的惊叹,听了狮子山上那棵古柏的故事,我才意识到自己的短见与浅薄。

越是惊异,越容易产生怀疑。不是怀疑这里的真实,而是怀疑有形的文字和建筑或多或少会将历史遮蔽。当一方文化演变成口口相传的故事,隐藏的东西一定比表现的要更多。

眼前的木府,正是这样。

文字告诉我们的历史,不管是 340 年,还是 470 年,抑或 633 年,甚至更长,都只是个数字,僵硬的,并不可靠。事实上,从文字本身,就已能看出明显的破绽。木府的前世,肯定不在公元 1382 年;而今生和未来,也不会在某个时间点打住。1382 年只是一个故事,哪怕史料记得再详细,也记录不了它的根系。木府几百年的盛衰,只不过是在忠君思想下,庙堂与江湖之间上演的一场游戏。木府的存在,早已由一个衙门演变成了一个符号,成为纳西族东巴文化的重要组成部分。你说它存在了多少年? 还要存在多少年?

这也许是个谜。要破译谜底,须走进东巴文化的根系。

我相信,那根系一定与现在的纳西人——以前的羌人——那场跨越千年的寻找迁徙有关。在迁徙中,北方游牧文化与中原文化逐渐融合,其重要收获之一,就是远道而来的羌人对中原文化的认同。中国古代的五行思想,便是其中。既然宇宙万物皆由五行构成,它们的盛衰和相生相克,构成其循环之源,甚至影响到人的命运;居中的水、木、土,起着承前启后的桥梁作用。既然上天选中了丽江,选中了这方山水,何不借木而生,依水而栖,立土而盛? 当然,这里的借、依、立,已不是五行中抽象的意义,而是纳西人实实在在的落地生根元素。换句话说,是丽江的树、丽江的水、丽江的土地,哺育了纳西族的根。不要怀疑,丽江独有的穿城河、穿殿渠、三眼井,及木楼、木牌坊和木制东巴纸,就是纳西人木崇拜的佐证。"欲得木之盛气",信奉东巴教的纳西人,早已把木作为与太阳齐名的图腾。

"不到木府,就不了解纳西人,就不了解东巴文化。"丽江朋友向外地客人介绍木府,总爱这样开头,有点儿像新闻写作中的五个要素。而此刻,我的感受很形而下,不到木府,肯定看不到狮子山上的树,也不会了解那棵屹立山头的古柏;不了解树,不了解那棵古柏,就不了解纳西人在想什么,心里珍藏着什么,不明白东巴文化的魂在何处。

产生这样的感受,是因为我在场。先是身,然后是心。是的,要不是导游的刻意介绍,我们很难发现那棵古柏有什么特别,甚至不会注意到它的存在。导游一介绍,我们不得不对它刮目相看了,一个个伸长了脖颈,仰头看山;越看,越觉得是那么回事,不禁口头啧啧,暗暗称奇,心里陡增不少敬意,为这树和这府的生命奇迹。

古柏的与众不同,在多方面都有表现。首先是树皮,灰白相间,似耄耋老者脸上的斑痕,与周围其他柏树皮的黑褐色形成对比。虽然二者差异并不是很明显,仔细观察还是能够分辨。其次是树冠,古柏没有其他树木郁郁葱葱、亭亭如盖,枝杈间略显稀疏和干瘪。我知道,这些灰白、稀疏和干瘪,都是岁月留下的痕迹。

最明显的区别,还是树干和树尖。

其他的柏树,树干和树尖都是"挺脊拔身气撼天,根苗骨硬叶枝繁",充满了古诗词中的非凡气度。而那棵古柏却弯腰低头,显得有点儿老态龙钟。它不是没有挺拔与傲骨,有的,而且比其他的后来之柏还要更重、更有底气,只是不在形状与表面,而在神中,隐忍于血脉里,只有当你透过那厚重的古老苍劲才能窥见。这样的气骨,非经百年千年的风雨修炼,怎可修得?弯腰低头之下,树高是最令人担心的。好在,年轮和高度,让它在众木之中仍然可"出树头地"。否则,我真担心,它可能被那片葱郁的柏林淹没。

它之所以没有被淹没,是那个令人肃然的故事。

那故事说，一代又一代木府土司，都牢记明太祖封赐之恩。明代最后一位土司木增多，见明朝大势已去，不愿违背"不侍二主"的节义，仅36岁，就毅然决然辞去朝廷官职，隐身芝山，潜心修道，终于修得正果。山上那棵古柏，就是他得道成仙的化影。据说，木增多在56岁归西时曾预言，当山崩地裂，洪水淹没金沙江时，这里就会再次繁荣。这一幕，在1996年的丽江大地震中出现。地震之后，丽江旅游业反而更加繁荣，这也是事实。可传说毕竟是传说，姑妄言之，也就姑妄听之。但有一点似乎不可否认，一些口口相传的故事，往往反映了某种民意，无论是古希腊、古罗马、古埃及，还是中国古代，都不乏这样的传说故事。从这个故事中，我们发现了纳西人忠义感恩、诚信善良的品质。好人须有好报，包括他说过的话，也会得到美好应验；同样善良的丽江人，以传说的方式，延续他们对节义土司的敬畏。这不禁让人想到，也许正是那棵树，修炼成了眼前的府；或者说，只有柏树，只有那棵古柏，才配得上纳西人的性格，才配得上东巴文化，才配得上木府。从古至今，所有的丽江人，包括我们这些来去匆匆的过客，都是它修炼的目击证人。

也有淹没。淹没古柏，不，淹没整个狮子山、整个柏树林、整个木府的，是纳西人的另一图腾——阳光。天蓝得碧透，云躲到了天后，阳光成了天空唯一的霸主。好在，深秋时节，阳光不毒。时在午后，斜斜的阳光从狮子山的背后洒下来，洒下的都是温暖与舒服。这样的福报，只有长久地修炼才可获得，我们沾了那古柏的光。阳光照着现在，也照着过去。我们行走于木府，听着树和府的故事，观今而思古，每走一步，都是一个拉长了的影子。

阳光是有的，不管我们是否高兴，是否祈求，太阳都照样升起。关键是木。欲得木之盛气，肯定离不开树。我猜想着当初的羌人，刚刚来到丽江,伐木为材,修房造屋时的情景。

玉龙雪山太高,冰雪四季,更重要的是没有树,因而自然想到了狮子山。此山不高不矮,不平不陡,山脉环绕,府邸置身其间,犹如坐入龙背大椅。关键是高林繁茂。丽江最好的树,就在狮子山上——黄山古柏。这种柏树,我小时候就见过,我家的屋角处就有一棵。它木质坚硬、细腻,花纹好看;感觉这树最大的缺点,就是长得慢。在我记事的时候,它就是那个样子,后来我长大了,它好像还是那个样子。我曾就此问父亲,父亲轻描淡写地回答,好的树,不是长,而是修。我又问,什么是修?父亲回答,就是摒弃杂念,诚实守分,一心向善,耐心炼,慢慢悟,吃得苦中苦。小孩儿只知道玩,哪能理解什么苦中苦、人上人?我虽然似懂非懂,却记住了父亲的话。

我相信,狮子山上的柏,都是好树。

据说,现在狮子山上的柏树林,是在二十世纪五六十年代群众义务栽种的。只有少量古树是过去保留下来的,包括刚才导游介绍的那棵古柏。这里还有活水,西河水三面环绕。如果府第坐西朝东,便形成了左青龙(玉龙雪山)、右白虎(虎山)、背玄武(狮子山)、东南龟、蛇拱珠的绝妙布局。这就不难理解,深受中原文化影响,又身为土司的阿甲阿得,当初选择在这里建官衙的理由。什么城西南一隅,什么居中为尊,这里就是最好的风水宝地。

人修成了仙,幻化为树;树要修成正果,当然是成府。不想当将军的士兵不是好士兵,不想成府的树怎配为好树?这不是巧合,而是大道神合。由人而树,由树而府,好树和好人在丽江相遇。这就是丽江的历史,木府的历史,纳西人的历史。

想象的翅膀飞到了六百年前,甚至更早。

那批最早的树,与最早的人一样,是幸运的。人不仅发现了丽江,还发现了树。千年的寻找与千年的守望,终于在丽江结缘。两个千年的缘,一见如故。伐木而屋,先只是为了安居,包括没有成为世袭前的土司。事情需要人管,社会需要治理。土司是纳西人造就的,且不止一个。丽江纳西族的土司制度,比明朝的历史还要早一百多年。开始可能只是位普通的纳西族人,因为德高望重,处事公正,大家信服,被推举为族长,调解处理一些春播秋收、家长里短、婆媳不和之类的事。逐渐地,威望演变成了权力,信任演变成了依赖,民赋的权演变成了朝廷赋权,局部的权演变成了全面的权,直至成为一方最高统治者。一个长者的威望权力,延伸至一个家族,直至父子相传。老百姓需要官,官也离不开老百姓。不管世袭不世袭,大家只希望有一个公正的官,能有开明之治。只是,那时的树还只是一棵树。哪怕是优质之柏,父亲所说的好树,独秀于林,也只是一棵树,还没有修炼成府。那时的土司官邸也不叫木府,只是房屋,包括开始的丽江军民府衙署,与普通纳西民居也没什么两样,只是用途不同。

从树到府,是慢慢修炼来的,历经百年风雨。

不得不佩服这方土司的聪明。经过长久的修炼,这方土司深得儒家文化之精髓,秉承大唐之遗风,视民为水、官为舟;懂得要巩固统治,就必须既要得到朝廷信任,又要得到百姓拥戴。于是,才有了阿甲阿得的审时度势,率从归顺,举人臣之礼;才有了朱元璋的赏识与赐姓。好一个木,只在朱字头上去掉一个人——一人之下,万人之上啊。从此,纳西人不仅有了汉姓名字,还有了真正的根。既然姓木,就要谨记皇恩,学习朱元璋的明远见、重农桑、兴礼乐、褒节义、崇教化、讲法度。于是,就有了历代纳西土司的亲民爱民,深得百姓喜爱;就有了官木民和,有了纳西人的根的符号——木府。

对,皇帝赐了土司之姓,臣民也不能置之法度之外。如法炮制,上行下效,不仅是形式,也不仅仅是为了在政治上与中央保持高度一致,更是为了自己的统治,从族姓和文化之根上强源固本。在这里,这方土司的聪明再一次得到验证。皇帝赐咱"木",咱就赐百姓"和"吧。好一个"和",木字之上戴顶帽,表明咱头上还有朝廷,岂敢犯上;旁边背个筐,装庄稼果蔬,表明要获得美好生活,必须勤劳精进。官木民和,不仅是姓氏差别,更是治术:木生和,和依木,勤为本,土生金,求的是官民和木(睦)相处,靠一方水土勤劳致富。丽江土司不仅深谙五行之道,而且读懂了官意民心。

于是,阅尽红尘,一棵树炼成了府。

木府就这样走来,披着历史尘烟,承载着纳西人智慧,款款的,从容而坚定。它既是主人尊姓,又是建筑元素。从屋到府,皆为木造。虽然,过去的木府已毁于天灾人祸,现在的木府为1999年恢复重建,但没有人怀疑它姓木,谁也不可否认,那些钢筋混凝土的梁柱,离开了木的灵魂,还有什么意义?

走近木府,就走进了一个木的世界。从形到神,处处感受到的,是木的存在、木的价值、木的神奇、木的神圣。

木府之木,无不蕴含着木的生命哲学——占山为木。

狮子山上满山的柏树林,就是见证。

坐向为木。中原王城讲究的是坐北向南,所谓"衙门向南开,有理无钱莫进来",是老百姓对贪腐官场的讽刺。而五行中,东方属木。重木的木府,可以一反千年传统,让自己的府邸坐西向东,既可迎旭日而得紫气,更重要的是为了向木以尊。

守门为木。木府门前,充当护门之神的不是狮或虎,而是两棵大树。大树巍然而立,不知其名,只知是木。

大门为木。迎来送往,富贵之运,皆从门过。木府大门均为木板修造,朱红、厚重、瓷实,胜过多少宫殿官府的"铁将军"。

护水为木。水生木,木府当然不可能没有水。进门处,就是清泉流水小桥,林木夹岸,不只是水木相生,还有呵护。

牌坊为木。木牌坊跨桥而见,耸立于木屋之间,上书"天雨流芳",为纳西语"读书去"的谐音,在这里,却是木府的时髦之语。

殿宇为木。这是木府的主体,气势恢宏、金碧辉煌、错落有致。从木家院、玉皇阁、三清殿、光碧楼,到万卷楼、皈依堂、玉音楼和木府酒坊等,构成了木府的建筑群。据说,鼎盛时期,木府占地百亩,殿宇过百。它们功能不同,建造各异,但从大型的梁柱到细处的雕刻,莫不是木的杰作。现在恢复重建部分,虽仅及当初的三分之一,恢宏之势已是蔚然壮观,属云南留存土司官邸之首。

最重要的,当然是心中有木。

木姓土司知书达理,好礼守义,颇具儒雅之风。谁能否认,其文化之根,乃在于木之精神。万卷楼就是见证。

在木府,万卷楼的高度超过了议事堂,表明诗书礼仪在主人心目中的地位。这里珍藏的千卷东巴经、百卷在藏经、六公土司诗集和众多名士书画,都是东巴文化的精粹。它们得以遗传,也得力于木。那些经书诗文,最早都是用纳西族特制的木质土纸书写的。甚至,我看见一张木府的全景照片,那上百座的木府楼群布局,似一个大写的木。看角度,那照片好像是在狮子山拍摄的。如果再放大一点,看远一点,则是一个"和"字布局。木府坐落于丽江古镇一侧,是纳西族的主心骨和灵魂。狮子山及其上面的柏树林，是木字头上的帽子；戴上，不仅戴上了一种古韵风骨，还要不忘皇天后土。木字中间那长长的一竖，是木府的中轴线，就对着古老的四方街和茶马古道。那街是丽江最早的集市，曾是四面八方商贾云集之处，现在也是古城的中心；那道既是当初羌人的来路，又是他们通向外面世界的出入口。旁边那个筐，当然就是丽江古镇了，它装着勤劳、智慧、财富和梦想。

是的，都是木。怪不得纳西人说起"木老爷"，就像是说起自己的老祖宗。不说木府中人，面对这样的树，谁能不"见木低头"？在东巴文化中，不珍惜木、随意损毁树木之人，胜过邪淫盗杀之毒，死后在地狱里会被乱木穿心，比下油锅还惨。

要离开木府了，我不得不回头，再看看那棵高处的树。

我相信那个传说，那不是古柏，是木增多。他的弯腰低头，不是媚颜屈膝，而是鞠躬，面对丽江这一方圣土，面对纳西族，面对他牵挂的木府。十年树木，百年树人，千年树精神，这是历史的规律。改土归流，改掉的只是土司制度，而不是木府。不管是曾经的毁，还是后来的建，木府都在，它的节义诚信精神永远在纳西人心中。走过十年、跨过百年、迈向千年的木府，不仅没有坠落成泥被碾作尘，湮没于历史的尘烟里，反而更加巍然地屹立于这方土地，超越一切形而下的物相，成为纳西人的一个精神信物。

我看见一棵树修炼成府，它的灵魂是木。

问一问那时的羌人

此刻，2015年的深秋，我正站在丽江古城街头，与一架旋转的水车对视。景象在眼里幻化，水车变成了岁月的年轮。

面前多为纳西人，曾经的北方羌人。他们摆摊设店，过着自在的日子。我有点儿疑惑：世界那么大，相距那么远，近似唯美挑剔的羌人，怎么就大多来到这儿？而且来了就不走了，在这里落地生根、繁衍生息，直至改族换姓，以一种崭新的族姓，融入这片神奇的土地，让山成龙，使江为丽，祈木成府，变荒山野岭为茶马让路。

在丽江的时间有限，拜谒的地点和历史人文也不多，我的疑惑不仅没有解开，反而在生长。好在，从蓝天淡云到三江众湖；从玉龙雪山、木府神殿，到丽江古城、东巴王国、茶马故道，以及纳西古乐，似乎都是一种提醒，叫我去问一问那时的羌人。

我隐隐有种预感，纳西族的全部秘密，都在羌人的足迹里。

此刻与那时，时空被思绪打通。疑惑逐渐澄澈透明，就像这古渠里的水，一脉悠长，活自源流。我从脚下的丽江出发，踏着那水车的节奏，拾着岁月的台阶，轻轻走了进去，一步就跨入了那时的羌人村落。村落在岁月的对岸。对岸很遥远，无论是时间还是距离。

无须解释,迎接我的是一群羌方之民。他们身穿麻布长衫和羊皮坎肩,包着头帕,束着腰带,裹绑着腿,腰带和绑腿多用麻布或羊毛织成。他们吃的是羊肉,穿的是羊衫,生活与羊相伴,羊成了他们神圣的图腾。也是深秋,与我身处的丽江一样,天气晴朗,他们的皮褂毛尖向内。男女之别,在于长衫上的装饰。男子衫长过膝,梳辫包帕,脚穿草鞋、布鞋或牛皮靴,腰间佩挂镶嵌珊瑚的火镰和刀。女子则头缠青色或白色的头帕,佩戴银簪、耳环、耳坠、领花、银牌、手镯、戒指;长衫领边镶着梅花形银饰,襟边、袖口、领边等处绣着花边;腰束绣花围裙与飘带,上面绣着花纹图案;衫长及踝,下摆荡悠在微翘的鞋尖,与脚上穿的云鞋互相映衬,鞋尖上绣着的云或水,就有了动感。几位老年妇女包着的黑色四方头巾,与一些未婚少女的梳辫盘头花头帕,形成生命的两极对比。

黄发垂髫,怡然自乐,这里是个羌居乐园。

史载不过是个旁证,"关中自汧、雍以东至河、华,膏壤沃野千里……其民犹有先王之遗风,好稼穑,殖五谷"。

但快活是表面的,不安分在骨子里。从羌人脸上淡淡的迷茫、悠悠的期盼、躁动的表情中,我窥见了更深层次的叛逆。我只是有所不解:故土是根,他们为什么义无反顾要离开,开始那一场充满未知的寻找与迁徙?哪个不清楚,路上有猛虎、豺豹、险山、恶水,有大盗悍匪、兵荒马乱,每一次的出发,都可能是生离死别。

答案一个个涌出,又很快被否定:应当不仅仅是为了温饱生计,北国多物产,地广人稀,只要勤劳,何处不可求生;也不该是战乱和动荡,那时正是大唐的贞观之治,百姓守土为本,安居乐业;更不该是为了现代人的所谓自由民主,在那时中国的语境里,还没有这个奢侈的词。事实上,渺茫的寻找与迁徙,才是最大的危险。不信,到羌族的碉楼看看,那就是羌族的一部迁徙史、战乱史、苦难史、文化史。羌人不安分的背后,一定有某种秘而不宣的原因。

不为别的,是为了寻找理想的家园,一个真正能够放心安身之地,不仅是身体,还有灵魂。这里的放,不是放开、放手、不再牵挂,而是心灵的放置,或者安放栖息。

那么,他们的离开,也一定与原来的栖息有关。

我禁不住透过那时羌人的背影,回望他们离开的那片土地。穿越遥远的殷商尧舜,踏过破碎的秦砖汉瓦,眼前出现了一些零乱的甲骨文。它们歪歪扭扭,锈迹斑斑,把我带到了羌人神秘的前世。

原来,羌人离我们是那么近。

眼前是一幅泛黄的族谱,是彼时羌人的,不,应该是整个华夏的。上面写着两个醒目的甲骨文——"羌"和"姜"——在同一个族源的谱系里。这很容易令人想到是同一个"羊"字的象形,和那个远古的图腾。再往前翻,再往上溯,我看见,在庄严的家族神龛上,供奉着华夏共同的始祖:炎帝。我感到万分的惊讶。原来,羌人不仅与我们居住于同一片黄土地,同饮黄河水,而且与我们同宗同源。我感到些微的汗颜。我们血缘里的进取与激情,是什么时候弄丢了的?

我还是有点儿将信将疑,赶紧翻开另一些破碎的典籍,让历史在场再现。黄纸黑字,铁证如山,我不得不相信了。"昔少典娶于有蟜氏,生黄帝为姬,炎帝为姜。"这是《国语·晋语》中的记载。在《左传·哀公九年》中,我发现了同样的文字。历史的真相,隐藏在几页薄纸里。羌人的日常生活和活动方式,都在我们共同的《诗经》里。口唱歌谣,"断竹,续竹,飞土,逐肉"(《诗经·弹歌》)是一种;"伐木丁丁,鸟鸣嘤嘤"(《诗经·

国风》)又是一种。

男耕女织,田园牧歌。说实话,这样的生活,并不亚于陶潜的"不知有汉,无论魏晋"。可正是在那个时候,羌人的寻找和迁徙就已开始。这曾是令我百思不得其解的谜,一直激发着我的好奇。

先是东进,进入中原,进入今天的河南、河北、山东。一部分羌人留下了,在那里迅速发展,成为黄河流域一支著名的部落集团。一部分不满足的羌人继续寻找和迁徙,抵达今天的甘肃、陕西、山西、河南,成为"北羌""马羌"和商王朝"四邦方"的重要组成。又有一部分羌人留下了,留在了秦晋陇西。继续寻找、迁徙的羌人,眼光和心气都近似苛刻。我开始怀疑,不断地寻找与迁徙,是羌人的习性。或者说,"昔我往矣,杨柳依依;今我来思,雨雪霏霏",暗示着他们生活的环境正在发生改变,威胁着他们的安全,对此他们早有感知。

可是错了,错了。我全部的猜测与怀疑,都错了。

证明我错的,不是《诗经》《史记》,或者《国语》,而是羌人的足迹。那足迹我是在西域发现的,它们印在行将消失的茶马古道上,停留在丽江古城、束河古镇、万古楼,或木府的青石板路上,闪现在金沙江、雅砻江、澜沧江的波涛里。当然,东巴经文、纳西古乐,或泸沽湖的传说、东巴王国的故事,也可作证。

去除遮蔽的历史成了一面镜子,清净而明丽,帮我还原了遥远的前尘往事。我清晰地看见,当寻找、迁徙千年的羌人来到西域,来到香格里拉、维西、德钦、古城、宁蒗、木里、巴唐、玉龙,特别是来到丽江,就再也不想走了,再也没有走了。他们一住就是千年,成为这方圣土的开发者、守护者。我先还觉得有点儿不可思议,难以理解。这是为什么呢?最后的释怀,竟是一个简单的逆定理:羌人的不走,是因为再也找不到离开的理由，哪怕一点点。过去的那些寻找、迁徙，历经千年，猎险千里，不都是为了这里？我被深深震撼了。羌人，是什么眼力，竟让你如此决意？答案不在别处，仍在羌人的脚印和丽江的山、水、天地里。

天，就在头顶，高高在上，令人心生敬畏。

我生活的成都平原，往往只有云没有天，天躲在云的背后，被云遮蔽。我们的在场主义主张去掉遮蔽，看来，不仅是文学，不仅是精神，就是面对简单的大自然，也是一大难题。想不到，这样的千古难题，竟然在丽江求得解。很长一段时间，我曾把"彩云之南"，误解为"采云之南"，或"采云之难"。在看了《云南通志》和《南诏野史》后，得知这说法竟与云南名称的来历有关。"彩云见于南中，遣史迹之，云南之名始于此"，听闻难免莞尔，可当我几次到了云南，到了丽江，逐渐觉得，我那歪打正着的误解，似乎更有意思，因为在这里，我常常看见，幽蓝的天，深邃而高远，纯净、透明，没有一点杂质。比如此刻，我站在丽江博物馆前，黑龙潭畔，仰头而望，除了一角飞檐、一树桦枝，就是一色的蓝天。天空如洗，浩瀚无边，根本就没有云，你很难想象，那浩瀚的边际，究竟有多深多远。

大美之下，我有点儿情不自禁，仿佛五脏之内，尽被洗涤，净化了一切邪念杂质，如天空般清澈透明。我急急忙忙拿出手机，调好角度，对准蓝天，照了两张相，配上文字，发给好友银昭。我说，丽江的天只有天，没有云。这样没有云的天，该怎么称呼呢？我想了半天说，应该叫思想。银昭立即回复，高。我在想，这是否也是当初的羌人，现在的纳西人，不舍离开的原因。

山，当然是玉龙雪山。

此刻，秋阳和煦，轻风婆娑，感觉真好。我端坐在玉龙雪山跟前，闲而不空,是要观看《印象丽江》。这是继《印象刘三姐》之后,张艺谋、王潮歌、樊跃团队倾力打造的又一部大型实景演出,场面壮阔,大气磅礴。只是,我的心并不在眼前,而在舞台背后。

玉龙雪山就在正对面,构成演出舞台的远背景。我相信,这绝不是巧合,而是具有高超悟性的导演们有了某种独特的发现,就像当初的羌人。这是更深远、更宏大、更丰厚的舞台,也是玉龙雪山如此吸引人的原因。先还有一层浓浓的云,灰白相间,把玉龙雪山紧紧锁住,山和雪都看不见,更别说十三奇峰构成的山舞玉龙。我感到有点儿神奇,这两天在丽江很难见到的云,原来,聚到了这里。可更神奇的还在后面。开场大鼓一响,随着纳西汉子几声吆喝,那云就渐渐散开了。不是由深入浅、由浓入淡的那种散,而是在浓厚的云幕中间,慢慢裂开一条缝,由窄到宽,由近到远,宛若天幕开启,与演出的开场形成绝妙奇异的默契。没过几分钟,那天幕又缓缓合拢,恢复原来的状态。就在云开云合之间,玉龙雪山探了一下头。不,天眼开处,是一个龙抬头,尽管很快归隐,我还是看见了它乍露的尊容,巍峨、俊逸、壮美,带着几分神秘。它似乎想告诉我什么秘密,却欲言又止。正是在这一开一合之间,我似乎获得某种顿悟。

玉龙雪山,原来,你真是有灵性的生命之体。那么,你的灵性,究竟来自何处?隐藏在哪里?是因为高,还是因为南?是因为山,还是因为雪?是因为北方魔王的凶恶,还是因为玉龙、哈巴兄弟斩凶的英勇?或是因为纳西族保护神"三多"那些屠妖历险的传说?是因为"殉情第三国"的凄美,还是因为云蒸霞蔚中,欲说还休的羞涩?或许,是因为四亿多年前那片浩渺无涯的海,它的汹波浪涌、游龙怪鲨、浅草深贝,沉淀了生命中大多的秘密,最终,让你修炼得高贵似玉、神圣如龙、纯洁成雪、巍峨胜山，耸立于这北半球的最前沿。

玉龙雪山就是这里的守护神。有了它，还有什么不踏实！

水，就很多了。这里除了金沙江，还有雅砻江、澜沧江，以及大小近百条河流，两个流域三个水系，程海、泸沽湖、拉市海、文海、文笔海、九子海、中济海等，还有数十个大大小小的高原湖泊。水不便改名，它还涉及上下游许多部族；地名却可以改，地是不走的，就像来到这里的羌人。或者说，在羌人到来之前，这里本来就是蛮荒之地，没人开垦，也没有那么恰当的名字。就叫丽江吧。这并不仅是因为忽必烈的到来，以皮囊抢渡金沙江的大吉大利，依傍于丽江湾驻兵操练。这一方水土，与丽最是般配。我相信，如果老子随迁徙的羌人一起到这里来，就不仅仅是慨叹"上善若水"，还会说"上水若善，逍遥之境，原来在这里"。把心中家园的美，嫁予这里的上善之水，不仅是一种大爱、一种期待，更是一种至上的忠诚。

驻足在蓝月谷的水边，我强烈感到，这里的水确实不同凡响。这种差异，我在山顶其实就已发现。我们乘坐的车转过一个山头，导游小姐就说，进入蓝月谷了。抬眼看，青山四野，一谷浅长，心想，这就是蓝月谷的大致模样了。水就是在这时看见的，在不远处的谷底，并不太打眼，一汪猫眼似的蓝，被杂树乱枝揉碎。先以为那蓝是天的倒影，到处都是，没有引起我太多的兴趣。走近才发现，完全不是，就是水，蓝透了的水。里面还有一些草和树，如梦似幻地在晃悠。我大惊于此，这哪里是水，简直就是天。传说中的瑶池也不过如此。不可思议，太不可思议了，这几天来，我天天仰头观望，观望那高高在上、深不可测的天，甚至云也为我让路。万望不得，怎么一下就来到了我的眼前，在丽江的地上，生出一只天眼。

高山为护，神水为目，云去天留，天地人融合。这不正是羌人千年之寻的归宿？从北国到西域，走遍天涯路，何处堪比丽江？

当然，要真拒绝离开，需要勇气和定力。

远道而来的羌人，哪一天又有人想走了，辜负了这方山水，干脆破釜沉舟。那釜和舟不是物质的，而是精神的，是族人的基因和血液，是文化和习俗。于是，他们开始寻求与自己的过去割离，从文化和习俗开始。割断脐带，是要开启一个全新的自己。

最彻底的扎根，当然是改变原来的族姓，给自己的立足命名，就像汉族地区那些改了名的张王氏、赵钱氏，嫁鸡随鸡，嫁人随人。

羌、磨些蛮、摩沙夷、纳、纳日、纳恒、纳西……一个个不同的称谓，捡起又放下，透视出的是羌人寻找时的心迹。来到丽江，羌人似乎突然发现，过去一路的那些命名，是那么肤浅、短视，甚至幼稚。那些带着歧视、侮辱的蛮夷之词，早已经被摒弃。直到此刻，他们才眼前一亮：找到了，找到了啊，首先当纳。纳，容纳、收入、享受、缴付或者包容。海纳百川，有容乃大。可该纳什么呢？又迷惑了。太阳是在的，从西北到西南，从尧舜到大唐，它何曾离开过自己半步。所谓永恒，只不过是杞国无事。无论行走还是停留，无论战乱还是安宁，无论欢乐还是痛苦，高兴还是忧伤，太阳不是照样升起？

很难取舍了。这可难为了追求完美的羌人。

他们抬头看天，纤云弄巧，飞星传爱，一洗幽蓝，深邃若智。看山，群峰叠岫，玉龙舞雪；看地，水旱从人，羌戎皆宜。把目光投向水，群湖为杯，江河流觞，所盛之物，皆为玉液琼浆。不敢再看了，再看又要迷失方向了。就叫纳西吧，不好取舍就不取舍。是要纳下整个西域，融入与付出，均为生命的全部。在自己立足的这一方土地，倾出全部的包容、呵护、智慧和爱,只有这样,才安放得住心,对得起自己。

于是,千年的寻找,千年的迁徙,在这里打上一个结:纳西。

丽江,咱们就在这里,带着马帮茶叶,带着儿女,带着梦呓。不用再问,那时的羌人,千年的寻找与迁徙,答案与目的地,就在这里。

当然,也有割舍不了的,比如古乐。相随千年,这里不仅珍藏着大鼓管弦,还珍藏着羌人寻找、迁徙的历史,和纳西人落地生根的坚守与幸福。只是,要把宫廷的奢靡、才子的风流、跋涉的艰辛、亡国的忧愁隐忍,只留纳西,让记忆独属自己。不信,请走进中国大研纳西古乐会,走进丽江古城那个简朴的演厅,抛开杂念,静心安神,把灵魂交给古乐,感受感受宣科和他的"三老"(老曲、老乐、老人)乐队的演出。然后,我再问你,从《关山月》《浪淘沙》《水龙吟》,或《无情无义小阿妹》中,感受到了什么? 我的感受是,不仅有生命写作,也有生命演奏。那些看似平常的长号短笛、大鼓丝弦,在不同的人手里,就有不同的意义。宣科的个人史,就是羌人历史的一个缩影。

我感受到的是矢志不渝的坚守,和对理想家园的追求。

是的,羌人的寻找迁徙史,就是一部坚守史。从东巴、东巴文字到纳西古乐,都是坚守。一个坚守羌人,一个坚守纳西;或者说一个坚守现在,一个坚守过去。当然还有木府,横跨前后,致力于治理、融合与建构。不管坚守现在还是过去,也不论坚守羌人还是纳西,或治理、融合与构建,都是坚守理想家园,为了一个千年的梦,为了给自己的寻找与迁徙找到一个理想的归宿。

丽江,远道而来的羌人,现在的纳西人,都怕失去你。

马锅葫芦

马锅葫芦在怒江北岸,静静地,枕着一块厚实的土地,把岁月甩在后面,把往事装进鼓鼓的肚里,直到我们到来,它才一股脑儿吐出。

"马锅葫芦"这名字是我给取的。这里真实的名字,是西藏昌都市左贡县东坝乡军拥村。村子在河谷,乡政府坐落在光秃秃的半山坡,随便一个俯瞰,整个村子就一览无余了。葫芦的称呼,就产生于饭后的一闪一念中。

浩瀚无边,连绵的崇山峻岭。山岩裸露于光天化日之下,红艳艳的阳光一照,浅黄的、黑褐的、赭红的。远看还有一些阳刚的俊美,近看就是苍凉,令人望而生畏的苍凉。吃过午饭,在乡政府一溜儿窄窄的坝子里闲走,乡党委书记佘德志往山下一指说:"喏,你们今天就住在村里一户藏民家里。"这里没场镇,也没有招待所。大家的目光齐齐转向指处。在一片浩大的苍凉之下,军拥村的绿,显得格外耀眼:浓绿如黛,状若葫芦,上头小,下头大,中间圆圆的、鼓鼓的。一条舒缓的江流穿山而来,源源不断,流入葫芦的口里;又宛若一条飘逸的绿带,缠着葫芦的颈,系在巍峨的群山之腰。我不识风水之道,不知军拥村这样的风景意味着什么,感觉只是舒服,怪不得再苦再难,乡政府也要建在荒山坡。

这样金贵的宝地,他们舍不得占用一分一厘。

舍不得占,是因为对这片土地的情,对藏区的敬畏。佘德志虽是"80后",出生在江苏,对藏区却爱得难舍难分。他2002年12月入伍,2004年7月考上西藏大学,毕业后成了一名公务员;先是在昌都宗教局,后下派到东坝乡,一干就不想离开了。拿他的话说,当年的他是一名典型的叛逆少年,在西藏找到了精神的原乡。叛逆,源于对世俗的看透。当年,他父亲因养鱼致富,曾是村里德望重之人。但因鱼工一次雨后错喂,鱼全胀死了,父亲倾家荡产,还欠了一身的债。年幼的他,并不完全理解这次劫难的含义,却一下看透了肮脏的尘世。欠债还债天经地义,他受不了的是那些变色的目光和势利的态度,于是他开始叛逆、游荡,整天无所事事。本来就遭受重挫的父亲,担心他在社会上学坏了,苦口婆心教诲引导。可越教他越反感,甚至当兵,也是因父亲的反对,在"偏要"的叛逆心理下才偷偷报的名。可一踏上西藏的土地,他的心一下就安静了,或者说清静了,就像这雪山的水。他整天和东坝乡的藏民们混在一起,既称兄道弟,喝酒吃酥油糌粑,也痛骂和发脾气,藏民们就是喜欢他。

听了佘德志的故事,我总相信这里有一种无形的东西可改变人。我不知道它是否与茶马有关。将葫芦与马锅联系在一起,是因为一个马鞍。

这不是一般的马鞍,而是奢华之物。这马鞍是铝合金浇铸的,一次成形,工艺精致,巧夺天工。拱形的鞍凳,前似龙头,身如弯月,凳面饰有均匀的星星花纹;两只精巧的铜铃,稍一晃动,就会发出清脆的响声。虽经历岁月无数,仍铮铮发亮,带着马背上的风云。当我们一行盯住客厅里古老的合金锅盆鼎罐啧啧称奇时,主人扎西热的父亲,怪不得要神秘兮兮、小心翼翼地从内室的隐秘处,拿出这件祖传的珍藏。陪同的佘德志说,只有来了珍贵的客人,他们才会拿出来这珍藏。万分惊奇,我们一个个禁不住跃跃欲试,或抱或骑,用心问鞍,以各种姿势,贴近与这鞍的距离,希望借此走进那段尘封的历史……

走进了,我就这样走进了。我多么幸运。原来,军拥村就是茶马古道上的一个结,承载着巴东历史的结绳记事。

我骑上马鞍,伴随着悦耳的铃声,沿着依稀马蹄印,踏上历史的故道。走的是达拉泽丁的路,川藏线。从藏乡的哪个村子出发并不重要,重要的是要带上足够的马匹、牦牛、驴子,还有虫草、贝母、麝香、毛葡萄和葡萄酒。走出藏区,走向川滇,换回藏区需要的茶叶、红糖、盐巴和外面的文明。这条漫长的古道,一面系住人文精神,一面承载着历史文化。无论是北线的道孚、炉霍、甘孜、德格、江达,还是南线的雅江、理塘、巴塘、芒康、左贡,昌都都是必经的会合点,眼前的马锅葫芦则是茶马路上打的一个结。

踏遍天涯路,聚得天下宝。金属器具只是农牧文明奢华的玩物,或者身份的象征,就像当下一些土豪戴的夸张金链、戒指和黑眼镜。

在藏区,不可或缺的是茶叶。

常年生活在海拔三四千米以上高寒地带,需要摄入大量高热量的脂肪,糌粑、奶制品、酥油、牛羊肉满足了这一需求。但因缺少蔬菜,过多燥热脂肪无法在人体内分解,成了当地人不得不面对的难题。再多的奢华,也敌不过生命之需。茶当然是最佳选择:红茶不仅可以分解胃肠之积、去油腻、开胃口、助养生、进食欲,还有利尿、除水肿之效;人参乌龙更可生津止渴、美容养颜,令人神清气爽,对胃寒、胃胀气、慢性胃炎也可养补;洛神花茶则富含人体必需氨基酸、蛋白质、有机酸、维生素C、天然色素;苦丁茶可止渴、明目、除烦、消痰、利水、通肠、治淋、止头痛、清烦热、清止膈、利咽喉;而安化黑茶则有助于清除人的脂肪和肠胃的毒素。直到现在,扎西热家里,还珍藏有马帮在二十世纪八十年代带回的砖茶,它与家里的马鞍和美式军刀,并列为祖传至珍。

茶,茶,茶,高原的生命奇葩,再多的牛马也要换它。怪不得自唐以降的历代统治者,都把控制茶马交易作为重要的治边手段。从唐时蒙古回纥的驱马茶市,到北宋成都、秦州(今甘肃天水)的榷茶和买马司,再到明万历年间规定的上等马一匹换茶三十篦、中等二十、下等十五,都是史证。再走向民间,进入文化,就走进了汤显祖的诗里:"羌马与黄茶,胡马求金珠。"

蹚过漫长的茶马古道,我把目光投射于唐宋时期或者更早,去看最早的茶马互市。如果说,在古老的茶马贸易中,我们从川滇地区看见的,是生活的另一种可能和奢侈;在青藏高原看见的,则是生命或生存的必须。

"西藏不仅是一种信仰,也是一种生活方式。"我相信,《西藏民俗》上的这句话,就是对千年茶马文化的最好诠释。

在昌都博物馆,我反复观看了一个三维视频,关于马帮和茶马古道的。现代灯光和声电技术,试图还原那一段尘封的艰险。有一个画面,我至今想起来仍惊心动魄:一个月残云黑的夜晚,疲惫的马帮仍艰难跋涉在悬崖峭壁间的崎岖小道上,昏暗中误入了一段悬崖横空的绝路。骏马受惊,奋蹄欲奔,驱马人死死拉住缰绳……我相信,那时马帮的实际艰险,远远超过了画面上的情景。斗转星移,怒江不息,八千里路云和月,一千三百多年的穿越,从尘封中复活,变成我眼前的风云。我仿佛正带上雅州的茶,从雅安出发,经打箭炉(康定),与达拉的马帮会合,然后至拉萨,直指不丹、尼泊尔和印度,乃至西亚和西非红海海岸,领略又一个丝绸之路式的古代文明。

上午我们去的扎西热老宅,是左贡县文物保护单位。所谓文物,就是一栋破落的藏式民居,与满村气派的藏式豪宅相比,它显然显得破旧而萎缩。可它沉淀的历史,却是这个村乃至东巴地区无可取代的骄傲。老宅主人扎西热的爷爷达拉泽丁,是清末民初这里有名的马锅(马帮)头子,2000年才去世。达拉泽丁的舅舅旺堆罗布,是东巴富甲一方的巨贾,操控着这一带的茶马贸易。旺堆罗布平时一般住康定,茶马贸易交由达拉泽丁负责。他常常率领一支200多驴马的马帮,行进在巴东的崇山峻岭。我总是把达拉泽丁的马帮,与之前的视频联系在一起。

带我们进入老宅,扎西热一身都透射出自豪的气息。他举手间随意一指,就是一个绵长的故事:这个楼梯,有几十万人次走过哩,凹陷之处,全是跑马帮的脚板磨的;墙上那幅隐隐约约的壁画,至今仍是一个谜,从内容到色彩,德、中专家现正在研究破解方法哩。就连院子里的野葡萄、野石榴、野苹果、野橘子、野藏果、野核桃、野梨子,好像也是从马帮铃声中走来的。刚才采风团一进门,扎西热抓起一根建筑厢架用的镀锌管就打树上的梨子和石榴,边打边说:"吃,大家不要客气,随便吃啊,全是生态的。"

越是遥远的跋涉,越需要驿站。

应该是丛林法则的驱使,来来往往的马帮不约而同地自然选择,将目光都投向了这一片绿,怒江之滨这个诱人的葫芦。就连跑过天府之国的人,在越过重重叠叠、横无际涯的苍凉后,也不得不对这片绿刮目相看。

这是怒江上游的一块台地,海拔2700多米。上天太宠爱这里了。

也许是念及马帮的艰辛,要让这个驿站拥有家的温馨,把高原的阳光凉爽、蓝天白云,与平原富足的氧,还有许多优质的水果,都汇集到这里。帕巴拉的后花园,不仅物产丰富,冬暖夏凉,适宜人居,更重要的是可以让人安心。来来往往的羌人、汉人、藏人,先是到这里小憩,让疲乏的身体得到舒缓,继而把家里的女人也带过来了,以驿安家。从此,马帮不管走多远,心都在这里。

马帮走到清末民初,不能再走了。

内地战乱频生,逃生尚难,何况茶马贸易。马帮们有的逃往云滇边地,归化纳西;有的则继续留了下来,融入藏地,开始新的生活。

在这里,一个个的长头,可以缩短与佛的距离,却缩短不了他们逃离苦海的彼岸目标;一次次的虔诚上贡,可以献上所有的财富和心,却填不满无限的欲壑。上贡不仅是铁定的法律,还是挣不脱的精神枷锁。无论丰收歉收,每年都必须走向寺庙,带上自己最好的木材、牛马、水果等,从这里出发,往返三个月,目的地是昌都强巴林寺。"如果不上贡呢?"我们幼稚地问。扎西热一脸严肃地回答:"那怎么可能呢? 很快就有藏传佛教僧人上门登记,离开时留下一句话'你不要种地了',就谁也不敢种了。"不只是耕种,还有放牧,哪怕走出家门就是满坡的荒地草坡;家门口的野梨子、野苹果、野葡萄挂满树梢,也只能饿死。因此,解放军 1956 年进藏时,老百姓都很欢迎。他们听说从此不用上供了,可以养牛养马摘水果了,马帮也可以继续跑了,为解放军运送进藏的物资还能赚钱。也是从此,这个寂寂无闻的马锅葫芦,开始有了自己的名字:军拥。

心安了,家就安了。有家的地方,就有梦。

无关风水,只关马锅葫芦。马锅的根在路上,心在商贾;葫芦里没有什么灵丹妙药,秘密是勤劳、创新与坚韧。只要还吃牛羊糌粑,就需要茶叶,需要茶马贸易。更重要的是茶马精神丢不了、割不断,仍是这里永远的原乡。公路修了进来,人心飞了出去,茶马精神是不舍的行李。古老的"三三制"家庭结构,即一人进寺庙,一人跑马帮,一人居家耕牧,正在被新的"三三制"所取代,即一人参军,一人当公务员,一人经商。佘德志告诉我们,这个村平均每户人有两名公务员,刚参加工作的公务员,月工资都在六七千元;几乎家家户户都有人在外面经商或打工,在昌都打工的几十个木匠,工资三百五十元一天,在本地干则只有二百五十元,所以有条件的青年都参军了。这里许多家庭都有豪华的藏式别墅,可以说,这个村是目前偏远藏区最富裕的村子之一。

当然,他们真正的富有不在物质,而在精神。

当地人唯一的物质追求是房子。房屋是藏家财富、身份和地位的象征,因此越大越好,不在人多少,也不在能否派上实际用场。有钱的一次修到位,钱少的慢慢修,总之一辈子都在修房。雕梁画栋,唐卡里的美丽和故事在这里还原,除了佛教"三宝"、因果轮回,就是格萨尔王的传奇。房顶的最高处,是经幡的位置。房子不仅是他们遮风避雨的家,还是财富的象征、精神的皈依。

在军拥村,我们住在斯郎永珠的家。这是一栋三层藏式住宅,一千二百余平方米,相当于我们汉族地区普通民宅的十倍,平时却只有斯郎母亲、斯郎小两口和儿子四人住。斯郎的父亲就是马帮的后代,子承父业,不是跑马帮,而是在昌都城里承包工程。积攒的钱,除了敬贡寺庙,就是回村里修房子,这房子从1994年开始修,一年修一点儿,坚持不断,打阿土的墙,一层一层,修了十五年才大功告成。我问斯郎,修这房大约花了多少钱。他微笑摇头回答:"没有算过。光这墙上梁上檐上壁上的雕刻和绘画,就请了七十二个木匠,整整干了三年哩。"

扎西热的新宅,比斯郎家的还要大、还要豪华。

建筑是凝固的历史。从军拥村每一栋豪华藏宅的身上,我们都可以看到茶马文化的影子。如今,在千年茶马古道上,成群结队的马帮不见了,清脆悠扬的驼铃声远去了,但还有马锅葫芦结绳记事,远古飘来的茶香并没有消散。太阳是新的,千丝万缕的记忆,幻化成一个新的开始。

尼巴村的太阳

　　进入尼巴村的时候，已经是午后。太阳已偏西，斜斜的阳光把身影拉长，像一个驱赶不开的幽灵，在车子的四周转来绕去。人处在幽灵的中心，一路惊心动魄，心里不停地默念着阿弥陀佛。

　　许多地方可以通过现代信息抵达，尼巴村不能。尽管在采风方案里，尼巴村早已是个耳熟能详的名字。出发前，对尼巴村爱如命的白玛，也多次与大家分享了她与尼巴村故事，但总觉得离尼巴村还是有一段距离。她曾试图从网上找到更多的细节，可一输入关键词，出现的尼巴村，一个在甘肃甘南藏族自治州卓尼县尼巴乡，一个在西藏山南市加查县的洛林乡。我们要去的尼巴村像一个谜，躲在深山的背后，宛若这阳光下被摩托车搭载的身影。

　　越是神圣的抵达，越要经历艰苦的磨难。

　　这不是要重复一个生僻的哲学命题，也不是要写一个励志警句，而是以在场叙事的方式实话实说，陈述我们到尼巴村的过程。

　　采风方案早已说得清清楚楚了，从左贡县的东坝乡军拥村到八宿县的林卡乡尼巴村，有一段大约十公里的山路，要穿越怒江峡谷、悬崖峭壁。这路不通汽车，甚至搭乘摩托车也很危险，需要步行。去年的自驾历险还记忆犹新，"怒江""悬崖""危险"，当这一连串并不柔美温和的词出现在我的面前时，我内心已升起重重疑虑。

淡化疑虑的，是"步行"两个字。

在没有路的地方都可以走出路，有路还怕什么，不过窄一点，弯一点，险一点。既然你白玛一个纤纤女子都能走，俺还怕什么？可我们还是忽视了太阳，忽视了这高原太阳的杀伤力。这不能怪白玛。有经验的白玛在穿越前两天，一面给大家鼓气说"没关系没关系，我都能走你们还不行吗"，一面反复提醒，"要早点出发，在'锄禾日当午'前完成徒步，否则就没法走了"。白玛说这话时柔声柔气，从内容到语调，都有一种柔柔的暖暖的魅感，让男队员、女队员都感觉浪漫、有诗意，没有把即将的穿越当回事。大家当时并没有理解她"没法走"的含义。

在徒步穿越怒江峡谷中，我们经历了一场盛大的太阳洗礼。我相信，这是尼巴村的太阳，为我们举行的进村仪式。

按照白玛的经验，这个穿越，快者一个半小时，慢者也不过两小时。我不知道白玛的经验来自哪里，是她自己的体验还是传说。按照她的安排，我们早上 5:20 起床，草草吃了些糌粑、奶茶就匆匆上路。原计划 6:00 出发，在太阳酷烈时穿过怒江峡谷。直到 6:30，搭载行李的摩托车仍未到，白玛等不及了，吩咐我们男士留后装行李，率领几位女士先行出发了。分开时她留下一句话："顺着村里的路往西走，走到怒江边就行了。"天还没亮，晨曦朦胧，要不是有白玛带路，真有点儿令人担心。

没想到，白玛一行出发后不久，即在村子里迷了路。我们后出发的几位已到达怒江边，踏上那条唯一穿峡之路，几位女士还在村子里转圈子。她们打来电话求助，我们也只能是盲人摸象地回答：从一条什么路转到一条什么路,路过一溜儿苞谷地再经村小学旁。如此这般,说得就像绕口令,听得人仍然云里雾里。说实话,我们能够顺利穿过藏家村庄,来到怒江边,也是懵懵懂懂的,并不是熟悉这路,就想到喊——是喊村,而不是喊山。记忆中山里的孩子迷了路,就对着大山呼唤爸爸妈妈来带领。这古老的引路方式,突然派上了用场,心里竟涌出一种莫名的神圣与感动。只是我们的喊,不是要爸爸妈妈带我们回家,而是指示方向。电话接通,我负责反馈信息。身强力壮,中气十足的小王先上阵。只见他往江边一块大石头上一站,将手拢在嘴前做成喇叭状,用力运气,对着村庄大喊:"喂……哎……听见了吗?"电话里传来焦急而惊喜的应答。原来,几位女士离我们并不远,却正往相反的方向走,隐约的狗吠声证明了她们的狼狈。

这一喊,不仅唤回了几只迷途的羔羊,还唤醒了太阳。

一个多小时的迷途,事先精心炮制的穿越计划顷刻泡汤,我们不得不面对一个严酷的现实:在烈日下徒步穿行。

太阳似乎比预想出来得更早。大家心想,也许是尼巴村的太阳到这里迎接我们哩。虽是自我解嘲,化不利为加赐,也增加了一些宽慰。其实大家都清楚,高原的太阳无雾霾遮拦,紫外线特强,轻易就会晒出个高原红;而我们要穿越的怒江峡谷,海拔并不高,气温却比成都平原还高。我们到来的这两天,气温都在30摄氏度以上。真正的穿越还没有开始,太阳已从东山顶冒出了头,以居高临下之势,把怒江峡谷的朦胧一扫而光。阳光虽是柔柔的、嫩嫩的,暗中隐藏的考验却是一望而知道的。事实上,太阳一出来,就改变着眼前的一切:天很高,高到了太阳的后面;云很淡,淡到分不清边界;路很远,远到要用数不清的碎步和汗珠串联。

分得清界限的，是山川和河流。

藏东的山，多岩少树，更显得峻峭挺拔，轮廓分明；经晨早的太阳一照，透视出一股清新的阳刚之气。阳光下这山的气质，很容易让人联想到藏区的康巴汉子，引发了我们对尼巴村的想象。

川当然是怒江。一方水土不仅养一方人，也养一段江。这是我们沿着怒江峡谷穿行，与怒江亲密接触后的发现。这条纵贯东南亚地区的大江，与流域地的土著居民一样，与山同根，与水同流，几乎每一段都有每一段的血性，甚至有自己的姓名。无论是从唐古拉山南麓的吉热拍格出发时的怒江或者潞江，穿越藏北高原的那曲河，还是经云南德宏州流入缅甸后的萨尔温江，或最后注入印度洋的安达曼海，三千多公里行程，就有三千多个习性。它们或豪放激情，或温婉含蓄，或九曲回环，这至少为我理解即将到达的尼巴村找到了捷径。我相信，这条经过尼巴村的江，也一定沾带了这方水土的基因。眼前的怒江正是这样。刚下过一场雨，江水混浊，携带着高原的红穿峡而过；却很平缓，显示出一种经历的从容和淡定：典型的静水流深。许多河道狭窄而险峻，显然不是造山运动的杰作，而是怒江后天的冲撞结果。滴水石穿，何况一条江。

我的判断从阳光中找到佐证。

冒出山顶的太阳，很快收敛起了刚才的温柔，显出一股强势的咄咄逼人。白玛担心的事还是发生了。从十里徒步跋涉，到五十里摩托车骑行，阳光越来越直，越来越烈。路上飞扬的尘土，很快与我们身上的汗混合在了一起，黏黏的、稠稠的，身体与衣服之间已分不出界限。脚步越来越沉重，松软的沙石路面像深藏磁铁，每挪动一步，都要费很大的力。一起入峡谷的队伍很快拉开了距离，有的勇往直前，有的走走歇歇。作为领队，我和白玛不得不分工，由她领前，我押后，护送着这支残缺不全的队伍。一队残兵，到达益巴乡时已是10:30，比原计划的2小时超出一倍多。

这里是到尼巴村步行与搭乘摩托车的中转站，尼巴村派出全村在家的精壮小伙子和最好坐骑，到这里迎接我们进村。

队伍会合，才知道这一段艰难峡谷是怎样走过来的。孙品说，虽然实际的难比她想象的好得多，但她是一次又一次倒下，又一次次爬起来，并不断提醒自己：必须坚持下去。年龄较长、身体较弱的杨沐，掉在队伍的最后。她手拄拐杖，一路很淡定，没吭没叹，也没有嚷嚷恼火，只是气喘吁吁，拖着沉重的脚步。每当翻过一个坳，或爬上一个坡，她就扑通一声往路边石头上一坐，略带歉意地微笑着对我说，实在是来不起了。我知道，她忍受得艰难，超过了我们所有人。她不言苦，不是不苦，而是用信念和意志练就的执着强撑着。邹安音、杨庆珍在早上出发迷路时就想打退堂鼓。当走出峡谷，站在尼巴村的铁索桥头，她们说，什么都不想做，只想放声大哭。可是，冷静一想，假如没有阳光，行吗？

是的，太阳是我们的祥光。艳艳的太阳，照在水流缓缓的江面，泛起粼粼金光，酷似一条行走大地的彩虹如影相随，紧紧呵护住我们。地上的彩虹与天上的太阳，连成一个硕大的虹影，我们正是影像中人。这令我想到峨眉山神秘的佛光。据说，能看见佛光的人，就会拥有好运，幸运感可能驱逐一切困苦之殇。我想，包括几位女士早上的迷路，后来搭乘摩托车穿过江边悬崖峭壁的险，她们最终没有哭，挺了过来，很大程度上也是因为太阳。

当然，真正疗愈大家心里一路劳苦之伤的，还是尼巴村——那种令人难以想象的贫苦和心中信仰的阳光。

摩托车搭着我们，浩浩荡荡，一路风尘，惊心动魄，驰过怒江边的天险，一头扎进深山里，直指尼巴村。

午后的太阳越来越斜，很快斜到了山后。我们顺着一条山谷循山而上，山上也渐次地有了绿意。谷底有一条溪，常常是哗哗的流水声显示它的存在。山荫下的路，没有了先前的毒热，偶尔还透出丝丝凉意，看上去也没有怒江边险。骑摩托车的藏族小伙子似乎有一种凯旋的兴奋，更加肆无忌惮、风驰电掣。坐在摩托车上的我们，时而惊呼，时而做出胜利的姿势。

可是，进村后，我们很快陷入一种震撼的纠结。

沿着山路疯跑了约十分钟，摩托车突然停了。我们以为到了，下车后才知道只是途中小憩。大家都想尽快赶往驻地，便说走吧走吧，不累。白玛说不行，这是进村后的第一户人家，听说作家们要来，人家早早就准备迎接呢，不好让人家失望。

还有什么可说的呢？这可能代表了全村人的心意，一种进村的欢迎仪式。男主人叫丁增，二十五岁，就在迎接我们的摩托车队伍中。原来这个小憩，就是他精心策划的"途中打劫"。我们很感动，为小伙子的用心和真诚。可更令人感动的事还在后面。

这是一栋简陋的藏式小楼，一楼一底，矗立在村口路边。楼顶上一边飘着经幡，一边插着红旗。屋面翻修过了，但看上去整体还是陈旧。旁边是更简陋的牛圈马厩，由几根树枝围成，四面透风，里边并没有牛马。院坝里站着一些围观的藏民，脸上堆满了好奇与友善。一位老阿妈，面部黝黑、布满皱纹，右手转动着小经筒，左手拈着念珠，独自在院坝一角念经，似乎并不理会我们的到来。在丁增的引领下，我们进屋。

楼下是杂货屋,潮湿杂乱,苍蝇飞舞,密不透光,看不见里面的东西。主要的生活场所在二楼,包括客厅、卧室、厨房、饭厅。从楼上楼下的房屋和家当,可看出这家的家境。英俊热情的丁增,本来也要像村里的一些青年一样,去拉萨或者林芝、昌都打工的,不单是挣钱,还想找个老婆。这是他深藏的秘密,被几位女作家给悄悄挖了出来。丁增说这话时,带着犹豫和腼腆。好在身边无村子里的人,楼下念经的老阿妈也听不懂汉语,他才鼓起了勇气。丁增叮嘱不要在村人面前说此事。无法出去的原因,一是年迈的老阿妈无人照顾,二是担心姐姐每年五百多斤核桃没人帮忙运出去卖。听完丁增的故事,我们的心里沉甸甸的。

我们在客厅里刚坐下,丁增就魔术般搬出两箱红牛饮料,还没开封。我们很惊讶,这深山老林的,哪来这城市味十足的现代饮品?

白玛说,这是人家丁增骑摩托车,特意到县城买回来的哩。

县城多远?

往返二百四十多公里!

啊……

我深深地被震撼了,为这手中的奢侈!

是的,我们坐在一个贫穷的村落人家里,手里却握着城市的奢侈。这两箱红牛饮料,也许就是人家一年半载的油盐钱啊。白玛说,尼巴村的人家,大都是这个样子。这还不算最穷的。最穷的是酒鬼,家徒四壁,整天在村子里东游西荡,吃了上顿没下顿。酒鬼娶了一个老婆,生了一个女儿,还有一个兄弟。本来一家人生活也过得去,可酒鬼在藏人心目中,属于悭贪范围,本来就被乡人瞧不起,何况二两黄汤下肚,酒鬼就控制不住,借酒发疯,摔东西,打老婆孩子。日子实在过不下去了,酒鬼的兄弟带着酒鬼的老婆孩子去了拉萨打工,留下酒鬼一个人在村子里游荡。进村前白玛就反复叮嘱，遇见酒鬼，可千万别让他喝酒啊，怕出事……

如果说酒鬼的穷途潦倒，是因为滥酒，整个村子的穷，又是因为什么？村主任扎西介绍，尼巴村共有户籍人口 24 户、168 人，现在坚守在村里的，有 12 户、118 人。在两天的采风中，我们走访了 6 户人，确如白玛所言，丁增家里的境况还算中等偏好的。他们以农牧业为主，平时外出打工，主食以糌粑为主，一年到头很少吃肉……

给每人发了一罐红牛饮料后，丁增要烧火做饭款待我们，被我们坚决婉拒了。出了丁增的家，我们继续沿着溪流和山路往前走。走进尼巴村的深处，感觉是在爬一面斜斜的坡地。太阳与这倾斜的地面正好形成同向的斜角，几乎平行地从地面扫过，垂直地投向人，显出对地与人两种截然不同的态度。两山柔软地张开臂弯，呵护着高山深处这片葫芦形状的绿洲。我们入住的村委会，就坐落在"葫芦"的中心。这里过去只是一处废弃的藏居，经过志愿者觉罗的投资改造，才成了现在全村最好的房子，是村委会驻地。

地势越来越高，视野越来越宽，有了一些梯田、草场和房屋，几匹马和几头牛在草场里悠闲地吃着草，也没有人看管。这样的坡地，最容易产生泥石流。传说，从前这里的山顶上有片巨大神湖，后来湖水溃决，泥石流埋葬了整个山谷。藏语的"尼巴"，即为"湮没"的意思。但湮没的只是村庄和牛马、庄稼，甚至人，湮没不了信仰，因为还有太阳。

因此，尼巴村的命名，与其说是对那场毁灭的铭记，不如说是对自然与命运的挑战：土地在，人就在；太阳在，希望就在。

白玛说，不仅尼巴村，西藏的许多偏僻乡村都是这样：贫穷、自得而坚韧。我不禁产生怀疑：为什么要坚守在这山里？

见我如此认真地质疑，白玛笑了，假装生气地说："他们根本不认为自己贫穷，相反感到很幸福哩。这里贫穷的只是物质生活，精神上很富有。他们把物质生活看得很淡，能吃饱穿暖就行。他们脸面灰暗，内心阳光；身上很脏，内心很净。"

我顿然感觉脸上火辣辣的，为我们的所谓追求。

这不禁令我想起人类的崇拜起源。

人类最早的崇拜形式，是太阳崇拜；所塑造出的最早的神，是太阳神。从中国、印度、埃及，到希腊和南美的玛雅文化，在麦克斯·缪勒命名之前，太阳就成为五大文明古国的精神图腾。三星堆"人头"纹的上方并列的两只神鸟，圆目钩喙，均面向太阳，双翅竖起，作展翅向上腾飞状。"一切神话均源于太阳。"缪勒发现的人格化的太阳，成了照亮人类精神天空的阿拉丁神灯。

同样，太阳照在尼巴村，铸就了精神的神奇。接下来发生的两件事，让我对尼巴村人的精神世界有了更加深刻的理解。

我们到达尼巴村的第二天下午，太阳还火辣辣的，林卡就已开场。这是藏族的一种欢庆仪式，每年一般举行两次，分别在藏历年和秋收后。这次是村民们特地为我们举行的欢迎林卡。全村在家男女老少，午饭后就穿上节日的盛装，搬来各自准备的唐卡、桌椅、啤酒、水果、饮料、糖果等，齐聚村委会后面的一方草坪，开始了林卡欢庆。普龙村村长多杰，也带领全村的小伙子前来助兴。这里的藏民们，平时几乎是不吃肉不喝酒不抽烟的，他们认为这不符合自己心中的神。今天拿出啤酒，完全是为了我们。

他们把凳子让给我们，自己在唐卡上席地而坐，一个个喜形于色，谈笑风生，讲述着我们听不懂的故事。这种轻松自然的喜悦，一看就是从内心流露出来的,没有掩饰雕琢的痕迹,更看不出任何忧伤与贫困。我相信,只有无忧无虑、内心充满阳光的人,才能有这样的神情。

村民们先是向我们逐一介绍家庭成员,然后喝酒。酒过三巡,随着悠扬美妙的二胡乐曲,村民们跳起了锅庄。开始是三五人,由二胡手引领,就地随乐起舞,舞姿潇洒而豪迈;不断有人加入,包括乡人和我们,很快达到二三十人,在二胡手的引领下,手牵手舞动起来,尽情地唱,放肆地跳,绕出大圈子,构成一幅壮美的群欢图。从熟悉的弦乐中,我隐约听出二胡拉的是《共产党来了苦变甜》。这首我在小时候就听过、唱过无数次的经典歌曲,好像是电影《农奴》的主题歌,反映旧西藏农奴翻身得解放的喜悦。时隔几十年后,在尼巴村再次听到这首歌,我心里蓦地涌起一阵亲切的感觉。

就是在这时,我忽然发现,围观的人群中有一个熟悉的身影。他在艳丽的阳光之下,群欢的舞圈之外,独自微闭双眼,神情专注,随着二胡的旋律,情不自禁地轻轻舞动手脚,一副很陶醉、很投入、很幸福的样子。大家没有注意他,他也没注意大家,仿佛世界全无,唯有锅庄。

我定睛一看,哦,是他,酒鬼。

我的心再次微微一震,为这酒鬼的陶醉。联想到上午采访的扎西,我对尼巴村,对藏人的精神世界,有了更深刻的认识。

扎西是村里最有威望的人。

早上,我们迎着初升朝阳,沿着进山的路往回走。绕过两个坳,蹚过一道溪,来到两棵大核桃树下,扎西的家就到了。主人热情地在门口迎接我们。三言两语,简单交谈,睿智对答,我们深信不疑,扎西的威望不是权力赋予的,也与财富无关。

按照现在的财富标准,扎西和尼巴村的大多数村民一样,都不大

116

富裕:家里喂了两头牛、一匹马,不是用来吃的,信佛的扎西不杀生;也不是用来卖的,扎西怕牛马卖去被杀了。这些牛马是用来养的,就像这山这水这树,只要养着,村子就有灵气,心里就踏实。人也是用来养的。老婆孩子、这个村子里的人,都需用爱呵护。人是万物之灵,人在村子就在,人散就什么都没了。扎西原配夫人病逝后,他把夫人的妹妹续娶了过来,继续维持着这个家的人脉。

房子是藏人最主要的财富和地位象征,许多人家祖孙几代奋斗一生,除了给寺庙布施,就是修房子,那种用打阿土夯筑的土墙木梁房。往往摊子铺得很大,打下了浩大的基础,就铺出了财富的象征。一代人修筑不完,就两代人、三代人修,愚公移山般地修,子子孙孙无穷尽也。扎西的房正是这样:基础铺了近四百平方米,花了近十年工夫才修完第一层,第二层刚筑了三面土墙,看上去像一个向天的锅盖,欲采集太阳之光给这个家补充能量。按照目前进度,这房子至少还要十年才能完工。不完全是没有能力,也不是不能加快进度,扎西完全不理解我们对进度的关注:"又不是没住的,要那个进度来干啥子? 只要有一个大房的架势,在修建中,就行。"

扎西的威望,与知识和智慧有关。

藏族人民心中智慧的化身,是格萨尔王。

传说,格萨尔王是莲花生大师的化身,一生戎马,扬善惩恶,弘扬佛法,传播文化,成为了藏族人民心中的旷世英雄。扎西继承了祖辈先天的智慧和习教扬善的习性,自学各种经书,从小就听父母讲述《格萨尔王》,崇拜英雄气概。据说,《格萨尔王》的传承,主要有两种形式。一种是神示。传说有人一个梦醒了就会说,一百多卷的史诗背得滚瓜烂熟,现在在西藏、青海都还有这样的人。一种是后学,但这种很难做到熟背全诗。扎西说,他属于后者。在他很小的时候,他就骑马三天,穿越大山,跨过怒江,到远处的寺庙里去学习《格萨尔王》,先后买了十多本《格萨尔王》,几场大战的描述都认真学习过。

后学的扎西,说着说着,就翻开手里的一本《格萨尔王》,拖着悠扬的唱诵声,给我们诵读起来:

> 啊啦嗒啦嗒啦哞
> 唱过宛转起歌调
> 再请世尊三身神
> 法身、报身和化身
> 法力无边神通广
> …………

扎西的诵读抑扬顿挫,情感丰沛。一束阳光透过窗户的缝隙,投射进来,照在扎西的身上,为他的诵读蒙上了迷幻色彩。随着他的诵读声,我的眼前仿佛呈现出这样的壮阔场景:格萨尔王三战三捷凯旋后,岭尕臣民大摆筵席,欢庆七日,天上群星聚集,日月同乐……

我相信,这不是简单的诵读,而是灵魂的应答。从古老的《格萨尔王》到现在的《寻找乌金贝隆》,藏人从来就没有离开过梦。只要信仰在,心中有太阳,精神有坐标,就能找到圆梦的方向。

只为卿云

事情那么忙，天气那么热，时间那么紧，我还是毅然决然地去了，去了鲁北平原。究竟是为什么呢？我一次次地追问自己。为事为人或者是为文，似乎都是，又似乎都不是。直到某一个悠闲的时点，心无旁骛，仰望天空，发现一片五彩之云，才茅塞顿开，原来早已心有系焉：只为卿云。

是啊，只为卿云，是对我此行的最好解释。

眼前是一部线装本《李太仆恬致堂集》，浩浩四十大卷，收录了散文二百余篇、诗一千一百余首及大量杂记随笔。我相信，它的主人在择居而栖时，一定是深谙天道人理的。他家东二里许的土阜、盘踞于此的鬲津河、由河蜿蜒而成的卧龙岗，以及卧龙岗上空常常笼罩的五彩祥云，都不是简单的巧合，而是包含某种天遂人愿的必然。不以"卿云"，而以"庆云"为这方水土命名，应该不是简单地如《史记·天官书》里记载的那样，"卿通庆，故取名庆云"，也许是出于某种敬畏或者忌讳。这里离皇城仅一步之遥，爱卿、众卿、卿相之声常萦绕于耳边。卿在庙堂，云在天上。尊贵崇高的卿云，岂是黎庶可随意直呼的？庙堂里的卿离江湖很远，可望而不可近；天上的云离江湖很近，不管你在哪里，只需一个抬头,就可尽收眼底。甚至有时,云就是那屋顶的一片山岚、鬲津河上的一席水气,或者百姓枣桑树头一缕带露的朝阳。

比如此行,就有卿云护行。

还没有踏上庆云的土地,准确地说,还是在从成都飞往济南的飞机上,我就曾放逐想象,希望照面齐鲁大地上那一片令这里的先民们欢欣鼓舞的卿云。是我感觉到了卿云的存在,不在天际,就在我的身边,隔着一层薄薄的舷窗。但见一团团、一簇簇、白白的,它似莲蓬花陈,铺陈在蓝天之下,绵亘浩荡,气势磅礴,无边无际。蓝天并不密实,不是天衣无缝,而是有很多接缝和断痕。阳光趁机钻了进来,透射在云团上,天际间就有了一种五彩吉祥的氤氲。

啊,卿云,卿云。

正在小寐,突然被一声惊呼叫醒,见邻座的美女正举着手机,对着窗外,不停地按着快门。我把目光移向窗外,也是一阵惊异。卿云,真是传说中的卿云!虽在过去也曾见过,此刻却感觉特别亲切。置身于卿云之中,有一种恍兮惚兮的感觉,不是自我丢失,而是被一种祥瑞的清明崇高所包围。我似乎顿有所悟,所谓卿云,不过是与乌云、黑暗、艰难等审美范畴相反的天象,预示着吉祥、美好和喜庆。它高系云端,直指人心,是人类审美的崇高构成。

此行的全部意义,仿佛顷刻显形。

山东烟台我去年才去过。在我忙完既定的工作行程后,热情的主人邀请我们观赏蓬莱阁。虎踞丹崖,水天一色,这里的美,怎么形容都不过分。更重要的是,在此行中,我发现了一个秘密,那就是蓬莱背后隐藏的真实。比如,蓬莱阁、天后宫、龙五宫、吕祖殿、三清殿、弥陀寺,每一个古建筑都有无数的传说;仙阁凌空、渔梁歌钓,每一个风景,都有说不完的故事。无论是这些传说和故事,比如秦始皇遣徐福寻找长生不老药、七仙过海,或者是恍惚诡异的方士之言,都与一个地域天象紧密相关——海市蜃楼。至今,网上还有无数的图片和消息,呈现烟台海市蜃楼的错落耸立高楼、虚无缥缈的海景、壮丽迷幻的构图,到了几可乱真的地步。

这不正是《史记·天官书》中所描述的卿云之象"若烟非烟,若云非云,郁郁纷纷,萧索轮囷"?我看着几张卿云图发怔。可科学早已证明,再美妙的海市蜃楼,都不过是一种光学现象,即光从一种介质斜照在另一种介质上时,因传播方向发生改变,使光线在不同介质交界处发生折射,在云层形成的自然景观。想象的神奇与寄予的美好,都不过是人们主观情感的演绎。

我对世间的一些天象有了新的认识。所谓蓬莱仙境,不过是卿云的一种存在形式。或者说,所谓卿云,不过是一种富于梦想的五彩之云。作为一种天人合一、至善至美的绝好景致,与其说它存在于世,不如说它存在于心。

不过,我更相信萨特的逻辑:存在先于本质。卿云和庆云都是存在的形式,以之为名,在它的背后,一定有某种不同寻常的内在意义。

我对卿云的向往,不是出于那些外在的浮影,也不是地理历史,而是地域文化密码背后的神秘,以及由它浸润出来的人文气质。时间可以风化一切事物,但风化不了精神。卿云或庆云蕴含的开明精神的根很长,它穿越几千年岁月,直抵舜禹。我的心成为一片飘逸的卿云,着陆于一个亘古神庙。

卿云烂兮,纠缦缦兮,

日日光华,旦复旦兮。

神庙前,一场盛大的庆典正在举行。这场盛典,至今成为开明之治的美谈。天地相映,古老的神庙披红挂彩,气氛庄严而喜庆。舜帝、禹、四岳、皋陶、伯夷、后稷以及群臣百官济济一堂。随着乐官夔一声响亮的号令,玉馨敲响,皮鼓共鸣,琴弦悠扬,笙埙和唱。首先演奏的是歌颂黄帝的《云门大卷》;接着是歌颂尧帝之德的《咸池》;之后,便是舜亲自创制的《萧韶》。

当然,最激越高亢的,还是众生合唱舜所作的《卿云》之歌。有人说,这是中华民族最早的国歌,歌词内容和节律都昭示着民族团结、政治清明、国泰民安、歌舞升平的繁荣景象。是不是最早我没有考证,但这却是史实:1912年底,众议员汪荣宝把《卿云》之歌改编为国歌,并由比利时音乐家约翰·哈士东(Joan Hautstone)配乐谱;1922年3月民国大总统徐世昌颁令,将《卿云》歌定为国歌。其虽一度为袁世凯所废,但政府在1919年2月为制新国歌,成立了专门的国歌研究会,公开征求词谱。经过广泛讨论决定,《卿云》歌词仍以高票入选,只是删掉了最后两句,并由音乐家萧友梅重新配曲。

为了这一天,舜可是煞费了苦心。

光阴是勤政者手里的流沙,不知不觉就流失了。舜践帝位已二十二载。自尧将帝位禅让于他以来,他牢记尧嘱,忠于使命,终不负厚望。他治理开明,百姓安居乐业,深受拥戴。可岁月不饶人,舜转眼间已到耄耋之年。此时,他最纠结的事,就是谁来继承帝位,承续国运。自己虽有两个妃子,但娥皇未育,而女英所生的儿子商均却又不肖,整日沉溺歌舞,纸醉金迷,怎堪担此大任? 他在所了解的远亲近臣中反复排选,经过长时间考察,决定将帝位禅让于禹。

不是将帝位传给自己的朋党、亲子,也不是占着帝位不让、一直到死,而是一切为了社稷。有这样识大体、顾大局的大德之君,百姓怎能不唱、怎能不庆?我不知道舜在作《卿云》时,本来就是在内心酝酿已久,还是即兴而为;也不知道禅让庆典那天,是不是天气晴好,天空高挂着五彩之云,舜心由景生,以歌作证。但有一点是可以肯定的:在舜治下的百姓心里,有一片五彩之云。

所谓卿云,其实就是一种治理的开明!它不仅包括仁和义,还包括爱和善。当然,这并非个人的卿卿我我,而是对国家对百姓。

日月有常,星辰有行,

回时顺经,万姓允诚。

…………

我查了一下地图,舜的出生地"诸冯",即今天的山东诸城市万家庄乡诸冯村,距庆云的距离不过三百余公里,乘坐现代交通工具也就半天可达的时间。真正的共享一片天,共拥一片云。我甚至想到,那场四千多年前的禅让庆典之地就在庆云,《竹书纪年·帝舜有虞氏》所记载的"于是和气普应,庆云兴焉",也许就是佐证。不然,当年的李太仆家,为何一度成为庆云的一条街?庆云县 1964 年划归山东管辖后,虽县城移至解家集,庆云县的名字却没有改变。我相信,时事的变迁,不是简单地保留了一个地名,而是保留一方水土的灵魂,保留了地域文化的根。除了庆(卿)云,何名可配这里?

走近庆云,只为卿云。

是在岁夏,应文友刘月新之邀,我参加了庆云李之仪诗歌节。

阳光灿烂,晴空万里。我首先想到,当年舜击鼓而欢,高唱《卿云》歌的时候,应该就是这样的天气。舜已去矣,时过境迁,物是人非,唯一不变的是卿云。只要卿云在,这方水土的精气神就在。

一人一树,可以作证。

人是李之仪。

我也是一位号称所谓舞文弄墨之人,说起来有点汗颜,到庆云之前,我并不知道李之仪,不知道苏轼还有这么一位赤胆忠心、不弃不离的僚属和文友。但李之仪的诗我是知道的,他那首《卜算子·我住长江头》,我早已倒背如流,只是最初不是在作者文集看到的,而是在一本很早以前的手抄本小说《一双绣花鞋》里。因自己也住在"长江头",又正值青春年少,读这首诗时,便有一种"君心似我心"的亲切、一种"长江尾"的美好怀想。只终究是相思未种,此梦不长,最终还是只找了一位同样居住在"长江头"的山东女子成家。

也许是随着年龄的增长、阅历的增加,对事物的理解也会发生变化。这次重读李之仪,不仅对李之仪及其与庆云的关系有了一些了解,对他的《卜算子·我住长江头》、对他的爱与家国情怀,也有了不同的更深认识。

许多人都把这首诗当作经典爱情诗来读,因为这首诗是李之仪写给他的晚年红颜知己杨姝的。不错,这是李之仪生命历程中一段不平常的时光。他不仅仕途不顺——北宋崇宁二年(1103),他被贬到太平州——而且祸不单行,先是女儿及儿子相继去世,接着,与他相濡以沫四十年的夫人胡淑修也因病离世。他成了一个被世界抛弃的人。孤独不是孤独者的墓志铭,而是温暖与故乡卿云的走近。此时,是知人知心、知冷知热的杨姝,为他带来了生活的信心和勇气。

一切似乎都合乎情与爱的逻辑,可事情似乎又不那么简单。不要忘了,杨姝就在身边,并非江头江尾。早已触动李之仪的是青春年少的杨姝,为被贬安徽当涂太守的黄庭坚弹奏的《履霜操》中世事洞察的思

124

想:"履朝霜兮采晨寒,考不明其心兮听谗言。孤恩别离兮摧肺肝。何辜皇天兮遭斯愆,痛殁不同兮恩有偏,谁说顾兮知我冤。"杨姝似乎在提醒:目前有诸多诡异,善良的人对未来要有戒备,以免祸患加身。这杨姝,分明从小就是一位忧国忧民的女子。

"此恨何时已",显然也不只是情爱与家庭的悲剧。由于保守势力过于强大,王安石两次推行新法,均以失败而告终,变法派人物被斥逐流放,备受打压。北宋从此开始走向衰亡,朝廷官僚间的争夺权力斗争也日趋白热化。宋神宗为了缓和统治集团的内部矛盾,更多地重视增加赋役,却让民间疾苦进一步加深。北宋两次对西夏战争都以失败告终,宋神宗于元丰八年(1085)忧愤而死。就在此前不久的1101年8月24日,他追随一生的苏轼,也在贬谪途中含恨离世……

是的,残酷的世界,就孤独地剩下李之仪一个人。长江,也许只是一个美好意象;君,作为情感寄托的对象,可能是杨姝,也可能是苏轼,或者就是卿云,一种开明之治的理想。这从李之仪多舛的人生、对民间之苦的执着关注和大量的忧患诗文中不难得到印证。他与杨姝结婚后,晚年得一儿一女,分别取名"望庆""思云",也表现出对生他养他的那一方神奇故土、对卿云故乡的强烈眷恋。特别是他在当涂生活的二十余年间,常常独自吟咏李白临终前在当涂写的带有自撰墓志铭性质的《临路歌》,寄托感物伤怀的情愫,也是明证:

大鹏飞兮振八裔,

中天摧兮力不济。

余风激兮万世,

游扶桑兮挂石袂。

树是唐枣，准确说叫金丝小枣。因为这棵金丝小枣生于唐时，距今已1668年，据说是中国目前最老的枣树，故而得名。

去年去河北沧州采风，刘月新等庆云文联诸友，就专门跨省带来一些庆云特产金丝小枣，感觉是皮薄、肉厚、核小、质细、味甜，给我留下很深印象。据说，这金丝小枣含有蛋白质、碳水化合物、钙、磷、铁以及多种维生素等。唐枣被称为"枣神"，当然不仅仅是因为时间长、资历老，更在于在一千多年的风雨中它沉淀的卿云精神。

地处渤海之滨的庆云，因阳光充沛，气候湿润，很适合金丝小枣生长。因此，历朝历代的开明治者，都号召、引导百姓种枣，把它作为治国安邦的重要举措。我不得不承认，当走近庆云历史，发现始于商周、兴于魏晋、盛于明清、鼎于当今的金丝小枣兴盛史时，我有点儿情不自禁。除了感动，还是感动。感动于卿云之下的这一方开明之治，不是几年几代，而是几千年几百代。感动于汉宣帝时的渤海郡太守龚遂劝民农桑，要求百姓必种枣树的行政命令，及"青畴绿野，弥望尽是枣"的盛景。感动于魏晋时期的各届治者，不仅号召百姓种枣，还为科学种枣提供技术帮助，以至于《齐民要术》也以"乐氏枣"之名收入庆云小枣。感动于北宋时期的那一道县衙指令"广种枣桑榆柳"，政府还鼓励商贩将小枣经大运河销往都城东京及南方各地。感动于明清时期的"府属各县均大行枣桑"，河间府甚至责令乡民每户三年之内植枣桑一千二百株，"均无赋税，违者发配云南充军"……

当然，我最感动的还是当下。政府不仅免除了农民种植桑枣等农作物的所有税费，还要给种枣种桑者补贴。1993年，地方政府更提出了"奋战三年，实现庆云大地枣园化"的宏伟目标。目标早已实现。全县现有33万人，种枣1200余万株，人均40余株，年产优质小枣10多万吨，枣业加工也蓬勃发展,成为全国第一个枣园化县。

我没有考察过,不知还有没有另外一种树,能像庆云金丝小枣一样,几千年来,不因改朝换代,不因制度信仰,经历了一代又一代的治者,历尽无数风雨,一直如此受到政府的庇护和重视。我相信,这背后一定有一种超越时空的力量,在支配着时世运行。

这天,艳阳高照,我站在唐枣前,就像面对一位从千年岁月中走过来的长者,心怀敬畏。我很想问问他,什么是卿云。我知道,只有他有资格回答。我还想问他,一棵千年枣树是怎样炼成神的;还有瓦岗英雄系马安息和燕王扫北,及抗战期间天佑枣树的故事……

唐枣不语,挺立着苍劲的雄姿。

倒是唐枣旁边的一棵小枣树,显得活泼多语。树不高,约莫十来厘米,却显得绿叶葱郁,充满生机。庆云的朋友告诉我,枣树大都是无性繁殖,根系就是最好的繁衍介质。于是我猜测,这棵小枣树可能就是唐枣的孙子的孙子。它随风而舞,在爷爷的爷爷面前,显得有点儿淘气,因为它有淘气的本钱。唐枣的家谱和历史,老爷爷都在月亮底下讲给了它听。而今,祖辈老了,它就成了代言人。从小枣树的表情、姿势中,我似乎感悟到了它要告诉我的意思。原来,唐枣的全部故事,都在《卿云》之歌里。欲要求答,就得从舜那里读起,读懂什么叫"万姓允诚,迁于贤圣,莫不咸听",什么叫开明之治。我顿悟,终于理解了《史记·天官书》里"卿通庆"是什么意思。

只为卿云,此行值得。

雷波之间

雷在天上，波在地上，雷波之间是山。此刻，驱车前往雷波，自己也说不清楚是因为雷，还是因为波，或者山。但有一点是确认的，我对雷波向往已久了。

是的，我对雷波的向往，是随着岁月叠加的，就像这重峦叠嶂的山。

童年时的雷波，是人生的龙门。亲戚中有位姓汤的表哥在外工作，是吃商品粮的，表哥的老家在本县一个叫沙河坝的地方。每次正月赶亲，三亲六戚、乡里乡邻都会往表哥家会集。大家总是会不厌其烦议论起表哥的工作单位——雷波森工局。从那时起，雷波的名字就三番五次在脑海里出现，与遥远、神圣、可望而不可即联系在一起。

青年的雷波，与爱情和历险联系在一起。记忆的惊魂在甘洛境内的利子伊达沟，梦却锁定在雷波。妻在攀枝花矿山公司工作，费尽周折将调回老家青神。欣慰，激动，憧憬。我第一次乘上梦幻的火车，随妻沿成昆线南下，去办理调动手续。眉山是起点，一个个陌生的地名，在列车的吭哧声中被列数：峨眉、燕岗、甘洛、雷波。其他的地名，过了也就过了，就像天空的飞鸟浮云。雷波却不一样。因为童年的梦，我对雷波感到特别亲切。当列车经过雷波站时，我竟有一种莫名的激动。只是，黑夜漆漆,车窗外的雷波山连着山,峰连着峰。夜色诡秘,梦与美丽被高山和夜色遮蔽,列车不过是个贸然闯入的历险者。特别是当电闪雷鸣山雨呼啸时,一种历险的感觉,会驱逐人的好奇心理。

没想到,真正的历险者正是我自己。在我们到达攀枝花市的第二天,多条小道传来并非小道的险恶消息:昨夜,1981 年 7 月 9 日凌晨,就在我们刚刚经过的雷波之前,奶奶包隧道口的利子依达沟大桥被冲毁。雷电撕裂长空,大渡河洪波汹涌,天地间大山被颠覆,巍峨坍塌,摇摇欲坠。数百万立方的泥石流以排山倒海之势倾泻而下,顷刻之间摧毁了这条横贯丛山的钢铁巨龙,造成了一起中华人民共和国建立以来铁路史上最严重的惨案:正在通过此处的 442 次列车 2 台机车、1 辆行李车、1 辆客车和 130 多人坠入洪流……

真正地不寒而栗。不愿去想象,也不敢去假设,在这场无数的偶然与必然交织而成的灾难中,雷波给了我的莫大庇佑。

人们常说,大难不死,必有后福。不说什么后,谁说得清楚未来和命运。我更倾向于这样的理解:大难不死本身就是福,生命还在延续。但当时,在我的感激中,雷波只是一个整体概念,是一次历险的万幸,还没有把雷、波、山的神秘庇佑联系在一起。把雷、波、山联系在一起,是在这次走进雷波,对雷波的历史人文有了较深了解之后。

"象"由心生。我相信,那个最早到雷波,发现"天上打雷,地上起波"的人,一定是因了某种重重的心结。不然,哪里没有雷,哪里没有水,哪里没有山,彝人千年千里的迁徙,为什么偏偏到了这里,要把这富有沧桑和宿命色彩的命名赋予?

解读一个地域命名的密码,离不开人。就这样,我循着那个饱含辛酸的夷(彝),披星戴月,雷声作伴,栉风沐雨,远涉千年千里,走进了彝族的历史。

这一追,我追到了黄帝的族邻。

贝加尔湖,甚至更远;夏商周,甚至更长。蹚过六七千年,我看见古老的北方游牧部落,抑或万里迢迢迁徙而来的西方先人,他们漫长而艰难的迁徙。出发的理由也许很简单:为了食物、牛羊、女人、霸主地位。刀光剑影,厮杀不断,仇恨的种子代代相传。终于有一天,他们中有的人疲惫了,厌倦了,再也不愿过这种厮杀仇恨的生活。或者,他们内心原本就携带着平和的基因,并不满足于现在的生存环境。他们选择了离开,或者逃离。漫漫征程,只有目的,没有目的地,唯求寻找一份永久的安宁美好。

然而,出发容易到达难。那时还不叫夷或彝,也不叫诺苏、纳苏、罗武、米撒泼、撒尼、阿西等,而叫羌,或者羌戎。无须去翻阅什么《后汉书·西羌传》,也不用去看《普米族简史》,就循着羌人的足迹,从黄河到长江、金沙江。"长蛇野兽""雪域绝境""地老天荒""大漠草原"已不是简单的词语,而是脚下的历险。秦献公兵临渭首,灭狄戎,至西汉时期频繁的羌汉战争,是迁徙中的一次大转折,迫使羌戎各部落不得不向黄河、长江上游、金沙江、青衣江流域的云、贵、川、藏、青逃生,并与这方土著融合。战争、通婚、杂居,分分合合,合合分分,似乎都不依人的意志;不管是同源异流,还是异源合流,在生死之域生命都是一个族姓。只要迁徙没有停止,族姓的合分就不会停止。

对于彝族来说,也许这一次的合分最为特别。

不是灾害和战争,而是美好,或者说是对美好与崇高的向往。八千里路云和月,环境在变,阳光在变,唯一不变且一路为生命护行的,是山水。"近川谷,傍山险,垒石为巢",这不只是一种状态,更是一种生活方式。可到了此时此地,到了云贵高原,他们却不得不再次面临选择。往南是水,滇池、洱海、泸沽湖、抚仙湖、程海、杞麓湖、异龙湖、星云湖、阳宗海,还有澜沧江;往西是山,大凉山、小凉山、老君山。

不能不说,这样的选择,艰难而残忍。

几千年的相伴,几千年的守护神,往南还是往西,成了此刻最大的纠结。艰难还是要选择,对美好的追求胜过一切纠结。于是,爱水的选择了南,丰富柔美的水,养育出后来的纳西、白、怒、哈尼、傈僳、拉祜、普米、阿昌、土家等民族;爱山的选择了西,巍峨的山,养育出了山的民族,也就是后来的藏、彝等。也许,他们当中的一些人,本来就来自昆仑山地区,血脉里带着深厚的大山基因。这样的选择,正好是他们宿命的成全。

我是怀着对山的崇拜、山的向往,走进小凉山,走进雷波的。

那天天气阴凉,并不像五月中旬的样子。我相信,那不是因为雾霾遮蔽了阳光——进入小凉山,PM2.5不足 30——而是夏日炎炎,大山在为我们庇佑护行。不然,并非刻意,为什么自出眉山,经乐山,过沐川,进入小凉山,一路如影随形的都是山?

我还相信,雷波是一个隐喻,从眉山到凉山的路,就是彝人千年迁徙、蛹化为蝶的缩影。成都平原代表原初的生活方式,眉山夹江长长的浅丘,与其说是进山的引道,不如说是朝圣的接迎殿。然后是山。从乐山开始,至犍为、沐川、凉山,山越来越高、越来越密,虽然现代化的柏油马路消解了山的险峻,沐川四十多万亩的茂林修竹装饰了山的妩媚,阴沉沉的天模糊了山的旷野和轮廓,但山还是山,山毕竟是山,就像彝人就是彝人。一切外力,都阻挡不了山的野性、山的神韵、山的傲然、山的风骨。这里有一种精神:爱憎分明、坚强笃信、赤胆忠诚,只重情、不畏强的彝族精神。这精神与后来的彝海结盟一脉相承。我甚至怀疑,眼前这些或险或缓、或刚或柔、或连或断的山,就是当年诸葛亮与孟获演绎历史的地方,比如赵州白崖(今定西岭)、邓赊豪猪洞、浪穹佛光寨,或曰治渠山、顺宁爱甸、怒江边的蹯蛇谷。不要以为这些地点大都在云南,我更相信就在眼前。此刻,我站在雷波马湖金龟岛,这世上唯一的孟获庙前,借助孟获的炯炯之眼,越过一湖波澜不惊的水,平视这满目的山,感觉就是往事如烟。景行行止,高山仰止,不只是一种曾经的叱咤风云,还有一种心悦诚服的忠诚!

我终于理解了彝人当初的选择——为什么要割舍南向,果断选择了向西。

向西可朝圣,因为山。

"山林川谷丘陵,能出云,为风雨,见怪物,皆曰神。"此刻,行走在通往雷波的山路上,我默念着这样的句子,感觉根本不是在翻阅《礼记·祭法》,而是在陈述一路的风景。从羌到彝,从来客到土著,千年的足迹就隐匿在这风景里,是这风景最重要的组成。它们的根,可追溯到虞舜及其对泰山、衡山、华山和恒山的巡祭,追溯到"望于山川,遍于群神"的祭制。根据《三皇五帝年表》,彝族的彝源可追溯4500年前。几千年的迁徙,几万里的行走,彝人阅尽的山何止虞舜,何止《山经》记载的447座大山或5370座小山。怪不得彝人要把山尊称为山神,赋予其宗教般的礼遇,每逢纪祭之日,要将鸡、羊、猪或玉石等生命的奢侈作为祭品,投入山谷或悬在树梢,以纪念神圣的山神。

山就是彝人的神。对雷波愈了解,这样的印象就愈深。

长期以来,彝人利用山的资源,种植脐橙、核桃、茶叶、山葵、莼菜、青花椒、罗汉竹,养殖芭蕉芋猪、西门塔尔牛,日子一天比一天好。

山，成了彝人致富的不尽宝藏。

近些年，彝人又在克觉峡谷（彝语"过河拉达"）开发旅游，把山的奇、险、峻、奇用足；在黄茅埂逶迤延绵的平缓山脉养牛养羊，把山的乳汁吮够；在高山平湖养鱼，让山的"B面"尽显风流。当然不能忘记溪洛渡。这个由高山和金沙江造就的神话，不仅创造了世界第三、中国第二的水电站，还造就了山水相融的奇观——金沙江大峡谷。站在水电站的观景台举目眺望，你会发现：山还是山，山不是山；水还是水，水不是水。连绵的山，成了绿带分割的奇峰，一座座耸立于天地之间；往日湍急混浊的金沙江，突然变得安静青绿，仿佛多情的女子，依偎在大山的身边，不知道是在倾听，还是在倾诉。

在彝语里，凉山被称为"斯普古火"，意思即为"森林茂密的高山寒冷地区"。已是初夏，雷波的气温似乎与成都平原相差不大，让我们感受最深的是山，而森林不过是山的外衣。一路走高的山到了雷波，就形成了一种群山簇拥的态势，不仅压抑了金沙江，压抑了彝寨，包围了小小雷波城，也压抑了山本身。经高山、大山一压抑一围堵，小山、矮山就成了山沟和平台。雷波县城就坐落在金沙江畔的一个斜坡上，在雷与波之间。

雷在天上，波在地上，雷波之间是山。

正值四月，没有雷，雷正在赶来的路上。见到波，不因雷起，而因风至；也不是在县委旁边的那个浅凼里，而是在马湖、乐水湖、金沙江。雷和波都是过客，长期在这方水土坚守的是山。山是连接天地之间的圣物，雷波就在崇山环抱之间。从山的身上，我发现了一种孟获式的坚强笃信、赤胆忠诚。这是彝人选择山、崇尚山的原因。不信，去雷波听一听彝人唱的"俄、雅、左、格"，感受一下他们的现代生活。

雷不兴波，山歌为雅。这不是传说，是小凉山的诉说。

新石头记

骄阳炎炎,大巴车喘着粗气在公路上疾驰。当车辆穿过辽阔平坦的华北平原,进入逶迤连绵的浅丘,在一块醒目的石头边停下来的时候,随行的梁剑章会长说,大梁江到了。

是的,大梁江,以一块石头的形式迎接我们。

在到来的途中,我一直在车上打盹儿。看似小寐,其实是在冥想,想解构大梁江命名里的秘密。大,浩大;梁,脊梁、顶梁;江,江河、江水。我搜肠刮肚,都找不到足够的文化元素和客观依据,与这个以石头为魂的小小古村落的必然联系。可现实就在眼前,公路旁、枯沟边这块耸立的巨石,和石头上"大梁江"三个醒目的红字,似乎都在为这种看似风马牛不相及的命名作证,证明那个"一切皆有可能"的哲学命题。

也许是借力了这石头的笃信,面对一块耸立的巨石,我就像阿拉伯神话《阿里巴巴和四十大盗》中的戈西母和阿里巴巴兄弟,希望借助一句神秘的咒语,打开一个同样神秘的山洞之门。虽然奇迹并没有发生,但心却在一步一步地走近。

石头耸立在枯沟的对面,与我相距十多米。此刻,我盯住石头,石头也在盯住我。关于石头的故事,不激活都不行。

最鲜明的感觉也许有点儿荒唐。自己仿佛就是《红楼梦》里那位空空道人，正从青埂峰下经过。看到女娲补天剩下的一块石头被丢弃在这里，石头上写满密密麻麻的字，记载着这里的前世今生。于是，我把这些字抄录下来，取名《新石头记》，或《大梁江录》。我相信，这石头非"无才补天、幻形入世，被那茫茫大士、渺渺真人携入红尘、引登彼岸的一块顽石"，不是"朝代年纪，失落无考"，也不求"上面叙着堕落之乡、投胎之处，以及家庭琐事、闺阁闲情、诗词谜语"，只求将《新石头记》检阅一遍，实录其事以飨世人，不虚此行。

无须什么咒语，石头之门被一棵老槐树叩开。

老槐树仡立村头，与巨石一左一右，构成一道门。据说，它已有1300多年的年龄。千年的古树修成精，何况有这么多神奇的石头相伴，让人不得不相信这是一棵不同凡响的树。在大梁江，老槐树的故事几乎与村里的石头相依相随，活色生香。

比如说，晚清时候，有位大梁江的商人，因为沾得了这古槐与石头的灵气，生意越做越活，越做越大，越做越远，越做越坚挺，之后从大梁江做到了太原，做到了北京。又比如日军侵华期间，他们把大槐树的头砍掉了，砍了头的槐树面向东南方的大梁江，佝偻着腰，颤颤巍巍，似有无尽悲愤要倾诉。村民们跟着流泪，然后，在树腰处修建起一个坚固的石牌楼，把倾斜的槐树桩头支撑着。说来也怪，槐树没有继续往下倾倒，没有死，但江里的水干枯了。村民说，这是大梁江的泪流干了，要重新振作。于是，大家发现，断头的老槐树桩上，不断生长出新枝，并不断繁衍。我数了一下，一枝，两枝，整整九枝了。而今，当初的幼枝弱苗已然成气，郁郁葱葱，向四周伸展，气如华盖。石头与老槐树不仅成为忠实伴侣，还成为大梁江的风水标配。

当然,在大梁江,最吸引人的还是石头的故事。

大梁江的石头究竟有多少故事?按照生于斯长于斯、退休后仍在这里当义务导游的老梁的话说,千百年来,大梁江走过的路,经历的风风雨雨、悲欢离合,都记载在这些石头里。我自然地埋头,看脚下的路。不,是看石头。路是由一些细小青石板和大块鹅卵石交错镶嵌的,石头和镶嵌工艺是古老的,古老得你不敢乱猜它们的年龄;石面又是年轻的,屦痕深处,处处闪烁着新鲜的锃亮。我试图搞一个模拟测试,看看一次用心的经过,到底能够留下多少痕迹。我有意踏过两块鹅卵石,还刻意地加重了力气,然后回头,仔细察看,看看究竟有多少痕迹属于自己。结果大失所望,我一无所获。我看到了自己的渺小、石头的伟大、大梁江的伟大。于是,我没有理由不相信,在冀晋交界处,在河北井陉县西南部的太行山区,在这个8.8平方公里的由石头垒起来的古村落,石头有多少,故事就有多少。

走进村子,自然地埋头与举目。都是石头;鹅卵石、青条石、条纹石;石板、石碑、石路、石门、石屋。石头的排列,显现出零乱中的有序、有序中的零乱;整体一看,又显出一种古老中的苍凉遥远,疏散中的结实笃定和质朴亲切。我更加坚信这不是传说,精美的石头会唱歌,古老的石头也有灵性。

大梁江石头的第一个故事,从说"接脉通全"起。

那是一道石门,有点儿像古城墙的门楼。"三里之城,七里之廓",修古城墙为的是防御,但防的是入侵者,自己还得生活,离不开与外界交往。从结构、规模和功能看,显然,"接脉通全"的石门主要功能不是战争防御。一个隐落深山的石头寨子,即便当年穷凶极恶的侵略者到这里,也不会得到多少实际好处。寨子虽小,梦不能小;石头虽然僵硬,心不能僵硬。"接脉通全",接的是这一方的风水地脉人脉,通向的是整个世界。因此,两层的门楼,功能分工非常明确:一层通人,二层通神。中间的壁画讲述的是一个人神共警的神话,传说中的古神兽因贪婪无度,想吃掉太阳而亡。大梁江人以此来警示出入村人,切莫要贪赃枉法。

秉正莫贪,似乎是石头的天性。

我随之想起那些石头的故事,比如望夫石、仙人石、龙嘴石……

不能不说一声我爱石头,因为每一块石头都是历史的足迹;每一个石头的故事,都连接着社会的命门、人性的本质。

沿着石路,穿过石门楼,就踏上了大梁江的街。

说是街其实有点儿夸张。准确说是路,而且不是城市里平平展展、开开阔阔的柏油马路,甚至不是平原乡村像样的村道,只是山坡上用石头垒成的依山取势、随弯就弯的乡间通道。因为房连着房、屋挨着屋、路接着路,这便构成了镇与街的基调,大梁江便有了"三街九巷"的说法。据说,这里的风水是沿着山势攀升的。中国传统文化中的贵、富、雅,就顺着这山势,由低到高,一路攀升上去:上街主贵,历代居住的都是当官,上到州府县衙,下至乡绅保甲都居住于此;中街主财,千百年来,铸就了无数的商贾大亨;下街主文,走出了不少学门骄子,一个两千余人的偏远乡村,现在就读的在校大学生就有四百多名。

当官的赢得衣锦大贵,经商的赚得盆满钵满,求文的习得誉满天下。以这方民俗艺术为素材创作的《井陉拉花》,在中国举办的秧歌大赛中获得四项大奖,并荣获国家级最高奖——群星奖金奖。井陉也被中华人民共和国文化和旅游部命名为"中国民间文化艺术之乡"。

大梁江,这方水土怎会如此之妙?上街15号一户梁姓人家的对联,也许就是答案:土中白玉,地内黄金。

对,是这方水土。一方水土养一方人,也养一方气。正好,大梁江被梁姓家族选中了。这看似巧合,实则必然。

谁不知道,梁姓家族本来为典型的南方姓氏,他们的故乡大都在青海、四川、湖南、重庆、广东等地。这一支梁姓,为什么落户在了北方一隅的偏远山乡?他们经历了多少迁徙、多少磨难?虽然,我无法分辨他们的来历,但我相信无论是始于熊、生之黄帝、还是发之于晋;或封于南梁、出自嬴、源自姬;或以国为氏、以地为氏、以邑为氏,源流较多的背后,都有一点是共同的,那就是对美好生活的向往。

追求的路很漫长,不仅丰富了梦想,也壮大了梁姓族群。在宋版《百家姓》中,梁仅排第 128 位;根据"中华伏羲文化研究会华夏姓氏源流研究中心"发布的报告,到了 2013 年,梁姓已经排第 22 位了。这只是个缩影,就像此刻,我们站在一个不高的山坡上所看见的大梁江一样。162 处至今保存完好的明清古民居院落,3000 余间石头古屋,层层叠叠、错落有致地排列在山坡上。阳光一照,鳞次栉比,似鱼跃龙门,前面就是诗与远方。无论从政,还是经商,抑或为文,只要梦在,希望就在;再锲而不舍,跨出"接脉通全",路就会很阔很远。

几千年来,梁氏族就是这样走来。他们走出了东汉梁竦为首的安实梁氏一门七侯、三皇后、六贵人、两个大将军;走来了唐代的天文仪器制造家、画家梁令瓒,文学家梁肃;还有北宋太尉、开府仪同三司梁颢,清代江南提督梁化凤,诗人梁佩兰,东阁大学士掌翰林院学士梁诗正,以及近代的北洋政府国务总理梁士诒、维新变法者梁启超、建筑专家梁思成……

土中白玉,地内黄金,追求不断,梦乃生长。

怪不得大梁江人是如此热爱这里的每一寸土地、每一块石头、每一栋石屋、每一条石街石巷。无论当官的、经商的,还是为文的,只要在这里把根扎下了,就把魂留下了。不管走多远,飞多高,长多大,即便人去屋空,不管别人出多少钱,也不会让出破败老宅,无论如何也要留住几间祖传石房,留住根和魂。

怪不得在十多年前,即便村里的石头房子早已经年久失修没有人住了,村里的梁姓人自己在外做生意赚了钱,也忘不了要回来修复这里许多空旷的石屋、石路、石牌坊。只要石路在,石屋在,石魂就在,像石头一样坚韧,像石头一样笃定,人就永远不会迷失方向,石头的故事就可继续讲。

我匆匆一瞥,只是为《新石头记》打上一个标点。

疆行天问

车出乌鲁木齐,都是高速,一马平川,与我们成都平原没有两样。你甚至会产生误会,认为巴哈尔古丽唱的那首《我们新疆好地方》也包括了这条路。直到过了阜康,车往右边岔道一拐,钻入一条有些弯道、并不宽敞的林荫侧路。山越来越高,路越来越险,弯道越来越多,你才会真正感到,这登天的路没有那么简单。

天在上,包括天池、天山,当然还有博格达。在博格达的命名中,虽然没有天,但在新疆人心目中,那才是真正的天,包含了至高无上的神圣。出自蒙古语的"博格达"一词,就有"神灵"之意。西域游牧民族崇拜名山的习俗,历经多少个千年,终于在天山的这座高峰找到归宿。面对这神山、祖峰、圣人,他们"骑者见之下马,行者见之叩首",就连高高在上的朝廷命官,路过博格达,也不得不停车下拜。

大隐于市,天隐于峰。不是屈子,没有对于天地、自然、人世等的独特发现,可面对天池、天山和博格达,我仍禁不住问:这样的隐,是为了什么? 意味着什么?

我相信,一切秘密,都与新疆的民族生命史有关。

命名是地域文化的密码。现有的新疆地名,主要来源于维吾尔族、哈萨克族、蒙古族、柯尔克孜族、锡伯族、塔吉克族和汉族七大民族语系。有一种说法,在蒙古语中,"乌鲁木齐"有"优美的牧场"的意思;喀什全称"喀什噶尔",则是"玉石集中之地";在维吾尔语中,"图木舒克"意为"鹰面部突出的地方";"吐鲁番"则是中国"最热、最早、最低、最甜"的地方。

那么,在新疆人的生命史中,究竟发生了什么?

我的追问,从眼前的登天之路出发。天高云淡,而且那天神秘幽深,那云飘忽不定,它们的回答也许仍是一个谜;山是庄重的,但"横看成岭侧成峰,远近高低各不同",谁能说得清答案藏在哪个岭哪个峰中;树的活力在于落地生根,无论是胡杨的壮美、白桦的挺拔,还是榆树的茂盛,都诠释不尽行走的生命。我坚信,对新疆人的生命而言,水是最可靠的见证。水不舍不离,新疆人前行的足迹到哪里,水就浸润到哪里。此刻,伴随登天之路的水,是三工河。河水是从博格达的雪融下来的,清澈、透明,带着丝丝的凉意;时而飞流直下,时而柔缓流连,时而粉身碎骨,时而飞珠溅玉,最能映衬前行的艰辛。

现在,当我们进入乌鲁木齐的时候,只知道这是一座现代都市。身边的一切,都被现代元素格式化:乘坐现代交通工具,穿过现代高速公路,行走于现代街道,出没于现代楼宇,使用着现代通信手段,享受着现代美食。现代都市的喧嚣,早已淹没了千年尘烟,淡化了沧桑记忆。可当年的新疆人,踏进"优美的牧场",应当是经历了几多迁徙、几多辗转、几多厮杀。

早在旧石器时期,这里就有人类繁衍生息。这是由新疆出土的石器证明了乌鲁木齐的历史。在石器之外呢,在人类还没有想到、没有学会用文字记事之前,这里究竟发生了什么?事实上,我们谁也无法说清。可是,借助于生命演进的正常逻辑,我们还是不难做出一些合理的推演。有了人类,就有人的生存之求和对美好生活的向往。环境恶劣,难如登天,寻找的过程,就是天问的过程。

天问为引,经过这漫长的寻找,历经炼狱之旅,最早的新疆人对天堂的含义有了更深的理解。当他们来到天山脚下、天池之畔,发现这一方青山绿水、草地桦林,他们该有多么欣喜。曾经沧海除却巫山,所谓天堂,不是什么虚妄的瑶池仙境,而是生命和灵魂最安稳的栖息之地。

可是,找到并不等于完成,更不等于求得了永世的和平安宁。天山飞雪未止,三工河流水不断,人们对美好的追求没有停止,天问的答案就没有完成。曾几何时,没完没了的厮杀和刀光剑影,几乎让天堂之梦趋于幻灭。天问不在山水,而是生存之虞。

厮杀是从生存开始的。有限的资源满足不了基本的衣食住行,加之环境恶劣,沙漠、风暴、积雪、寒冷、野兽等,都往往令本已生存维艰的境况雪上加霜。当与自然的抗争,不能满足生存需要,人们争夺的对象转向自己。先是家族与家族,进而是族群与族群、部落与部落,直至国家与国家之间。没完没了的争夺、厮杀、进攻、守卫、复仇,它不仅改变了人们获取利益的方式,还助长了欲望,积蓄了仇恨,让天问变得越来越不再单纯。于是,从生存开始的争夺与厮杀,却没有因为生存而停息。

我敬重的目光,投向多民族中最重要的一支——维吾尔族。

我曾揣摩,这"维吾尔"族姓的命名,究竟源头何在,有什么含义。我循着眼前的登天之路,一路前行,一路寻找。我的寻找先以横向为序,从天山以南,找到天山以北,从喀什、和田、阿克苏、库尔勒,找到乌鲁木齐、伊犁等地,甚至跨越疆地,找到湖南桃源、常德,以及河南的郑州、开封等地,凡是维吾尔族居住的地方,我都寻找了,答案并不如意。我又尝试纵向寻找,把目光伸维吾尔族历史的深处——谜,终于破解。

帮助我破解维吾尔族之谜的,是在场主义的一个经典定义:命即是创世。当然,维特根斯坦的发现,也给了我判断的自信,他说:"语言的界限,就是世界的界限……语言不是工具,而是我们的存在方式。"我怀着对语言的深深敬畏,把目光聚焦于关于族姓命名的一个名词:维吾尔。中午,在天池半山的一家小店吃烤羊肉串,与一位维吾尔族老人闲聊,他告诉我,"维吾尔"是他们民族的自称,有团结、联合之意。

老人的话让我一怔。我在心里反复掂量着这两个词。原来,一个饱经忧患的民族,是以团结、联合为纽带的。团结、联合,就需要包容、理解、尊重、求同存异。我顺着维吾尔的词源,再往前溯,更多的名称呈现在我面前,构成一条维吾尔族生命的流变史:韦纥、乌纥、袁纥、回纥、回鹘、畏兀儿,直至最后的维吾尔,万变不离其宗,都没有离开相近的表音表意。联想到最早踏上这片土地的新疆人及其生存抗争,我不禁对一个顽强、坚韧、包容的民族心生敬意。"维吾尔"的生命基因里,融入了多民族团结联合的因子。我不仅破解了语言的密码,还明白了"维吾尔"命名背后的生命秘密。

团结、联合。不是天问,是一个民族的自问结论。

我们就餐的这家天池小店并不大,由一个蒙古包、两张室外餐桌和两间厨房构成,三组设施,既独立修建,功能分明,又浑然一体。不仅是设施,人也一样。店主是一对维吾尔族老人,掌厨和服务的是两位蒙古族青年男女,揽客营销的是一位哈萨克族小伙子,而经常到这里就餐的,却是汉族游客。我们选择了靠近天池一侧的那间露天餐桌。上有博格达峰,轻轻一个抬头,山顶积雪就尽入眼底。我发现,那雪是有灵性的,阳光一照,闪闪发光,晶莹剔透,无论远看近看,感觉都很崇高神秘。在新疆,天问去处,除了博格达峰,还能去哪里呢?往下俯视就是天池了。与平视不同,俯视中的天池,被四周的青山簇拥住,边缘都被遮蔽住了,与其说是池,不如说是一只眼,天眼,镶嵌在这群山之间,仰望博格达峰,深情地、久久地,期待着什么。那个久,不是一天两天,也不是一年两年,而是千万年。大家都很兴奋,集体或分头,或靠着一棵榆树,倚着一块奇石,或俯首深谷里的天池,摆出各式各样的姿势,拍照,发微信,定影不同的天问姿势,让远方的朋友羡慕。

不一会儿,丰盛诱人的新疆美食就摆了满满一桌。主要的食材是羊肉:烤羊肉串、煮羊砸砸肉、泡椒炒羊肝、芹菜烩羊肉、土豆红烧羊肾、凉拌羊肚、羊奶茶……

啤酒消暑,浅盏薄饮,耳际突然响起优美的歌声。只知好听,不知其名,问前来敬酒的维吾尔族老人,被告知演唱者是灰狼乐队的艾斯卡尔,他是维吾尔族的音乐王子和"一生的老师"。现在播放的是他的《努甫拉》。我深感兴趣,用心聆听,为这来自新疆的原汁原味的声音:

> 带上我出发
>
> 去寻找努甫拉
>
> 眼中没有泪水
>
> 我不再惧畏
>
> 因此这块土地
>
> 也就是我的家
>
> …………

我相信从此,疆人的天问与登天之旅,将伴随着这样的歌声。从北部沙漠、水磨河,到杨沟、以肯起达坂,从冰石插花到高山砾漠,从艰难曲折到仙池奇花,最后到达博格达,这歌声会回荡在疆人的整个生命之旅。天既在头上,也在脚下。几千年来,新疆人天问天行的足迹,可写成一部西域大书。

在场……

大乐起兮仓山苍

我不是一个特别热爱音乐的人,对乐谱更是一窍不通。可在前往中江仓山采风前,我还是充满了对音乐的想象。不是一般音乐,而是大乐;音乐而冠之大,你不憧憬都不行啊。

岁在秋分,谷已入仓,自 2018 年起设立的"中国农民丰收节"就在这个时段。儿时的记忆里,节令是父亲默念声中农时节奏的舒缓紧凑。其中,印象最深的有"秋前十天无谷打,秋后十天满坝黄",说的是秋收的节奏;而"寒露胡豆霜降麦",则说的是又一轮秋种的开始。其实,从秋分到寒露,也就一个节令的时差。农人忙完了秋收,又要忙秋种,中间根本没有时间闲下来,好好盘点庆贺一下丰收。丰收的喜悦更多的是挂在脸上,揣在心头,最多是放在完成秋收之后的中秋节,敲响丰收锣鼓,唱一台庆收大戏。

仓山古镇采风,探秘仓山大乐……

一个简短的微信通知,由德阳散文学会的雁子发来,不仅仅带着热情与亲切,还一下子把我的关注点与古老的大乐联系了起来。仓山大乐的想象由此开始,一发不可收。

我的想象从"大"开始。

音乐乃旋律、节奏与人声的结合,是一种人声与器声交融的声音艺术,是天籁与人籁的融会。《礼记·乐记》说:"凡音之起,由人心生也。"因此,无论是"大喜当歌""大欢当唱""大庆当舞",还是"大悲当诉",音乐都是思想情感的外化,承载着世间的悲欢离合。音乐与大结合,成为大乐,则是音乐的嫁入豪门和人格升华,具有大象万千的意义。当大乐成为世间的洪钟大吕,绝非街坊茶肆的民间小调可比。

无疑,汉刘邦的《大风歌》是一种大,英雄之大。

大风起兮云飞扬,

威加海内兮归故乡,

安得猛士兮守四方!

我想象的翅膀穿越时空,着陆于2200余年前的江苏沛县,一场盛大的欢庆大宴正在举行。酒酣,意浓,刘邦击筑高歌,随声而起唱《大风歌》,表达自己的豪情壮志。

我不知道刘邦是否受到大乐影响,是否懂得大乐本质,但我相信,《大风歌》是真正的大乐,真正的"凡音之起,由人心生";或者说,它真正体现了大乐精神。后来,大乐融入了鼓点节奏,逐步演变为汉代的国典之乐,似乎也是证明。

此时的刘邦,怎能不高唱大风?

想当年,淮南王英布自傲其功,起兵反汉;危难之际,刘邦御驾亲征,很快将其击败杀死,平定江山。不难想象,江山在握,得胜还军,路过老家,衣锦还乡的刘邦,是怎样一种心情?把昔日的朋友、尊长、晚辈都招来,同饮共欢,是一种欢庆,更是一种分享。他们时而酣饮,时而击筑,每每动情之处,还会随性起舞,伤怀泣下。多么的得意非凡,大气豪迈啊!

可刘邦并没有得意忘形，而是挂念着世上能为其守卫四方，保定天下的猛士何求。短短三句，二十三个字，大气磅礴，气盖天下，把得意、豪迈、忧虑融为一体，不能不说是对传统大乐的超越。没有内心深刻的生命体验，怎可成脱口经典？

交响曲也是一种大，音乐之大。

它恢宏壮阔的气势，最能表现宏大叙事。比如，贝多芬的《命运交响曲》，被称为生命的交响，表现了浩繁复杂的命运主题。前些年，我在维也纳金色大厅第一次听到了这个交响曲。这是一栋欧洲文艺复兴式的建筑，外墙黄红相间，屋顶上竖立着许多音乐女神的雕像，古雅而别致。正值金秋，位于欧洲中部的奥地利秋高气爽，置身其中，本来就神清怡然。在这样的季节、这样的环境，聆听命运的交响，不能不说有一种神圣的怡然。该曲一共四章，分别表现了命运中的渴望、奋战、辉煌、欢乐，怪不得歌德听后也激动万分地说："这是壮丽宏伟、惊心动魄的，简直要把房子震坍了。"

还有海顿、马勒、莫扎特、肖斯塔科维奇等人的交响曲，都携带着特定时代的信息，充满了那个时代的大乐精神。特别是我国著名作曲家冼星海最重要、影响力最大的交响乐名曲《黄河大合唱》，曾唤醒和振奋多少爱国志士，奔赴前线，浴血奋战，成为一个时代的大乐标志。

当然，仓山大乐也是一种大。只是，在去仓山之前，这种大对我而言，还充满了一种重重的猜想与迷惑。

我相信，仓山大乐表现出了人们对美好生活的向往，有胜利的欢乐、富足的喜悦，是一种永恒的幸福音乐，但并不完全认同这样形而下的解释：乐器大、乐队大、曲目多。这种解释忽视了仓山大乐大鼓、大器、大曲背后，真正蕴含的大乐精神。仓山大乐不仅是音乐的活化石，而且，在它的基因里，就充满了天然的大气磅礴、开阔厚重、喜悦欢乐的正能量因子。正是在这里，仓山大乐向我们传递出了不同凡响的精神向度。

我承认自己的孤陋寡闻。这次到中江之前，我并不知道在离自己百里之近的天府腹地还有个仓山大乐；更不知道，在三千多年前的周朝，大乐就已诞生，是周文王庆祝战斗胜利时的群欢和音乐表演。这样的大乐当在皇城宫廷，居庙堂之高，为何远嫁江湖，来到这偏居一隅的中江仓山落户，让这方水土同时兼具了大气、喜悦、幸福、快乐等美好元素？这对我原本是一个谜。这次踏上中江的土地，谜底才逐步揭开。

我想，个中原因，大概主要还是离不开大。

看看时间的大。时间的大小，是由长度来衡量的。早在周朝时期，仓山就开始设置官方治所，属当时的梁州管辖。谁能否认，几千年的历史沉淀，不仅积聚了丰厚的记忆，还积聚了这里独一无二的人文气质。看看地域的大。中江有近 150 万人口，是全省全国人口大县；仓山也是中江第一大镇，曾长期为县治所。看看文化的大。仓山具有丰富的物质文化遗产、非物质文化遗产，"六奇""四绝"响彻海内外。中江的北宋诗人苏舜钦、苏舜元，都是历史上有名的蜀中才子；抗美援朝英烈黄继光，更是举世皆知的人民英雄，曾获得朝鲜金星奖章和我国一级国旗勋章。

这是我刚到中江时的发现。当我在采风启动仪式上说出我的发现时，我是自信的，似乎找到了大乐与仓山的内在神合。可随着了解的深入，我脆弱的自信动摇了，直至坍塌。

我仍停留于表面，而忽略了精神。

是的，我没有找到大乐的原乡，而内在的大乐精神，才是仓山与大乐结缘的实质。事实上，一种宫廷大乐能够落户到仓山，绝非偶然，也不是一切形式的因素所能决定的，必然有它内在的某种精神契合。忽略了精神，就忽略了大乐的灵魂。就像作家刘轩在《寻找自己》中昭示的生命本质那样：人从小到大都在不断寻找；而最艰难的寻找，是寻找自己：寻找心灵的坐标，寻找人生的定位，寻找活着的理由。仓山大乐也是一个生命体。我必须以寻找自己的姿态，寻找它的灵魂。

我的寻找，从眼前的仓山出发。

没有在场，没能目睹仓山大乐的精彩。据说，现在仓山能表演大乐的人已经不多了，要组织一台像样的演出并不容易。千年大乐文化，面临不大不小的传承危机。我只好把目光聚焦于镜像之下，以一种间接的方式，享用大乐盛宴。

先是一场古典式大乐，还原了最初的大乐精神——胜利、欢庆。基调是红色的，大红。大幕、彩旗、服装、飘带，充满了一种浩大的喜红之气；大乐队、大乐器、大曲目，彰显的都是胜利主题。节奏由缓而急：先是一段应山击水的引子，紧接着是铛铛、苏镲的轻扣慢和，似细浪微风，徐徐吹来，凤翥龙翔；蓦然，数十副巨钹携雷挟电而来，霎时鼓钹喧天，铛镲交鸣，惊涛拍岸，骇浪排空，天崩地裂，暴雨倾盆。场面宏大而激奋，有一种惊天动地、排山倒海的动力。随着一阵激扬的反复，舞队不断变化，呈现出"凤凰飞舞""大鹏展翅""比翼齐飞"等造型。渐渐雨霁云收，苍茫天地归于宁静。

然后是现代的表演，从形到神都富有当下元素。

刀光远去，剑影消失，和平年代的安居乐业、改革开放的累累硕果，都写在表演者的脸上，成为现代仓山大乐主题。据仓山镇了解大乐的老师介绍，乐队所使用的盆鼓，直径达 1.4 米，大钹一副 4 至 8 公斤，马锣、苏钹、铰子等也很大。因此,没有足够的体力,要挥洒自如地表演并不容易。乐队分为两个部分:以头马锣、盆鼓、大钹组成乐队的主体;与之配合的另一部分称为凤尾,舞具为铛铛、苏钹、铰子等。

继续往前寻找,沿着仓山大乐的每一条根系。

找到1949年。仲春,仓山古镇,百姓用大乐迎接南下解放军,醉倒了一群听惯了山西威风锣鼓和兰州太平鼓的北方汉子。找到晚清,找到那位姓周的宫廷乐师。敬意顿生,不因为他是宫廷中人,也不仅因他与我的祖上一样,是明末那场大浩劫后"湖广填四川"的移民,也许还来自同一个"湖北麻城孝感"哩,颠沛流离来到仓山定居,而是因为他将居庙堂之高的宫廷大乐带到了仓山,由其后裔代代相传至今。我曾激动不已,甚至有一种莫名的感动,为仓山大乐的前世今生,为我们周姓先贤那种落难中的文明传播。一种世事的苍茫,从历史的深处穿越而来,根连着我的血脉。

然而,往下的追寻,让我心里充满了惊喜与矛盾。

找到宋朝。内忧外患,战争频仍,我看见了一场场血雨腥风:尚原之战、顺昌之战、柘皋之战、唐岛之战、采石之战、四川合州钓鱼城之战、襄阳之战、临安之战,崖山之战等等,都是冷兵器时代的刀光剑影。接近七成的胜利率,奠定了一个相对安稳的大宋。每逢战胜,我都看见了大乐高奏的情景,以至于大乐曲牌越来越多,气势越来越大,甚至排军列阵、班师祝捷也离不开它。可随着南宋的灭亡,大乐也随之湮没了。

惊喜产生于大乐的气势,而矛盾则因大乐的湮没。当然,还有小小的失落惆怅——那位清末传乐仓山周姓家门的疏离。

当找到周朝时,我的两眼再次为之一亮。

从周文王深谋远虑,开始构筑清明治略,到周武王率军东征,渡孟津、诸侯相会、声讨纣王之罪、纣王被迫自焚而死,商朝灭亡,周朝建立,再到后来的平定管叔、蔡叔与武庚叛乱,实现成康之治,在境内各民族、各部落的不断融合过程中,华夏民族逐步形成,成为现代汉族的前身;其他诸多少数民族也和平相处。从此,一个多民族、多文化,团结和睦的华夏族系,形成巩固的根基。

当然,我的眼亮,不仅仅是因为战争的胜利和历代周王的开明之治,还因为大乐,以及大乐与仓山、与周家的关系。

我注意到了那一天、那一地。

尽管那一天是何年何月何日,我并不清楚,也难考证。但只要那一天存在,并为历史记录了下来,就足够了;那一地却是确认无误的——皂角城(现四川省三台县潼川镇,与南仓山镇毗邻)。这里曾为"川北重镇、剑南名都",诗圣杜甫流寓潼川历一年零八个月,创作了《闻官军收河南河北》等百余首不朽诗篇。也许是那一天,周文王在皂角城打了胜仗,将士们自发地欢天喜地,以盾牌相击、刀枪相撞、奏乐狂舞,表达胜利的喜悦。青铜盾牌奏出的音乐有点儿刺耳,并不好听,周文王遂下令,铸青铜大钹以代之;后来,又经宫廷乐师综合编排,于是周朝大乐应运而生了。它诞生于胜利的激情冲动,诞生于一种内心的喜庆愉悦,诞生于仓山这片神奇的土地。

尽管还是巴山楚水凄凉地,触目之处尽苍凉,可胜利当歌,大乐为伴,六弦之首,苍,已注定了大乐的原乡。

大乐从仓山诞生,再步入宫廷,经过几千年轮转相传,又回到仓山;从苍凉,到苍茫,再到苍莽,好一个苍,怎样诠释仓山的魂!我相信我的家门,那位晚清周姓宫廷乐师,冥冥之中承接了一种天赋使命。大乐在仓山的回归,实际上是大乐的精神还乡,一种梦想、奋斗、胜利、力量、幸福的宿命。

据仓山主人介绍，近年来，在各级艺术家的指导下，仓山大乐融入了古蜀乐舞、蜀地民间社火乐舞，甚至囊括了川剧等地域文化元素，对大乐乐曲、乐舞、乐器等进行了改造创新。新的仓山大乐在继承传统的大气磅礴中，突出了蜀地民间富足、喜庆、热闹的风格。与之相适应，一段时间，仓山的细乐、班鼓、内堂、围鼓也应运而生，逢场天，常常可听见敲锣打鼓的喊叫。在老辈人留下来的珍贵家产里，总会有一副钹或一面锣，还有一代代仓山人默默传承延续下来的宫廷大乐乐谱。

一次次地获奖，一场场地演出，一次次地播放，不能不说这是一种昭示，一种证明，仓山大乐生命力与活力的证明。

我想起了周文王的临终遗言《保训》中的"中道"思想，和他在《礼记·文王官人篇》提出的"六征观人法"。无疑，在仓山古镇，观人观事观古今，仓山大乐都是重要津梁。

大乐起兮仓山苍。仓山，该是怎样一个苍？

华涌欣老人的歌唱

听说国机重型装备集团股份有限公司(以下简称"国机重装")要挂牌了,中国第二重型机械集团公司(以下简称"二重")退休老领导、已80岁高龄的华涌欣老人,就开始忙忙碌碌,张罗起他们"德阳市老科学技术工作者协会"的老年演艺团排练庆祝节目了。

华老可不是一般的"老来乐"。这位出生于富庶江南的魁梧汉子,1962年从清华大学动力系热能动力专业毕业后,冲着校长蒋南翔一句"建设德阳哈尔滨"(重装基地)的话,就义无反顾地来到"三线"重镇德阳。在大家心目中,他早已是一位"总把他乡当吾乡"的老二重,一位地地道道的二重人,从领导到同事,甚至卖菜的大妈,都亲切地叫他"大华"。

华老80年的岁月留痕,自1957年就与二重紧密相连。从技术员、工程师、车间主任、副总动力师、副处长、能源办副主任,到副总工程师、副厂长、厂长、总经理,他经历了二重几乎所有层级的技术工作及管理岗位,也亲历了二重所有的兴衰与风雨,对二重始终秉持着一个坚定不移的信念。他喜欢唱歌,不同的年代,总以不同的歌声表达对二重的深爱与感情。

面对建厂初的艰难时期,他坚定而豪情万丈地歌唱:

"当东方升起朝霞,我们奔向远方,踏遍田间地头,转战矿山工厂……"

我循着华老的歌声,走进1958年,金秋。

"碧云天,黄叶地。秋色连波,波上寒烟翠。"范仲淹笔下的秋,虽然清朗俊美,但多少有几分娇柔之气。二重的那个秋,书写的却是壮怀与豪情。

建设期的辉煌,围绕一个时间节点展开:1958年10月13日。这一天,偏居一隅、沉寂多年的德阳小县城,迎来了二重的开工庆典。

视线向前,延伸到项目前期。

目光定格于一场声势浩大的创举:国家三线建设。毫无疑问,这是一项伟大的战略工程,也是中央站在国家安全的角度,做出的一次重大抉择。

推翻"三座大山",人民翻身得解放,群情振奋,山河沸腾。从建立到建设,中华人民共和国面临伟大转型。第一个五年计划的实施,国民经济得到一定的恢复和发展,建设社会主义工业化强国的重任,从来没有这样急迫地摆在面前。

建立工业化,首先必须攻克最重要的瓶颈——重型装备。这是工业中的工业,或曰基础条件,而且时不我待、迫在眉睫。

按照国家发展战略,在"二五""三五"期间,将在西南、西北等地区,新建一大批大型水电站和钢铁联合企业,急需大型设备和大型锻件。落后就要挨打,这是贯穿中国近代史的血泪教训。必须迅速发展中国国防和高端科研事业,赶超世界先进水平。

当时国内状况是:水压机最大吨位只有6000吨,规划项目需要的大型厚板、薄板轧机,2300mm 以上连续轧板机的轧辊和齿轮,125MW 以上发电机轴、转子、叶片等整机和配件,都无法制造。这对于刚诞生的共和国,不能不说是个巨大挑战。

此关不破,焉能前行!

国家安全和国家发展,都对提出了一个迫切而重大的要求:共和国工业化的大厦,急需一个以万吨级以上水压机为核心的重装"脊梁"支撑。

然而,建设的号角刚刚吹响,却遇到了三年困难时期。国家遭遇极度困难,不得不实施"调整,巩固,充实,提高"的八字方针。热火朝天的工地和激情燃烧的队伍不得不紧急刹车,冷静下来。离开的挥泪,留下的揪心。厂房盖了一半,公路、铁路刚平整好路基,安装好的设备还没有调试试车。

一切高亢的节奏,不得不戛然而止。

可是,沉重和揪心并没有压倒二重人,他们很快又找到自己新的定位、新的责任。他们以工程维护和设备维护为中心,组织了 700 多人的护厂维护队,开展"查,抓,抢,防",发现大小质量问题 900 多处,并及时处理;对突然缓建中的 1000 多台、24000 多箱(件),价值 7500 多万元的库存设备,进行了安全妥善的存放维护,最大限度地减少了三年缓建带来的可能损失。

为了稳定职工思想,二重党委让宣传处和工会联合组织职工排练节目、演大戏,活跃职工文化生活,还请了四川省人艺的名导演来做指导。华涌欣不仅传神地饰演了《霓虹灯下的哨兵》中的大老粗赵大大,还一次次地放声歌唱,用他那浑厚而深情的歌声,唱出那个特殊年代中国制造业工人的心声:

"我们奉献青春,热血铸就明天辉煌,今生无悔,生命闪光……"

就这样,华涌欣以他的歌声与二重一路同行。从当年的"小华""大华",唱到了现在的"华老"。在他的歌声陪伴下,二重跨过一个个艰难曲折,创造了一个个奇迹,在共和国工业化进程中谱写了无数华章。

可是,在前几年有段时间,细心的人发现,很少听见华老的歌声了。关心他的人就打听华老是不是身体有恙,一打听才知道,华老是"病"了,但不是身病——身体硬朗着哩——而是"心"病:二重的困境让他郁郁寡欢。

是的,华老虽然退休近20年了,却一直心系二重。

华老听到的二重亏损,先只是传闻,但究竟亏损了多少,问题有多严重并不清楚。有的说70亿元,有的说80亿元,一会儿是28亿元,一会儿又是130亿元;有的说当年可以扭亏,有的又说已病入膏肓,根本没救。二重重装作为上市公司,必须披露相关信息。华老发现,2001年12月成立的二重重装,2010年2月在上交所挂牌上市后就急转直下,2012年末的总资产216.05亿元,营业收入仅50来亿元,当年亏损28亿元,占中国二重总亏额的99.49%。而且,其资产负债率高达80%,远高于中国机械工业65.1%的平均负债水平。这意味着二重在整个重装行业的市场竞争中,处于十分不利的地位。

在此后的两年,二重长期积累的问题更加充分地暴露出来:产品结构单一,工厂化而非公司化的运行机制有弊端,债务高企不堪重负,冗员过多人浮于事,等等。而在企业外部的宏观经济层面,则面临前所未有的双重挑战:国内制造业产能严重过剩,世界发达经济体正面临重大转型。当二重多年积累的内在的痼疾与宏观经济层面的双重挤压相结合,二重的寒冬就不难理解了。

北京信永中和的尽职调查，很快还原了真相。

调查显示，二重资产在 2014 年的财务性减值达 43 亿元。减值科目分别是：固定资产评估价值复原、应收账款计提方法和标准改变、存货可变现价值测试归真等等。中介机构的评估还原了可怕的真相：二重的资产负债率，2013 年升为 92%，2014 年底已达到 133.7%；无形资产减值还不在此列。

中央早已洞察到中国国企面临的问题，并且清醒地看到，这些问题只有通过深化改革才能有效解决。于是，继 1984 年 10 月，中共十二届三中全会通过《中共中央关于经济体制改革的决定》，正式将农村改革的成功经验引入城市，全面启动第一轮国企改革后，时隔 35 年，中共中央、国务院再次于 2015 年 8 月 24 日出台《关于深化国有企业改革的指导意见》，全面启动新的一轮国企改革。正是在这种背景下，国务院国资委针对二重的问题，提出了国机集团实行战略性联合重组的重大决策，并报经中央批准正式实施。

对于二重，不能不说这是一项伤筋动骨的大手术。

二重有救了。与二重风雨兼程几十年的华老，脸上露出了欣慰的笑容。他想起自己在改革开放初期，战胜企业罕见火灾后的歌声：

"肩负祖国重托，建设德阳重装，我们挥洒汗水，智慧凝聚力量……"

事实上，华欣涌的歌声很少停止，因为二重的改革从未停止：

先是整顿调整（1982—1987）的 6 年。随着农村改革的全面推进并日显成效，为了实现国民经济的根本好转，中共中央和国务院于 1982 年 1 月 2 日下发了《关于国营工业企业进行全面整顿的决定》。对二重来说，这次整顿的最大收获，就是唤醒了市场意识，从传统僵化的计划体制中，打开了一个小小的缺口。二重凭借内在强大的制造能力和良好的外在形象,在严重短缺的市场中如鱼得水。企业 1982 年承接的订单,比上年猛增 159%;次年,又再递增 62.7%。

这样的好景,一直支撑了二重 5 年的快速发展。

继是经济责任制(1983—1999)的 16 年。借落实中央调整整顿政策东风,二重在 1983 年 3 月对生产相对独立的锻压车间和三金工车间,实行了以合同完成率、品种、产量、工时完成率"四大指标"为主要内容的奖惩承包试点。应该说,对于大型国企而言,这在当时还是大胆的、超前的,也是有效的。此后几年,这种试点不断得到推广、深化、完善。1987 年 1 月 6 日,在落实国务院《关于深化企业改革增强企业活力的若干规定》中,已经下放到地方管理的二重,将改革与地方接轨。其与德阳市政府签订的《经济效益承包合同》和《利润递增包干协议书》,标志着这种自发的承包制试点,进入自觉的体制范围。

承包经营,在二重一直延续了 16 年。

再是现代企业制度(1999—2009)的 10 年。二重建立现代制度的探索,早在 1991 年组建企业集团时就已开始。1993 年,中共十四届三中全会决定,明确提出建立现代企业制度的方向、目标、重点后,这种改革有了更加明确的指向。但接踵而至的计划单列、中央直管,一系列的国企改革试点,使二重的改革不得不在体制与市场的狭缝中艰难而行。

这就是二重的改革——早早起步,缓缓而行,步履蹒跚,艰难曲折。而且,在沉重的体制负担、"长子"意识、"脊梁"包袱下,改革长期停留于低端浅表层次。而此间,中国的社会主义市场经济体系已接近发育成型,且不说靠市场拼打出来的民企,就是绝大多数大中型国企,早已浴火重生。

可并非天遂人愿,改革中人们希望的奇迹并没有出现。

回过头来,人们发现,二重漫长的改革,无论是公司制尝试,还是建立现代企业制度,无论是下放上收,还是集团、子公司、母公司、事业部制、上市公司变来变去,大都是形式,并没有真正解决企业最根本的问题。正如时任国资委分管该重组的领导指出的那样:业务结构和产品结构不合理,缺乏研发、设计、项目总承包能力,市场开发能力相对不足,具有明显的专业化"生产工厂"色彩,属于典型的计划经济企业模式。

事实上,不只二重,许多国际性的大集团在改革创新中,都有过这样的成功或失败经历。经济学家们经过研究发现,1955 年的世界 500 强,时隔 60 年后,仍然位列其中的不足 10%。曾经的美国"钢城"匹兹堡,早已失去在钢铁行业的竞争力;世界手机行业的翘楚,二十世纪八十年代是摩托罗拉,九十年代是诺基亚,现在两家企业都风采不再。其中最重要的原因,就是对资源创新的忽视。人们发现,绝大多数的专利都没有给企业带来效益;许多新技术的发明者,却不是真正获利者,获利的往往是善于利用这一资源创新市场的人。

二重正是这样,面对市场,显得软肋毕现。

谈到这个问题时, 二重当时的党委书记石柯直言不讳地指出,二重是按照计划经济模式设计建设的,大而全,产业链自成体系,一个工厂一个产品,一节一节干,就像串糖葫芦似的,才能串出来一个产品。国家计划就是串通各个环节的纽带。举个例子,要想搞宝钢那样一条生产线,硬是要把机械工业部所有的工厂都拉上来才能干下来。按这种计划经济模式建的工厂,现在搞市场经济,又要求其参与市场竞争,怎么行?

源没有开,产业链未变,市场却在变。

随着经济的快速发展,中国工业化很快跨过了初期,进入中后期。市场的一次又一次转型升级,已让二重原有的制造能力和经营模与市场严重脱轨;而国际市场的转型升级风云变幻,又使未来变得扑朔迷离。改革创新欲成为二重维系希望的稻草,可体制的保护伞若即若离,改革本身不彻底、不深入、不成体系;创新只注重了"流",而忽略了"源",那稻草也显得那么孱弱无力。

二重的扭亏脱困,改革振兴,已不能再拖了。

中国机械工业集团(下文简称"国机")董事长任洪斌永远记得那个日子:2012年11月8日。

这一天,中共十八大召开,中国迎来了一个重要的发展历程。当然,这一天对国机,对二重,对中国机械工业发展而言,还有另一重意义。

时任国资委一位分管领导奉命找到任洪斌,谈国机重组二重的事。而且,他选择在一个庄严而神圣的时间点:中共十八大会议期间。该副主任的话非常明确:这件事是国资委找国机承担的,要作为一项战略任务去完成。

该副主任和任洪斌都是中共十八大代表,平时也有频繁的工作联系,选择在这样的场合、这样的时机谈这样的事情,似乎是巧合,又似乎不是。

这不是件普通的事,而是一项严肃的国家任务。

这么重要的任务,为什么要交给国机,交给任洪斌,而不是别人?这不仅仅是眼前二重迫切需要扭亏脱困的权宜之计,主要还是从国家培育高端重型装备研发与制造板块的战略考虑。谁能担此大任?国资委当然非常清楚。

国机与二重，所处行业相同，甚至原本就同属原国家机械工业部，但现状和实力却是南辕北辙。在二重"明日黄花蝶也愁"之时，原来的"丑小鸭"国机，却乘改革东风，早已修炼得羽翼丰满。

不是河东河西式的风水轮回，而是艰难困苦玉汝于成。

成立于 1997 年 1 月的国机，虽然比二重晚成立近 40 年，但却有幸搭上国企改革转制、快速发展的正点班车。特别是 2001 年国机新班子组建以来，历经十多年励精图治，已是后来居上，横空出世。这一系列令人眼花缭乱之"最"，不是自我推销的溢美之词，而是综合实力和核心竞争力的在场证词：

中国机械工业规模最大、覆盖面广泛、业务链完善、综合研发能力强，集科、工、贸、金等一体化发展的央管国有独资大型企业集团。

根据美国《工程新闻纪录》(Engineering News Record)公布的 2013 年"全球 250 家最大国际工程承包商"和"国际工程设计企业 225 强"名单，国机位列前者第 25 位、后者第 75 位。截至 2012 年底，国机拥有全资及控股子公司 43 家，其中上市公司 9 家，科研院所 20 多家；全球员工总数超过 10 万人；企业资产总额 1952.10 亿元，所有者权益 512.10 亿元。国机因此而成为中国机械行业(不含汽车制造)唯一进入《财富》世界 500 强的企业。

任洪斌斩钉截铁地回答："坚决服从。只是，此事事关重大，按照《公司法》和企业决策程序，我得回去向董事会报告。"

国机发展好好的，何必去啃二重这块硬骨头？

开始是反对声一片。

"二重亏损那么大，不要把国机拖进去了啊。"

"二重是央管 53 户，以小吃大，国机行吗？"

"任洪斌是不是疯了,想捞政治资本?他已在国机干了十多年了,会不会把二重重组了就屁股一拍走了,把烂摊子留给国机?"

…………

国家机械工业部健在的几位原老部长,在同一个离退休老领导党支部。特殊的背景下,他们在党组织生活中最关心的,一个是国家大事,一个是国机大事,再一个就是彼此的身体健康状况。与许多关心国机的人一样,他们对国机二重重组,几乎都经历了一个从反对、质疑、担心,到理解、支持、赞赏的过程。无论哪种态度,都源于对国机深深的爱,对任洪斌大大的信任。

何光远老部长说,二重搞成那样不是偶然的。他以前在职时曾去过二重,印象是经营管理不好,市场意识差。现在搞糟了,又叫国机接手,怎么成?有几位老部长还联名给国资委写信,建议组织专家先进行调研,把问题查清,二重是怎么走到这一步的;然后,再讨论重不重组的问题。

因此,老部长党支部讨论的意见是:一致反对。

对这些表面不一致的声音,任洪斌没有生气,没有嗔怪,没有埋怨,反而有些感动,有些欣慰。特别是老部长们那种关切、那种焦虑、那份拳拳之心,更让他感动万分。他心里非常明白,也完全相信,所有的质疑、反对之声,没有一个是出于个人目的,或是故意出难题、找岔子、不支持的。恰恰相反,他们的直言,是对自己的信任;他们的质疑与提醒,正是对企业命运的关注、关心和负责,是对企业改革最用心的支持。

唯有对怀疑他要走的人,他利用恰当的场合坦坦荡荡地表明:"即使组织上要安排我轮岗,我也要向组织请求,二重一天不搞好,我一天不离开国机！"

不出所料，当耐心细致地讲明国家战略及企业发展需要后，真正的难题，还是中国二重能不能搞好，怎样搞好。在中央和国务院国资委的大力支持下，经过尽职调查，弄清情况，群策群力，深入分析，找准症结，二重扭亏脱困、改革振兴方案终于尘埃落定：

减员，减债，增加造血功能。

有人把这个方案概括为"两减一增"。短短几个字，却力含千钧。

靠裁员解困，不是任洪斌的理念，而与他的经历有关。任洪斌的成长史，就是一部企业和职工的情感史。他的父亲就曾经是东北一家机械厂的职工。他从小在工厂长大，对工厂很熟悉，看见工人就好像看见自己的亲人。特别是困难企业，职工的生计往往成了他内心纠结的痛。

可面对二重，他又别无选择。

全国规模以上工业企业全员劳动生产率，2013 年约 25 万元，其中：机械行业约 10 万元；二重-9.4 万元；国机年人均创造营业额 200 万元，利润 4 万元，二重分别为 42 万元和-24 万元。其中重要原因，就是冗员过多。

资料显示，二重实施重组时的 2013 年，有职工 15589 人，其中正式工 12891 人，临聘工 2698 人。企业年人工成本（工资和"五险一金"等）达 10 亿元，2012 年更达 13 亿元（工资 8.77 亿元，保险和公积金 3.3 亿元，其他 0.93 亿元）。而企业当年的市场订单，只需不足一半的人工。

不得不"挥泪斩马谡"。

减员举措得到国务院国资委和企业职工的大力支持，虽困难重重,目标仍如期实现。截至 2016 年 12 月 31 日,二重在岗职工人数减少至 7610 人。除由二重重装代管的万航公司、镇江公司共计 734 人外,公司实际在岗人数 6876 人。企业人工成本总额较 2013 年减少了 50270.59 万元,降幅达 40%。

减债更是一场艰难的利益博弈。

根据中介机构的调查,国机二重重组时,二重的带息负债总额达到 140 亿元,其中短期借款约占 40%;2013 年至 2014 年,需偿还到期债务 98 亿元,占企业总负债的 70%。其中 2013 年到期需要偿还的 54 亿元,基本为短期借款;2014 年需要偿还的债务 44 亿元,以中期借款和项目借款为主。潜在的机能性失血,多少亿元才能打住?这些巨额债务包袱很大程度上是体制形成的,当然,也包括二重自身的决策和经营管理失误。当时有个流行的说法,"不转型等死,转型不好早死"。二重不能等死,只能冒死一搏。这一搏,却搏到了宏观经济的逆袭。问题日积月累,越来越严重,直至拖不动,拖垮了。

在国务院国资委、中国银行保险监督管理委员会、人民法院和各债权银行的大力支持配合下,二重减债最终采取了破产重整,分类实施,债权人和债人携手走进法院的创新形式。2015 年 9 月 26 日,七家主债银行代表在《中国二重债务重组综合受偿方案》上签了字。参与司法重整的银行债权为 121.38 亿元,采取现金、保留债务、以股抵债三种形式。其中,以二重重装股抵债 91.38 亿元。

巨额的减债,给二重扭亏脱困创造了可能。

二重继 2016 年胜利扭亏,当年实现利润 5.33 亿元后,2017 年又实现利润 5.66 亿元。随着中国恒天集团的重组入盟,国机经营业绩再创新高:2017 年,实现营收 2881.7 亿元、利润总额 112.1 亿元,上缴税费130.6亿元，分别比上年增长40.3%、34.6%、29.3%；全年实现EVA指标36亿元；再次荣获国资委中央企业年度经营业绩考核A级，并稳居中国机械工业百强企业榜首。

至此，二重已连续10年获得上述"双领先"殊荣。

重组是化合反应，而不是物理反应。增加造血功能的核心是生产要素的重组。对外，任洪斌不仅请上门，还走上门。凡是与二重有合作可能的，他带队上门一家一家拜访，涉及中石油、中石化、中海油、神华、中核工业、中广核、中核建设、中车、兵器工业、中航发、航天科技、哈电、东方电器。对内，他则围绕生产要素的重组，动员国机系企业与二重的深度融合。仅2015年，国机参与二重要素重组的企业就达到35家，发包签约42亿元。

国机重装的组建，于2016年5月正式启动。

这是要素重组的重头戏，既是重组的深化，又是重组向高端目标的挺进，旨在搭建科工贸一体的国家级高端重型装备旗舰平台——国机重装。具体方案为：以二重股份为载体，将国机所属中国重型机械有限公司（中国重机）、中国重型机械研究院股份公司（中国重型院）进行战略重组，并将二重重装更名为"国机重装"。

2018年3月28日，国机重装正式挂牌运行。

这个总部坐落于四川省德阳市珠江东路99号的崭新平台，不只是国机旗下的一家新公司，而是一出重组重头戏、压轴戏，也是未来的圆梦大戏，是中国重装出击的主体，或者说国之重器。它的使命，不仅是承接国家高端重大装备研发制造，还要以高端装备制造业为牵引，为实体经济的重振探索经验，并带动二重、国机乃至中国机械行业走出去，占领中国甚至世界制造业转型先机。

怎能不歌唱，此刻。当年的大华，今天的华老。

华老对国机二重重组事宜信心满满。他认为，国机重装实行科工贸一体化发展，是从根本上克服二重先天不足，实现从工厂制到公司制转变的必然选择。他积极支持企业改革，为国机二重重组献计献策。2018年3月28日，在国机重装正式挂牌仪式上，他代表二重一万多名离退休职工，深情地朗诵了一首二重职工自发创作的诗歌《向美好明天腾飞》，表达对国机重装未来发展的笃信：

"今天我们站在这里，展现舞台，多么灿烂辉煌；今天我们站在这里，内心涌动，多么振奋豪迈……"

是的，这是一个值得讴歌的时刻。时代如歌，更好的歌在未来。

青龙的海与场

有梦在场。

来到这里——彭山青龙经济开发区，或者叫天府新区彭山青龙区域的规划蓝图前——这种感觉特别明显。在为这种感觉定义前，我的脑子里快速闪过许多词"如梦似幻""神奇莫测"，可是，没有一个词能够准确表达这种感觉的含义。

于是想到了梦，形形色色的梦，有了一些释然。

先是明白与确定的。我们从彭山兴铁宾馆出发，是要去采风，不是去寻古觅幽；也不是去感受陶渊明式的"不知有汉，无论魏晋"，而是去体验当下武阳的火热生活、不凡流年。路线与行程，采风方案都写得明明白白：第一站是青龙经济开发区。行程和路径也不陌生。当汽车驰过一段不长的高速公路，从一个标明"青龙"的出口出去，我们此行的目的地就到了。

不确定的梦幻感，产生于规划栏前的一站。

"坚定品质发展，加快'四城'建设，奋力建设天府新区增长极"的话题，不知是要给一系列的规划蓝图命名，还是要给我指引。眼前的图是一个迷阵，不亚于诸葛亮的八阵图：功能布局、空间区位、交通枢纽、企业布局规划得当，线条、符号、色彩相互交织，从简约到复杂，从具象到抽象,再到具象。不是色盲,也没有近视或者老花,可当我注目于空间区位图时,我眼花缭乱。这种眼花缭乱不是单纯的多彩多姿,而是形而上与形而下、精神与身体交织的,是一种梦幻般的神秘迷离。

当我想到梦与幻的时候,眼前的图像被切换成了一片粉红色的海。成都、眉山、彭山、双流机场、天府国际机场、视高区域、青龙区域、科学城,是海中岛屿;成绵乐城际铁路、地铁 K4 线、成昆铁路、天府大道、剑南大道、环天府新区快速通道、第二机场高速、成乐雅高速、岷江航道、眉山工业干道,都不是僵硬的路,而是道道痕迹,富有动感,飞珠溅玉,鲜花满播,以梦幻般的优美曲线或直线向前延伸,不知延伸到了哪里。

只有巨舰或快艇驶过,才能留下这样的痕迹。

一个激灵从海天划过,让我在一种壮阔的大美中堕落。此刻,我既不想舰,也不想艇,不想追波逐浪春暖花开,也不想事业与目标,只想搭一只舢板,徜徉于这浩瀚的海中,邀了明月或者飞鸥作伴,一同欣赏这瀚海风景。

有梦在场的感觉,是梦的港湾。这感觉由身体蔓延到海,由海回归到天府新区,回归到青龙,回归到我的场。

就是,青龙不就是曾经的青龙场吗? 我虽然不了解青龙场的过去,但我知道“场”的前世。儿时,母亲常常带我赶场,把家里产的鸡蛋、花生、蔬菜、水果拿到场上去卖,然后买回油盐肥皂布料之类。赶场实际上就是赶集,赶的是一种向往、一种生活、一个圆不了的梦。

距场不远,离家五六里,是一个叫龙凤场的地方,当时被称为公社。公社旁边有个铁匠铺,据说是场上唯一的二轻企业,实际上就是个小工场。我不知道这赶场的“场”、龙凤场的“场”,与这工场的“场”有没有瓜葛,但我知道,它们都是我当时梦的元素。铁匠铺里经常炉火熊

172

熊,铿铿锵锵,火星四溅。主理的铁匠姓王,体壮如牛,大锤翻飞,动作粗犷而笃定。也有柔的,比如这里打造的月牙似的镰刀、门扣、门环、发簪;还有王铁匠的小女儿。她年龄与我相当,俊秀而白净,不多言语,不停地帮铁匠老爹拉风箱,递毛巾和茶水。炉火一烤,她带酒窝的脸红扑扑的。每次路过铁匠铺门口,我总会多看上她几眼。母亲就会拉起我的手离开,口里喃喃:"人家城里人哩。"

那时的场,是我梦指向的远方。

由集而市,由场而城,由城而都,人类文明的脚步,就这样一步一步地走过来,今天随我走进了青龙场。

城市文明与工业文明,从来就没有分割过;或者说,工业文明才是现代城市文明的真正符号。"三里之城,七里之廓",是围墙文化的根,始作俑者不是为了赶场,是为了保卫文明成果,只是围墙同时也遮挡了视线,阻隔了自己。

走得太快太远,却始终没有忘记为什么出发;始终有梦,却一步一个脚印,没有虚幻的感觉。青龙场与众不同。

没过不久,就在眉山建区设市的时候,因工作关系,我经常到青龙场,去往当时市里为数不多的市属企业彭山天然气管理站,每每得到站长廖八哥等朋友的热情接待。印象中,当时的青龙场就是一条小街,实际上是老成乐公路,当地人在路两旁修了一些铺面,开了一些路边店,以路代市,加气、加水、补胎、吃饭、唱卡拉 OK。路年久失修,坑坑洼洼,凹凸不平,每当车辆通过,尘土飞扬,往往弄得人睁不开眼。

更令我惊异的是,场镇上还有一家铁匠铺。不知道这是不是青龙场最早的工业,它让我重回童年的梦境。炉火也明显没有记忆中的旺,从这渐熄的炉火中,我似乎看见了某种必然。

工场,工厂,再到公司……

此刻,行走在天府新区彭山青龙区域的宽阔大道,穿梭于一栋栋现代公司之间,一种梦工场的感觉特别强烈。

我沿着梦的必然逻辑追往抚今,感受工业文明和城市文明的足迹。宋时的光影,明时的繁华,或与江南水乡的桨声,或与尼德兰(现荷兰)、佛罗伦萨的锻造声交相辉映。我看见,人类最早的工业萌芽,在光影里、锻造声中,挣脱千年封土,破土而出,生长,屠弱而坚定,逐渐长成苗,长成树,长成森林。

我走近一棵树,不大,却生机勃勃。

中建西部建设股份有限公司(以下简称"中建股份"),是2015年7月入驻青龙园的高新技术企业,主要研发生产混凝土减水剂和砂浆外加剂。在工业战线工作多年,我知道,这个产品本身并不新,但新在他们的与众不同,超人一步。时光回溯200多年,掠过混凝土材料发展走过的路,透过阳光与风雪交织的风景,我们可以发现多少背影。他们探索寻找混凝土改性增效方面的突破,增强、增性、节能、降耗、环境等是寻找的方向,没有止境。外加剂掺入便是一种有效途径。目前,世界上混凝土外加剂品种多达500余种,日本、澳大利亚、美国、欧洲等绝大多数发达国家和地区,均有独树一帜的创新。具备混凝土行业最高资质只是阶段目标,中建股份的使命,是当行业排头兵。

集研发、生产、销售、经营、服务、创新于一体,提供最优化的资源配置和最理想的综合解决方案,这不是一种时髦的设计,而是原型创新与二次创新、交流创新与源创新融合下,一种崭新的产业发展和供给侧构建模式。曾经我很反感数字,枯燥、僵硬,没有感性的体温,可反映企业成效,似乎又离不开数字。"公司不到100人,年营业收入1亿多元。"公司领导不经意的一个介绍,让我暗暗吃了一惊:呀,人均100多万元,相当于传统水泥企业的几十倍!

我走近了一片森林。不,是工业产品的海洋。

森林或海洋都是我的形容。在我的眼里,苏宁西南区成都物流公司就是一棵大树,或巨舰。不是大树下面无小树,而是大树下面万木葱郁。不管是第三方配送的,还是本公司直接采购销售的产品,都在这里汇聚成海。当然,汇聚不是目标,目标是彼岸——商品最终价值的实现:分拣、配送,到达终端用户。这里说的分拣,也不是传统意义的手工分拣。这里的苏宁"云仓",在各种"黑科技"的助力下,把现代物流在供给侧中的作用演绎得淋漓尽致。

苏宁西南区总经理助理高友强介绍说,苏宁物流自2013年起,便从企业物流转型为物流企业,致力于一场现代物流革命。通过高密度存储、自动盘点、自动补货、自动排序、自动分拣等方式,为用户提供全套物流解决方案。一件商品从进库、分区、码放到出仓派送,都通过电脑复杂的计算指引,看上去有如大海捞针,可这里的拣货效率是传统物流的10倍。超过两分钟就是"事故",会被永远记录在案。工作人员拿着货单,到货架上拣选商品的情景,在这里已经成为泛黄的古董。平时,日均分拣配送货物在2万件以上,今年"双11"那天达到70余万件。华南、西南、华中、西北全境可24小时快速达,3—6级市场的顾客可以足不出户,网购天下。

这还是我记忆中的企业吗?从工场走来的青龙场,梦与现实是如此水乳交融。仅天府新区彭山青龙区25平方公里现在一年的营业收入,就超过250亿元,接近眉山建区时的3倍!

说起来有点儿像梦,但所有梦的背后,都有生活的原型。我终于发现,那浩瀚的海和梦幻般纵横交错的线延伸到了哪里。

有坝姓尧

不是因为喝了酒。虽然主人招待我们的泸州老窖 1573 香醇难得，连我这个向来不贪杯的一介书生，也禁不住呷了几口。是因为尧坝的名称，诱惑起了思古的浮想。尧舜禹夏商周，历史的记忆一下被激活。在虚妄与清醒之间，自己也觉得好笑：这样的望文生义是否有点儿太俗了？

就这样恍兮惚兮，身子随前行的大巴或左或右，不知是梦中，还是在去尧坝的路上。然而，冥冥之中，似乎总有一种隐隐的清醒并不曾改变：千万不要小看了这个姓尧的地方。不管叫坝，还是场，或者镇，都不重要，重要的是尧。能冠姓而尧者，想必定有不同凡响的地方。

未曾想到，我的这个猜测，竟然被证实。

从泸州到尧坝大约三四十分钟。仿佛时空穿越，景象的转换是在瞬息之间。刚才还穿行现代化的都市，在宽阔的柏油路上摇摇晃晃，转瞬间，却一步踏入了遥远的古代文明。行走在这条一千余米的古街道上，你会有一种细数明砖清瓦，踏碎历史云烟，跨越古今神圣，一步就是千年的感觉。渺小也变得伟大，不知不觉，已然摒弃了尘世中的喧嚣轻狂，举步轻轻，对两旁小贩的叫卖充耳不闻，一门心思沉浸于思古觅幽的情愫里。怪不得这里被古建筑专家称之为"川南古民居的活化石"。我踏在岁月留痕的石板路上,每一个举步,仿佛都是向尧的靠近;每一个古老的元素,都是我与历史见面的依据。古榕、古庙、古街道、小青瓦房、古茶盐道、古进士牌坊,以及透着幽幽古老气息的大鸿米店、兴顺号、添寿堂、神仙洞、周公馆。

我的神经被绊了一下,因为周公馆。

这不仅是有一种回家的感觉,还有一种对咱周姓家族迁徙史、繁衍史、生命史的好奇。事实上,从远古的尧舜,到同样远古的周文王姬昌,相距只有一步;从陕西岐山至临汾,现在乘坐动车只需三个小时。尧舜与周文王,原本就是邻居,他们共处的黄河流域乃中原文化的核心。问题是,相隔几千年,尧的后裔与周的后裔,怎么来到这川南一隅,从此与这方山水为伴、相守、相扶、相依。肤浅的好奇之后,我陷入了深深的思考:尧坝,你究竟隐藏了多少历史之谜?这满目的古,是否包含谜底?

掏出手机,面带微笑,找朋友帮忙,在周公馆前留了个影。这是我的习惯,不管到什么地方,无论是地、是景、是物,凡是见到带"周"的名牌,都心生眷顾,仿佛邂逅精神家园的根系,总会有一些亲近之举。留影后再细细打量,清代木质建筑,穿斗式结构,镶嵌式花格窗户,工整的门框、高高的门槛、宽阔的门厅,从布局、结构、造型到建筑风格,都与我家的老屋十分接近。

更重要的是神。山不在高,有仙则灵;屋不在阔,有人则灵。当然,这里说的人,不是我等凡夫俗子,而是孔夫子说的"圣人""贤人"。周公馆的"贤人"是清嘉庆年间武举人周其斌;我家的"贤人",为清康熙年间"湖广填四川"时,从当时的湖北麻城市孝感乡"填"到四川的周氏人家人川元世祖、武举人周幼星。至今,家乡的民间仍流传着周、张两个举人同井担水吃的故事。

尧坝的历史,很大部分是被周、李两户人家书写的。周当然是指周其斌;李姓人氏叫李跃龙,是清嘉庆年间的武进士。至今,尧坝古镇的标志性建筑石牌坊的坊额上,嘉庆帝御书的"赐进士第"仍清晰可见,立柱上还刻有当朝地方官撰写的楹联,以表彰武进士李跃龙荣耀桑梓的事迹。科举及第,心仍在尧坝。周家所建的北街和李家所建的南街,恰似一条长长的扁担,挑起这里恒久的繁荣。

此刻,我站在李氏旧宅的屋顶,整个尧坝尽收眼底。无论是周家的南街,还是李家的北街,都融为尧坝的符号,无缝对接,迎来送往昔日的马队和今天的游人。也无论是周举人的故事、李进士的传说,还是王朝闻的美学、凌子枫的电视剧、恽代英的调查报告,都化为尧坝符号里的元素。据说,对面的鼓楼山,就是合江与纳溪两县的分界线。不过这样的分界,只适合于行政管理,不适合于文化。从古至今的尧坝来者,从来没有受这样的划分影响。

岁月风干了故事,把痕迹留在凸凹的石板路上。我拾级而上,希望从脚下的石板缝间发现奇迹。从北周安乐戍的合江县,到北宋的军事要寨,从南宋嘉定的白马里第十三都,到清时的合江西乡尧坝支,直到现在的四川合江县尧坝镇,每一个脚印,都值得珍惜;无论是找到李家的发家史,还是重访周家的迁徙足迹,或是探寻尧坝命名的秘密,都是值得的。周家和李家,不过是这里的代表人家。他们为什么来到尧坝,而且来了就不走了,在这里落地生根、繁衍生息,寄托自己的梦想,创造和经营这一方繁荣? 这才是最重要的。

我相信,一切秘密都掌握在一个人手里——那位从遥远的尧舜故里远道而来,改"瑶"为"尧"的人。

湖北省社会科学院副院长刘玉堂教授,将地域文化密码隐藏载体,概括为地理形态、历史沿革、民族宗教、历史人物、重大事件、军事战争、民间传说、地方物产、历史纪念、吉言颂语等十个方面,本人深以为然。我知道,瑶坝也好,尧坝也好,都是一个符号。符号是人们共同约定用来指称一定对象的标志物,其本质是解释。解释存在的意义,赋予抽象的意义以具象可感知的形。在一百多年前,符号学鼻祖、瑞士著名作家、语言学家索绪尔创立符号学,就是因为一个解释的困惑——他试图用一个拉丁词源的词,解释一个同义的希腊词源的词。

那么,那位改"瑶"为"尧"者,想要表达什么?解释什么?我相信,尧坝的秘密,就在"瑶"与"尧"里。

是的,我对那位改"瑶"为"尧"者充满了好奇和崇敬。这源于我们在场主义的一个判断和思维方式。在场主义认为,命名就是创世,说出就是照亮。我相信,那位改"瑶"为"尧"的人,不仅掌握了进向尧坝精神之门的密码,而且以石破天惊的勇气表达自己的发现。一个尧,从此照亮了尧坝的前世今生,让尧坝的精神向往大道天成。

虽然不能见识当初的瑶坝,但一个"瑶"字,似乎已说明一切。瑶,瑶池的瑶,神仙居住的地方谓也。仓颉造字时,就赋予了瑶独特的美学意义:美玉、美好、珍贵、光明、洁白。不难想象,当初的瑶坝人生活在一个怎样的环境里。看水,不远处的长江,一带清流缓缓而下,点点白帆漂逸江上,光腚的纤夫唱着悠扬的调子。看山,光一个九龙聚宝山,就足可敌无数崇山峻岭。四周的浅丘首尾相衔,云蒸霞蔚,恰似瑶池落人间。看地,蜿蜒崎岖的茶盐马古道,络绎不绝的马帮,清脆悦耳的铃声,不停地往返穿梭于古江阳到夜郎国之间。远方的土产与传说,同样具有无穷的诱惑,出发与归来都是收获。看坝,这个与长江为邻,与茶盐马古道相伴,以"瑶"字命名的坝,托举着四季不败的绿与花草,为南来北往的远客接风饯行,把富足、幸福、希望、牵挂,以及爱与温暖留下。

去过桃花源吗?没有,就到瑶坝。

当然,留下来的还有人,不仅是在这方水土土生土长的土著,还有南来北往的游子。也许因长年在外的奔波,确实是累了,想歇歇;也许是这里的美,让人实在难以舍得;也许是这里的精神内核,让他们找到了归宿。何不就在这九峰之间、古道之旁安营扎寨,开启新的日子?先是一家两家,继而三家五家,不断有人相随其后,直到两三百家。而周家、李家的落户,兴旺,则为这里铸了魂。

总之,是他们一些人留下来了,改变了瑶坝。

是谁开始怀疑,怀疑瑶字的合理;是谁最早发现,发现尧取代瑶的必然;是谁有这样大的气魄,要一举改变大家长久以来早已习惯并坚守了多年的价值观?资料上说,是随着北方移民的南进,入居尧坝的中原人,因为尊崇尧舜,便将"瑶坝"的"瑶"改为"尧"。我表示怀疑。这样的说法有点儿牵强,或只是表面,没有说明内在的真正原因。一方地域命名的修改,怎一个简单的爱字了得?我更相信,在这些外来人中,就有尧的后裔。

不信?可看北方民族南迁的构成。

北方民族的南迁,是以羌人为代表的。这个自称"尔玛"或"尔咩"的"云朵上的民族",原本居住在西北草原,以游牧为生。后来因战争和自然灾害,他们被迫西迁和南迁。南迁的队伍经中原、过黄河、越秦岭、入岷峨,逐渐融合分化成纳西及藏、缅、汉、彝各族。谁能否认,来到瑶坝的北方移民中，就有尧舜的某一支，甚至直系。他们不仅发现了瑶坝的美，更发现了这里的帝王之气。至今，这里象征帝王之气的元素仍比比皆是，比如"九龙聚宝山""龙眼井""东岳庙"……又有谁能否认，九龙聚宝山的传说背后，隐藏着生活的原型："尧王相中，选作都址，因峰数不足一百，尧王周遭悻悻。"

这里民风淳朴，百姓知法懂礼，周、李两家来路不同，却同道相亲。他们恪守道德精神，商而有道，和气生财，童叟无欺，扶弱济贫。尧帝的"其仁如天，其知如神，就之如日，望之如云"在这里都有影子。至今，站在九龙聚宝山临山远眺，黔北之大娄山余脉蟒行而来，龙卦山、仙顶山、鼓楼山大气呼应，动静结合，龙气环生。周文王的"克明德慎罚，勤于政事，重视农耕，礼贤下士"，则是这里乡村治理、农耕文明，甚至茶马之道的精髓。没有人再怀疑，这里确实是富有帝王气息的宝地。而在这里土生土长的当代美学家、文艺理论家王朝闻，选择《论语·里仁》里孔子的"朝闻道，夕死可矣"作为自己的名字，不能不说在这方文化熏陶下，主人对中国传统文化重要源头中的"道"，即宇宙间一切法则、道理的尊崇与理解。

有坝姓尧，事关尧舜。走近尧坝，就走近了尧舜，走近了一种大德大仁，走近了华夏文明的一个源。

眉山桥背桥

"姥爷,快看,桥背桥!"

周末,一家人到岷江河畔的胖哥渔港吃鱼。外孙女一个惊奇的呼喊,把我的目光引向了不远处的岷江江面。我不得不为外孙女童言的生动本真称奇:桥背桥。

是的,桥背桥。

我相信,只有像外孙女这样刚离开父母结实温暖的臂膀,开始独立行走的纯真孩童,才想得出这样奇特又贴切生动而传神的名字。好一个"背"字,让我的思维一下进入了一种拟人的模式:一座长长的大桥,小拱接着大拱,拱拱相连,形成一条气势磅礴的虹,横跨于大江两岸——我知道,那就是眉山最早的岷江老桥,也是眉山中心城区第一座跨江大桥,至今已整整三十年的历史了。如今,它像一位饱经风霜的长者,伫立江头,凝视滚滚江流,不知是在追昔,还是在抚今。江流似乎并不关注它的存在,只自顾自地一往直前,铺陈岁月的足迹。

关注它的是人。桥上熙熙攘攘的路人,或步行,或骑车,或驾车,或甜甜地酣睡在母亲的背上。他们早上从岷东的乡下进城,卖菜、购物、走亲串户,当然,更多的是上班打工。傍晚又沿着进城的路返回。不管进城还是返乡，很多路可以省略或者绕过，唯一不可省略也绕不过的，就是岷江大桥。

奇怪的是，现在这桥上又背上了一座桥。

我自然想到了背着孩子的母亲。只要一出门，走向小区，或者上街，这样的情景随处可见。出于爱，出于呵护，或者说责任，多数情况下，是因为孩子尚小，不能独立行走，母亲坚实的臂弯就是他们最安稳的依靠。无论春夏秋冬或烈日风雪，母爱的伟大与亲情的温馨，都是街头最美的风景。

我心存迷惑，关于这背着的桥。

隔断的对岸，总是最诱人的风景。有了向往，又有水或沟壑阻隔，就有了桥；架桥的目的，是为了跨越与方便。《鹖冠子·备知》云："山无径迹，泽无桥梁，不相往来。"形形色色的桥——梁桥、板桥、拱桥、刚构桥、吊桥、天桥、立交桥、组合桥(斜拉桥、悬索桥)——是形形色色的希望。

在社会生活中，桥的意义，甚至超越了它本来的功能，成为一段历史、一个符号、一种文化和引渡精神的象征。我们伫立渭水浮桥旧址，把目光回溯到三千多年前，着陆于周文王迎亲的仪式上，看见那一长排用绳索绑扎、数十艘船并排连接贯通两岸的浮桥，怎能不想到，桥，实际上是爱情温馨通道；我们行走在赵州桥上，踏着一块块被岁月风化了的青石板，怎能不平生一种"念天地之悠悠，独怆然而涕下"的喟叹？

前些年到意大利考察，让我印象最深的是威尼斯的叹息桥(意大利语：Pontedei Sospiri)。桥在圣马可广场附近，公爵府(总督府)的侧面，是一座巴洛克风格石桥，两端连接着旧时的法院与监狱。据说，死囚临刑的最后一刻，通过此桥时，回头一望，想起自己一生走过的路，往往会长叹一声,叹惋生命终结与人事无常。在这里,桥是一个生命的符号。

也许是从小受岷江水隔之苦,从眉山走出去的苏轼,每到一处,在为百姓分忧解难、造福一方时,他首先想到的就是桥。直到如今,只要我们循着苏轼的足迹,轻轻的一个举步,就会在不经意间跨越千年,闯入北宋,踏上苏轼的桥。颖滨桥、徐州桥、惠州桥、百坡桥、载酒桥……不止一座,也不止惠州、黄州、儋州。苏轼的足迹到哪里,哪里就有他的桥;哪里江海为隔、水患横流、百姓苦渡,哪里就有苏轼。桥,不仅是一种连接、一种引渡、一种方便,还是一种情怀、一种责任、一种忠诚。踏上苏轼的桥,就走近了苏轼波澜壮阔的人生。

可眼前的桥背桥,似乎是一种浪费了。

过去长期以来,眉山的岷江之上一直没有桥。我甚至怀疑,眉山名字的得来,也与这里没桥有关。也许是在很早以前的某年某月某日,久居眉山的一些文人雅士闲来无事,到岷江边赏景看水,品茗闲聊,吟诗作赋。因江水阻隔,不得而过,他们只好望江兴叹。就在这一望之间,这些长期置身成都平原的文人雅士们,为对岸的美景惊叹了:美眉如黛,一山静卧。如果那时的岷江上有桥,文人雅士们能够随意到达向往中的对岸,踏入那片郁葱,身在彼山,还会有"眉""黛"之感吗?

富是最美的风景,眉山有桥。

眼前的岷江老桥,修建于 1988 年。因项目是我所在的乐山市计经委立的项目,我随领导应邀参加了开工典礼。当时最强烈的感觉是震撼与振奋。我震撼于工程的浩大。那么宽阔的一面大江,波澜壮阔,深不见底,老家的思蒙河难望其项臂,竟然要在上面架一座桥。从现场高清晰的大桥效果图看,我甚至有点儿担心这桥是不是太宽、太高、太现代时尚了。直到后来很长一段时间,我随市领导到县上检查调研,路过这座岷江老桥,见桥上人疏车少,冷冷清清,心里仍幽幽地有一种浪费的忧虑。

我振奋于这桥昭示的未来景象。我知道,因大江阻隔,交通不便,卖粮难、卖猪难等,这常常是领导下乡调研面对的难题。有了桥,两岸百姓不仅可以自由往来了,上公粮、卖鸡卖猪、买肥料之类的也方便了许多。我情不自禁地默念起毛泽东的《水调歌头·游泳》:"一桥飞架南北,天堑变通途。"从现场高朋满座的中央、省市县各方宾客,到锣鼓喧天热闹非凡的壮观场面,也印证了这座桥的不同凡响、意义重大。

又过了十年,到了 1997 年。

乐山市行政区划调整,眉山等六县从原乐山管辖划分出来,成立眉山地级市。在制订新眉山发展规划时,第一批市级基础设施重点项目就有岷江二桥。新的岷江二桥选址在岷江老桥上游约三公里处,是省道 106 线东连仁寿、资阳、重庆,西接丹棱、雅安、西藏的区域联网必经之路。在讨论规划时,我突然想起岷江老桥。曾经的过桥景象在脑海里浮现,我欲言又止——毕竟自己很久没有经过那桥了;再说,新区新发展新要求,正是争取大项目的好时机。我择一个周末,自驾车去了一趟岷江老桥。车流、人流比十年前多了很多,但还是能够正常通行,也不算拥堵。也许是自己分管工业,总的感觉是,在眉山主城区岷江上再修一座桥,并没有国企改革脱困那么迫切。

转眼间三十年过去。此刻,我才突然发现,经常在宽阔现代的高速公路上行走,竟很久没有注意岷江老桥了。

吃完鱼,我带着外孙女走近那久违的桥。

真不敢相信,这就是我记忆中的岷江老桥。桥体已有一些陈旧老化,浅灰变成了黑褐,还处处留下了岁月风蚀的残痕。印象中的宽阔、现代、时尚荡然无存,代之以矮小逼仄,甚至有点儿小小的萎缩与丑陋。已是下班高峰的末尾,桥面上仍车水马龙、川流不息、人车混杂,不时出现拥堵。我心中隐藏三十年的忧虑彻底消解了,还有点儿为自己长期的浅薄短视而汗颜。

这时我才发现,所谓桥背桥,不过是一个视角错觉。原来是紧挨岷江老桥修的一个改扩工程。新桥桥梁已合龙,正铺设桥面。因桥体比老桥高出一头,远看便有了桥背桥的感觉。巧合的是,我在桥头遇见了新桥改扩总工程师小张。一番简单介绍,让我进一步了解了这新建的桥,及桥背桥的关系。

小张年纪不小,已四十有五,曾是眉山新区建区时选调的优秀大学生。当时讨论新区规划、现场办公、研究项目时,这位小青年常常跟在领导身后做一些服务工作。大家都叫其小张,叫久了,也就习惯了,就像我的领导现在仍叫我小周一样。

小张说,他负责岷江老桥改扩工程的可研、设计和施工,现在是争分夺秒赶工期"不赶不行啊"。小张说罢,指着下面的老桥说,"你看,你看这桥堵得,还常常出交通事故。"

我从小张的介绍得知,眉山建区设市二十年,机动车保有量和驾驶人从 1997 年的 1.6 万辆、3 万余人,增加到 2017 年的 58.8 万辆和 78.7 万人,分别增长了 36 倍和 25 倍。不说眉山市中心城区,就是许多县城,现在也经常堵车。

这时,弧光一闪,映照出小张从容自信的脸庞。

小张进一步介绍道,省里根据战略规划,将水、陆、空并举,建设以成都为中心的中国西部交通枢纽,而岷江属于规划中四川内陆通江达海的重要通道。为此,省里统筹实施了岷江航电梯级整治开发。眉山的汤坝航电工程正在实施,建成后,眉山主城区的岷江水位,将在现有基础上上升 4 米以上,因此岷江大桥的改扩建,必须与岷江航道整治及通航相适应。不仅是岷江老桥,就是上游新修的岷江二桥,也在改扩建……

我边听边思考。那些机动车保有量,相当于眉山三分之一的成人数;那些驾驶人数量,相当于眉山近一半的成人数。桥背桥,渡过的也不只是人和车,还有船,以及走出内陆、出海远航的向往。

透过宽阔清朗的江面,我隐约看见不远处又出现了一座桥背桥。

泸州"有数"

本来要说心中有数的，突然想到这不是在说人，而是一个地域——泸州——便冒生造之嫌，写成了这个样子。

的确，我对泸州的认识，是从数字开始的。

1999年初秋，我到泸州考察国企改革。那时，眉山到泸州还没有通高速，得从乐山、自贡绕行，两百多公里的路要折腾大半天，不仅费时，人也弄得精疲力竭。下午时分，车过富顺县不一会儿，驾驶员随口说进入泸州市了。我在迷迷糊糊中强睁开眼，想要看看这两市交界处的标志。古时有长亭，今人喜界碑，交界标志，往往代表一方的地域文化精神。可是我有点儿失望，眼前既没有长亭，也没有界碑，只有山岩上几个醒目的数字：1573。

我一头雾水，问同行的小王，小王也不知所云。

当时，社会上正流行数字与运程的玄学游戏，数字的谐音，被赋予了相应的宿命含义。比如7表示齐，8代表发，1314预示一生一世。我就索性借题发挥，逗正在热恋中的小王："快把这组数字发给你的女朋友，请她猜这个谜。"小王愣怔半天，不解其意，我又煞有介事地诠释道："这都不懂啊，这叫'要我齐升'。"见小王仍似懂非懂，我又进一步解释道："你就告诉你的女朋友,这是你在泸州的一块岩石上发现的一组神秘数字,就像阿里巴巴的石门,如果破解其中密码,就会打开财富之门。今天,你突然破解了这组机缘巧合的数字,那就是:'只要你要我,我们就会比翼高升'。"

小王兴奋地说："好,好,我们这阵正闹别扭呢。"

小王如法炮制。不一儿,他的手机"叮"的一声。我赶紧说："快看看,是不是你的女朋友回信了。"小王打开手机,半天不说话。我有些急了,追问:"是吗?"小王讪讪回答:"是。""怎么回的?""她说我神经病。"我心一沉,正想怎么开导小王,手机又"叮"的一声。还没容我问究竟,小王突然高兴地大呼一声:"呵呵,对了……"

没想到,我对一组陌生数字的戏说,竟成全了一个美丽姻缘。但戏说毕竟是戏说,1573 于我们仍然是一个谜。直到进入泸州,席间举杯交箸,才知道这是一种酒,四百年的玉液琼浆。

可是,旧谜解开,新谜又起:泸州,一瓶酒,一个城市,怎一组数字了得,且那么确切? 我的怀疑源于一种现实的逻辑。

数字作舟,怎堪驾驭,历史的河流绵长而曲折。

一条叫长江的河流,横卧于泸州大地。我相信,它一定与 1573 有关。无须求证,酒怎么离得开水,名酒怎么离得开名水? 站在泸州南苑宾馆的山头,俯瞰浩荡长江,那种开阔、磅礴、奔涌的气势,有再好的定力也会产生错觉。你不会把它当作一条普通的河流,而会视为一脉流淌的历史。1.4 亿年前的侏罗纪和各拉丹冬雪山,都是它的源头;上海也不是它的终结,而是踏上大海的开始。文明是长江长藤上的瓜果,从白鳍豚、中华鲟、达氏鲟,到高山、洼地、裂谷;从四川"资阳人"、云南"丽江人"、湖北"长阳人",到庄子的《逍遥游》、屈原的《离骚》,还有陶渊明、李白、苏轼等等,泸州都不可忽略。因为水,也因为酒。地名是地域文化的符号。

泸州是属于水的。具象的水和抽象的水,都在泸州的命名里。面对滔滔大江,泸州人心厚又心薄:长江水长,泸州从源头截得了三分之二,滋养生命,融入长江文明;长江水丰,泸州只从中撷取一瓶,酿成酒,醉己醉他醉世界。我想,"太白斗酒诗百篇",当有泸州的酒。虽然,那时还没有窖池蒸馏,但中国烧酒、老白干、烧刀子等的历史,已有三千多年。中国人早在殷商时代,就独创了酒曲复式发酵,开始大量酿制黄酒;发明蒸馏法酿酒,也已一千多年。不要以为李白的"思君不见下渝州"太柔,与这里大江的浩荡挂不上钩,有谁知道,去国远游,该有多少愁?谁又能否认,李白从蜀中江油启程,顺岷入长,一路明月随行,佳酿相伴,下渝州怎越得过泸州?饮的那一壶忘情酒,也许就由这江里的水酿成,《峨眉山月歌》里的句子,就是从这江里打捞起来的文字。

我的猜想,在泸州得到了求证。

那天晚上,在泸州的长江边喝了点"1572"酒,我问一位长航水手:"从泸州到长江口的距离多远?"他略一思忖,淡然地回答:"大约 1990多公里。"我脱口而出:"1999?"水手一怔。

一切发现,都讲究缘分。就像泸州人 1999 年对"1573"的发现;或者说,1573 年对中国(固态)窖池蒸馏酒的发现。还有"1572",泸州人调侃其是"1573"的哥哥,族谱是一堆乌黑色的窖泥。

呈现在我面前的泸州,是一个又一个的数。

不知是巧合,还是天意。沿着数字的轨迹,我走近了明"万历新政"的政治家、改革家张居正。也是 1573 年,张居正的一个改革奏章,被呈到了万历皇帝的龙案上。内容是建立章奏考成法,提高效率,"凡事务实,勿事虚文"。我不知道当时的万历新政是否触动到偏居西南一隅的泸州,但通过首批国家白酒酿制"非遗"代表性传人、华人唯一国际酿酒大师赖高淮的考证和数字,我走进了世界酿酒的历史,了解了当时泸州发生的务实故事。

没有随王昌龄出塞,也没有"秦时明月汉时关",但有酒。是陶渊明的"采菊东篱下,悠然见南山",还是曹操的"对酒当歌,人生几何",都不重要了,重要的是酒不仅可以浇愁,也可助兴,还可以激发创造激情。于是,这世界有了白兰地、威士忌、伏特加、金酒、朗姆酒、龙舌兰酒、日本清酒和中国白酒,有了酒的激情酒的故事酒的创造,有了尼采的酒神精神。它的原则与狂热,与阿波罗(日神)精神的求实事求是、理性和秩序相结合,也有了郭怀玉。

历史很远,又很近。在赖高淮的酒文化博物馆,我刚从《国窖宗师》接触到郭怀玉时,还以为他只是现在这个酒厂的厂长,或者陪同我们的某个工作人员;仔细一看,才知道他是泸州一脉酒香的祖师。循着这酒香的余韵走过去,我走进了一组更小、更久远的数字。

1241,或1243。

这不是一般的纪年符号,而是一段惨烈而复杂的历史。铁蹄声里江山碎,刀光剑影染孤城。南宋末年,这里究竟发生了什么?

发生了战争。一场艰苦卓绝的守城之战。

蒙古大军浩浩荡荡入蜀,可是却无法扫平蜀地,无法扫平泸州。四川盆地边缘的"三关五州",成了抗蒙的最后防线;四川人创造的"山城抗蒙体系",成了大宋最后的堡垒,"铁打"的泸州成了一座孤城。当蒙哥汗在四川钓鱼城被抗蒙之师打死后,征蜀大军被迫撤退。

发生了酿酒。一场改变世界酿酒格局的窖池蒸馏革命。

刀光已去,剑影已息,但千疮百孔的泸州留了下来。

184至220。数字越来越小。

蒙古人只是过客,他们的豪饮促进了泸州酒的发展,却改变不了泸州酒的宗姓。泸州与酒的故事,可讲到东汉末年。

历史往往把聚光灯投射于英雄豪杰,记住了诸葛亮和他的屯兵泸州,记住了他以泸州人用当地猕猴桃、城南泉和山间百草酿制的酒,为他的将士取温促暖、驱瘟避疫的故事,却没有记住酒的主人,忘记了没有泸州人哪来的泸州酒,没有泸州"大瓦片"们的业精于勤,哪来的泸州酒革命。滔滔长江未变,城南泉的水未变,泸州山间的百草未变,川南人的"击铜鼓,歌舞饮酒"亦未变,但泸州的酒却在不断变,因为酿酒的料、配料的方子,还有发酵的窖池和酿酒的工艺在变。从汉时的猕猴桃、曲药,到宋时的腊酿大酒,从芋头、红薯到小麦、高粱,从木制曲模到铜烧酒锅,从"浓酒和糟,蒸令汽上",到"制曲蒸酿,贮存醇化",泸州的酒一路走来,数着岁月的脚步。数字不再僵硬,成了泸州搏动的血脉。

当然,最根本的变化,还是人。

岁月风蚀了面孔,长江边鲜活的生命,幻化成了江水流云。我试图从中打捞起一个个与酒香相随的身影,可是,我力不从心。"大瓦片"太抽象,刘师傅只是个传说,幸好找到了郭怀玉。

是的,我眼前一亮。

我扶着岁月的阶梯,走近泸州的酒香历史,目光与郭怀玉的名字相遇时,不禁有几分激动。我不仅是发现了一个人,泸州人,更是发现了一种精神,从泸州山水血脉生长出来的酒神精神。它与尼采的《悲剧的诞生》无关,也不是狄俄尼索斯式的无拘无束、热情奔放,而是泸州人一种世代相传的生活方式。它的根很深,却集中浸润在以郭怀玉为代表的泸州人生命轨迹里。要真正理解它，读懂它，就必须像郭怀玉那样，去诸葛武侯祠拜拜师，牢牢记住"酿酒技艺，博大精深，学者必须吃得艰苦，方得入门"的古训，贴近不同的酒坊、窖池、曲药，细细地品；就要翻遍《本草纲目》《东坡酒经》《桂海酒志》《北山酒经》之类酿坛经典，不仅是精研，还要融会贯通，谱得属于自己的窖池圣经；就要虚怀若谷，至真至诚，先酿造好生命。

沐着酒香，离开泸州。不经意的一个回头，我看见一组不再陌生的数字"1573"，竟有几分亲切。于是，我突然萌生一个想法：如果可能，也要像230年前的美国总统杰弗逊那样，定制一瓶泸州酒，可能是1571；然后，把泸州的"数"饮进口里，藏在心头。

泸州"有数"，我心中有泸州。

猪 JUAN 书吧

"JUAN"是拼音,横亘在"猪"与"书吧"两个词语之间。乍一见我很诧异:"猪书吧？"独自喃喃,引来朋友呵呵大笑:"啥猪书吧,人家是猪JUAN(圈)书吧。"有点儿汗颜,我只能跟着呵呵,聊以解嘲。可解嘲过后,诧异却变成了疑惑。

就这样,我走进了猪圈书吧,在这个初冬的上午。

天气晴好。雾霾被轻风吹走,刚下过的雨,涤净了空中的尘埃,穹宇间一片清新透明。这样的天,在成都平原是一种奢侈。猪圈书吧,在四川广汉市松林镇的沙田村。这里没有松林,也许松林早已成为消失的记忆。丘野田园尽是果树,不只是梨花谢了春红,夏橙桃李有待来春;并非春华秋实已成往事,这里的收获不拒绝冬暑,或者说一年四季花香不断,收成不断。此刻,正是柑橘和沙田柚的天下。我们沿着一条弯弯的村道而来,穿过硕果累累的橘林柚林,时而还用手轻松抚摸一下肥硕的柚子,再闻一闻沁人的柚香,感受它与花香的区别;时而举起手机照一张与红橘的合影,希望沾上一些喜气。沿着这条弯弯的村道反向走,就走向了外面的世界。

世界那么大,我想去看看。

河南省实验中学那名女教师的辞职信，唤醒了多少人的梦想，激发了多少人走向外面世界的激情，包括猪圈书吧主人喻昌波和经营者——沙田村的女大学生陈倩。

今年46岁的喻昌波，是一位一直对生活充满近似天真梦想和激情的人。当年，他曾怀着远走高飞的梦想，以优异成绩考入北京书画学院，从美术设计专业毕业后，在成都一家设计单位一干就是二十年。岁月没有消弭他的激情，却改变了他的方向。他对物质生活的要求很低，低到可以为老婆给他买的30元一件的衬衫高兴一周；他对精神与文化的要求又很高，可以三天无肉，不可一日无书。乡村长大的人生活在都市的高楼里，虽收入丰厚、衣食无忧，心却始终悬在空中。于是，在四年前的某一天，他毅然决然地辞掉原来舒适的工作，回到他曾经逃离的松林镇沙田村，规划设计自己梦中的美丽乡村。猪圈书吧，就是他的乡村设计杰作。

同样怀着梦想外出的，还有陈倩的父亲。

陈倩的父亲老陈，当年读书成绩不赖，真正的梦想是考上大学，跳出农门，做一个拿工资吃饭的城里人。可家里太穷，父母盼望他"穷人的孩子早当家"；特殊时期，学校也没有正常的教学秩序。梦想只能放在梦里，现实中不得不放弃，给日子"打长工"。他背井离乡，也是出于无奈。

老陈常年在外经商，生意越做越大，越做越远，从国内做到了国外，不再像父辈那样整天为生计发愁。但钱并没有给他带来圆梦的感觉，反觉得离梦想越来越远了。

父亲在外面的天地，倒成了作为留守一代的小陈倩心中远方的梦。这梦，从童稚时期到小学、中学、大学，不仅没有消失，反而越来越强烈了。直到 2016 年,她从四川中医药高等专科学校毕业,知识多了,胆子大了,那梦才开始逐步变成现实。她决定逃出沙田村,逃出松林镇,逐梦而去,追随父亲的足迹。陈倩到了外市外省,到了越南老街,不光感受,还参与其中,帮助父亲联系哈萨克斯坦和非洲一些国家的客户,把梦想植根于现实的土壤,希望它自由地发芽、拔节、成长。

可是,陈倩逐渐发现,父亲那一代追求的,并不完全是自己想要的东西。首先对这种追求产生怀疑的,还不是陈倩,而是她的父亲。对于父亲外出的背景和目的,陈倩并不完全清楚,总之那根本不是年轻人想象的"天高任鸟飞,海阔凭鱼跃"。那样的浪漫,只有在解决了吃饭穿衣以后才可能产生。老陈的外出,纯粹就是帮助父母分忧解难,在自己手中彻底埋葬千年的贫穷。当然,其中也包括了让孩子过上无忧无虑的日子,自由自在,做自己想做的事。文化是精神自由的翅膀,要做到这一点,就必须有文化。自己这代是不行了,无论是条件还是现实,他都没有赶上读书的时代,只能把未圆之梦寄予孩子。

于是,再穷再苦再累,他们也千方百计挣钱,送女儿读书,从小学到大学,女儿就是他们圆梦的希望所在。

在父母的设计中,陈倩最理想的未来,是当公务员或事业单位干部,而不是做生意赚钱。因此,当陈倩兴致勃勃,千里迢迢赶到父亲做生意的老街时,父亲并没有表现出什么欣慰与高兴,而是淡淡地说了句:"这做生意也并不是你想象得那么容易,在外玩玩,了解了解外面,还是回去做你想做的事吧。"对父亲的话,陈倩开始还不很理解,可很快就理解了。

理解了父亲话的陈倩,断然地回来了,回到了生她养她、又曾经迫不及待逃离的沙田村。不同的是心情:当初逃出去是为了梦想,现在重返也是为了梦想,只是不一样的梦,魂在自由。

松林人自由梦想的根很深,深到几千年。

松林镇虽地处成都平原,却是广汉市唯一的丘陵地区。古蜀,丘陵。虽远古的蜀地松林是什么样子我们不得而知,但可以从李白的《蜀道难》中去寻找。"蜀道之难,难于上青天。蚕丛及鱼凫,开国何茫然!尔来四万八千岁,不与秦塞通人烟。"还要"朝避猛虎,夕避长蛇"。也可以从刘禹锡的《酬乐天扬州初逢席上见赠》中找到蛛丝马迹:"巴山楚水凄凉地,二十三年弃置身。怀旧空吟闻笛赋,到乡翻似烂柯人。今日听君歌一曲,暂凭杯酒长精神。"古蜀人的艰难与改变艰难的梦想,成为诗人们的在场记忆,代代传承,直到现在。

把目光再往前推移,推移到更遥远的古蜀。

遥远古蜀人的梦想,可从不远处三星堆出土的纵目铜面具窥见。所谓"纵目",实际上是一种铜面具眼睛凸起的圆柱。三星堆博物馆的建筑标志,就是一个放大了的铜纵目面具。它粗犷的轮廓,彰显出一种傲然世界的力量;两根长长的圆柱,夸张地从眼睛的瞳孔处直直伸出,伸得咄咄逼人。据考证,这种纵目造型与古蜀人对祖先——开启古蜀文明的蚕丛的——崇拜有关。我的老家青神县的得名,也来源于"青衣蚕丛,教人农桑,人皆神之"的传说。《华阳国志》记载,"蜀侯蚕丛,其目纵,始称王",其墓葬称为"纵目人冢"。

当然,古人的纵目只是想象,或者说是梦想,希望有一双"千里眼,顺风耳",能够了解世界更多的奥秘。因此,所谓纵目,实际上是古蜀人放逐梦想、实现精神自由的一种乌托邦式的精神崇拜。精神多自由,梦就有多远。

梦想,由理想与现实的距离催生。

那时的人类文明尚处于初期,从蒙昧中走来的人类,还不知道科学,知识也还停留于自然的经验层次,还没有形成体系。人们只有靠纵目的想象,缩短与梦想的距离。事实上,三星堆大量以人物、禽、兽、虫蛇、植物造型为特征的青铜器,无不表达了这种梦想与崇拜的意识。走近这些青铜器,看见的不是僵硬泛绿的古董,而是富有质感的生活:青铜的人头像、人面像和人面具,代表被祭祀的祖先神灵;青铜立人像和跪坐人像,则代表祭祀祈祷者和主持祭祀的人;纵目的青铜兽面具和扁平的青铜兽面等,是蜀人对自然神祇的崇拜;以植物为造型特点的青铜神树,则呈现了蜀人对赖以生存的植物崇拜意识。以祖先崇拜和动物、植物等自然神灵崇拜为主体的宗教观念,构成了早期蜀人主要的精神世界。三星堆文明构成了古蜀文明的标杆和"长江文明之源",它与长江流域文明和黄河流域文明一样,同属中华文明母体。

然而,古蜀人和松林人的梦想,仍停留于梦中。

梦系千年,长梦难圆。

这里不能不提起向阳曾经流传着的一首民谣:"有女莫嫁向阳郎,吃的稀饭浪打浪,住的草房笆笆门,走的泥路弯又长。"平坝邻城的向阳,条件显然要比远处丘陵的松林好。松林的艰难可想而知。同为松林人的"看看影视"创办人谢炼对此感同身受。不说远古,也不说很久很久以前,陈倩、谢炼的年龄都不过二三十岁,就说他们的童年和经历。

谢炼说,从他记事之时起,眼前就是一片荒凉。清早出门,满目除了山丘还是山丘,望不到头,仿佛山丘就是世界的尽头。所有人吃着"人民公社"的大锅饭,父母从早忙到晚,日复一日年复一年,还是连基本的温饱都解决不了,吃了上顿愁下顿。生活在这样的环境,人充满了绝望和恐惧。

改革开放的春风，曾给乡村带来希望。可是，风乍起，吹皱一池春水。吹皱的春水曾一度把梦想湮没。

随着市场的冲击，乡镇企业的兴起，大量青年从农村逃离。往日绿水青山、小桥流水、青瓦茅屋、炊烟袅袅的美丽乡村丢失了，取而代之的是环境污染、农田荒芜、青年逃离。作家梁鸿的《梁庄》和《出梁庄记》，以在场叙事的姿态，记叙了乡村的这种破碎凋零。其中一个细节给我留下了深刻的印象：随着农村人口的空心化，特别是青年人的逃离，多数村级小学都难以为继。国家在"普九"中投资巨大的乡村学校，要么荒废破败，要么充当了承包户的猪场鸡舍。

在读了《梁庄》后，我带着几分怀疑、几分好奇，利用那年春节回乡下老家的机会，专程去察看了一下小学时就读的青神县西龙镇长池小学。在此之前，在回乡祭祖之时，我见到学校难以为继，曾促成当地拨款五万元，希望给学校带来帮助。这次造访，学校已完全关闭，操场上杂草丛生、苍蝇四飞，校舍简直就是梁庄的翻版。斯文已去，看着臭气熏天的猪圈和争食的猪群，我五味杂陈，并在心里发出深深呼唤：希望乡村，你在哪里？

于是，有更大志向的农村青年，为了实现更高境界的逃离，牢记住"书中自有黄金屋"的古训，拼命读书。尽管乡村学校已经破败关门，他们天天坚持往返几十里去上学。

终于逃出去了，喻昌波、陈倩和谢炼。

可是，时隔数年，他们又殊途同归，重新选择了回来——回到松林，怀着同样的急切。当初，他们出去，都是为了一个相同的目的：挣钱，摆脱千年的贫穷；而今，他们选择回来，不约而同，也是为了一个相同的目的：自由和文化。松林和沙田这片精神原乡，自然成了喻昌波童心保鲜的圣地、谢炼创作的不竭源泉、陈倩圆梦的美好寄托。

显然，在松林，猪圈书吧只是个符号。

按照符号学的定义，任何一种符号都是一种解释，旨在指向一个目标，弄清它的路径，让行为遵循一种地图；不是在那里学会动作，而是明白存在的意义。猪圈书吧的意义，在于为富裕的沙田人寻找自由的精神归宿指明了方向。

仍是这一片天，仍是这一片土地，环境变了，目的变了，情感也变了。当初的厌恶与憎恨，已被亲切与热爱代替。他们年龄都不大，经历也不算多，却仿佛历尽沧桑的游子，一下回到母亲身旁，有好多痴心的话儿要一一倾诉。

这些年来，松林镇调整产业结构，根据市场需求，大力发展水果和乡村旅游，做到既保护好绿水青山，又打造金山银山。目前，全镇 80% 以上的土地都种植水果，先后培育发展水果系列品种 100 余个，包括白砂樱桃、大甜桃、皮球桃、漳州柚、脆香甜柚、布朗李、麻苹果、"绿宝石"梨、"翠冠"梨、"新高"梨、"丰水"梨、大五星枇杷等。政府还引导农民采取"公司+农户""协会+农户"等新型经营模式，按市场原则，深入推进全镇种植业和养殖业生产经营模式的创新。全镇还有 100 多家农家乐，形成了 50 余万人的接待能力。这样初步构建起来的独具特色的松林镇农业现代产业化体系，大大提高了农业的综合效益，农民人均可支配收入 20000 多元。

松林人知道衣食足而礼仪兴，知道人在满足生存、安全需求后，需要情感、尊重和自我价值实现，需要文化。经济小康了，还需要精神的小康。春江水暖鸭先知。在外漂泊的游子，最敏感的莫过于来自故乡的气息。怎能不归心似箭？这种心情，从陈倩回答乡民的疑问中可以看出。有人问:"别人都出去了,且出去就不回来了,你怎么这么快又回来了?"陈倩仍然用出去时的那个句式淡然回答:"世界那么大,我都看过了。"

是的,没有看过就会感到神秘,没有比较就没有鉴别。曾经沧海难为水,世界再大,也只有一个灵魂属于自己。

陈倩回来后,除了帮助母亲照顾年迈的奶奶,把自己的圆梦之旅规划得放任潇洒。她在越南老街时,用心研究了各种咖啡的制作冲泡工艺,回乡后准备把技艺在村里派上用场,把美好与乡亲们分享。她又租下了喻昌波的猪圈书吧,把阅读与品尝咖啡融为一体。她更大的理想,是经营一家属于自己的开心农场。于是,她从父亲手里争取到三分地,有条不紊地种植了香茅草、鸡冠花、珍珠玉米和向日葵等,主要是为了获取食材和赏观用,也作为猪圈书吧经营的另一补充。种了一辈子地的母亲见了,在心里嘀咕,"这丫头哪里是在种地,是在种任性",心里却甜甜的。陈倩说,家里有四亩多承包地,她本来想多争取点,可父亲怕她累着,只给了这点。猪圈书吧经营了几个月,虽刚刚"跑过",没赚什么钱,但陈倩认为摸索了市场经验,学到许多在书本上学不到的东西。陈倩在大学是学药物栽培的,相信万物相通,坚信自己在现代农业种植上会有所作为。她的梦想是在这三分地上打造一块小小生态圈,总结经验,供乡亲们借鉴。对此,她信心满满。

陈倩的探索,又吸引了广汉一位小妹妹的加盟,她之前在美国邮轮上做甜点。两位充满梦想的年轻人,依托猪圈书吧和三分地,在松林镇的沙田村放飞梦想。

我带着几分的好奇、几分的敬意,走进了猪圈书吧。

原来这里曾是邻居的一个废弃猪圈,大约50平方米。喻昌波说,他出生在农村,知道父辈没有文化、渴望文化的苦恼,从小的梦想就是让乡村不仅在经济上富裕，而且在精神上富裕。废弃猪圈地处村口停车场边，如果被别人弄成了麻将室、棋牌室之类，不仅大煞风景，也不利于乡村精神面貌。他想，不如自己先租下来办一间书吧，既传播农业科技知识，又丰富农民精神生活，让农民精神脱贫，适应建设全面小康。在村干部的帮助下，喻昌波和陈倩都先后如愿以偿。

此刻，我就站在猪圈书吧的书架前。正值上午，看书的人并不多，只有一对情侣和一对母子。情侣面前放了两杯咖啡，两人面含温情，轻声私语，一脸幸福的模样。陈倩说，这是她从越南进口回来的"芽庄"咖啡，颜色和口感都不错。品之，神清气爽，有一种温馨的自在舒畅。"人之初，性本善"，熟悉的诵读经典之声，一对母子似在阅读。随手翻阅，我发现这里不仅有各种涉及农技知识，如柑橘种植、作物病虫防治、水果树上保鲜、网络销售、农村合作社管理等方面的书籍，还有国学经典、乡村治理，甚至文学、哲学和宗教等书籍。

不能不心生敬意，猪圈书吧。

从校舍变猪圈，再从猪圈变书吧，这不是简单的一栋房子功能用途的改变，而是农村由物质富有到精神富有的转变，是贫穷的精神禁锢到精神自由解放的转变。

在猪圈书吧，我听见了精神小康的脚步声。

一米阳光

　　清早起来,朋友互问昨夜睡得可好。无一例外回答"很好很好",有的甚至称醉了氧。昨夜很短,短到要不是朋友提起,竟忘记了它的存在,更忽略了那一梦幽香的缘起。此刻,我只感到醉了阳光。

　　正是这样,醉了阳光,就在米易的这个早晨。我甚至有一种冲动,想冲着对面的山头大呼一声:米易,你这阳光!

　　京昆高速很长,撷取一段,也能让我们整整跑了一天。出发时,眉山阴阴郁郁。四川盆地的冬天就是这样,早已见怪不怪,阳光是一种奢侈。我们沿途只顾赶路,并没有注意天气的变化,到达米易已是黄昏后。没有阳光,天色与眉山一样,我带着稀疏的星星入眠。是酒店服务员晨早的电话打来,让我从梦乡返回,一切都是新的。

　　阳光,是在不经意间发现的。

　　起床、洗漱、穿衣、开窗,站在米易一家酒店的阳台,本来是想感受感受窗外空气与室内有什么区别,习惯性地抬头,却发现了阳光。说是发现,是因为这里的阳光确实与众不同。它很明丽而不事张扬;很温暖,却与你保持着一点点距离——不知是怕惊扰了客人不觉晓的梦,还是牢记了星级酒店的服务条文。总之,此刻的阳光没有走近我站立的阳台——这个专为它设置的圣台——也没有走近我们下榻的酒店，离这座刚从梦乡走出的小城还有一段距离。在这个初冬的早晨，它只是优雅安静地站在对面的山头，但是，却又让人感觉到阳光很近，仿佛与你只相隔一米，只要轻轻一伸手，就可以触摸到它的发尖；也让人感觉很亲切，就像动车上戴粉红色礼帽的姑娘，面带微笑站在你的面前，向你颔首致意，一种温暖的彬彬有礼。"一米阳光"的概念，就是在这时从我的脑海里倏地钩沉而起的；一旦钩沉而起，这个概念就一直萦绕在我的心里，纠缠并温暖着我的情绪。

这概念最早进入我的视野，是在一篇谈国民性的文章里。文章是谈服务业文明规范服务的，以某航空港在办理登机牌的柜台前，设置一条一米间距的黄线为例，说这是一条文明之线、阳光之线；一米线虽短，文明的距离却很长，是国人从物质文明走向精神文明的一个细节。当时我的脑子里涌现出一幕幕拥挤和混乱的场面，机场、车站、港口、商场、饭堂、学校、电梯口，涉及我们生活的每一个角落。于是，我对"一米阳光"之说深以为然——我们多么需要！

没想到，形而上的认知，变成了形而下的眼前景象。从认识论的角度看，这似乎是个倒退；但从生命哲学角度看，这却是个飞跃。

我正是带着飞跃的生命思考，走近米易阳光的。

当这种飞跃的思维着陆于阳光的源头，我内心里充满了矛盾。我对科学家的理论始终兴趣索然，因为那颗光谱为 G2V 的黄矮星的寿命是不是 100 亿年，它目前是不是已经 45.7 亿高寿，地球是不是已跨过 40 亿个春秋，太阳内部的氢元素何时消耗殆尽，太阳的核心何时发生坍缩等等，对我眼前的思考似乎都意义不大。相反，我觉得一些关于太阳的传说反而更接地气，也更加接近生命的本质。比如"夸父逐日"，比如"羿射九日"，比如《圣经·创世纪》，它们既表现了人们对阳光的向往、对生命之源的呼唤，又表现了对烈日的恐惧。生命需要的是不冷不热、不多不少、不远不近的阳光啊。它既不是阳光的远离和被遮蔽，也不是阳光的贴近、赤裸和灼烤，而是阳光的恰到好处，是一米阳光。一米阳光才是阳光的最高境界，或灵魂。

这似乎有点儿苛求，违背了自然与哲学。

哲学家说物极必反；道家说阳极生阴、阴极生阳，世界总是在两极中互换转变；思想家强调中庸之道。我曾在寒冬季节到过北国的呼伦贝尔，在零下28度的高寒之下，轻轻抚摸着呼伦河边冰雪之下的几丝草根发愣。那时，虽也朗日高照，晴空万里，但我知道，其实太阳离得很远。它心在别处，没有正视这里。我也曾到盛夏的热带海南三亚，亲自感受强烈的紫外线是如何把人晒脱一层皮的。当我看到地球赤道上的一些地方，人类平均寿命只有四五十岁时，我总会莫名地心生恐惧。在这些地方，太阳太近，近到带着摧残生命的敌意；再厚的云层，也遮挡不住太阳的直射；再大的北风，也驱逐不了难耐的酷热。每当这时，我就会产生无限的怀想：世界拥有一米阳光该有多好。拥有一米阳光，就拥有了阳光的灵魂。

当想到灵魂的时候，我的心里射进一束生命的阳光。

英国数学物理学家罗杰·彭罗斯认为，大脑中电子不断地坍塌，又不断地纠缠，这才产生了所谓的灵魂或意识。它只有数量没有大小，只有能量没有质量，只有空间没有时间，只有远近没有距离，只有形态没有形状。也许灵魂是一种独立的恒定存在；也许灵魂的叠加，印证了万物皆为一体，不可分割，我中有你，你中有我。当我明白这个道理的时候，心里顿然产生一种灵魂的"量子吸引"。身在异处的疏离感顷刻消解，对米易的一切——阳光、植物、动物，安宁河、梯田和人——有了一种油然而生的"自爱"，并由此产生一种最神秘的引力。我进而明白只有自己先爱与吸引世界，才能散发出对世界爱的吸引；明白再好的阳光，也照不亮灵魂的阴暗；明白别人的缺点，恰恰是自己灵魂缺点的投影。

不需要"波粒二象性"假设，也不需要重复爱因斯坦的小窗与阳光的试验，一米阳光，让我拥有了开启灵魂之窗的钥匙。

云南丽江的玉龙雪山我也是去过的。作为地球北半球最南端的雪山，它巍峨峻拔，充满阳刚之气，阳光一照，金光灿烂，绚丽无比，以至于让一些年轻人产生天国幻象，跑到那里殉情。电视剧《一米阳光》以此为背景，以"寻爱"和"殉爱"为主题，讲述了一个凄美的爱情故事。如果以此表达爱情的美好而短暂，似无可厚非，但要以此诠释一米阳光，则显得偏颇与走题，甚至有点儿狭隘。

未曾想到，我的虚妄的阳光怀想竟在米易实现了。

到米易前，就经常听人说这里"四季有花，四季有果"，我总认为有溢美宣传的成分。未曾想到，这次到米易，却验证了这一说法。

正是"细雨斜风作晓寒"的时节，可几乎在到达米易的瞬间，苏轼笔下冬的意象就被顷刻瓦解——既没有细雨，也没有斜风和晓寒，有的是春明景和、阳光灿灿。在酒店吃过早饭，上楼，山顶上的阳光就走了下来，来到小城和酒店，走近我的身边，亮亮的、柔柔的、暖暖的，既没有刚才的高高在上，也没有灼热。我知道，只有用心和情，而不是物理的贴近，才会有这样的一米效应。沐浴在这样的阳光里，心和情会相通，与自然产生共鸣，形成电磁波的共振。比如此刻，我们一行人自由散漫地行走在米易，无论是白马黄草村，还是普威绿野花乡，或海塔世外桃源,都不是吸引眼球的标题党,而是在场写实。俞文豹的《清夜录》早就有结论,"向阳花木易逢春"。道理很简单,在生命的逻辑中,因为向阳,向非同寻常之阳,一切都大道天成。地头同时鲜活存在的豇豆、茄子、辣椒、苦瓜、番茄、丝瓜、四季豆、荷兰豆、甜玉米、西葫芦和黄秋葵等,用传统的种植概念,你根本分不清这里是什么季节。如果硬要给这样的季节物候找个命名,只能说是阳光季节。

是的,米易只有一个季节:阳光季节。走进米易,就走近了阳光最美好的本质。我甚至产生怀疑,《圣经·创世纪》中,上帝"要有光"的呼唤之地就在米易。不然,老天为什么把如此恰到好处的阳光赋予这里。我进而相信,从上古时代开始的三皇五帝传说中的高阳氏颛顼,已经为我的怀疑提供了依据。过去这里曾叫迷易,而不是米易,正好说明了自然如道法般的神秘。

也许早就有某种冥冥之中的约定,颛顼,阳光,米易。

有一种缘分,总要找一个地方落地生根。是为因果,缘起缘落都有阳光随行,呵护着米易。传说黄帝的儿子昌意的正妃昌仆于某晚看到天空"瑶光之星贯月如虹"的异象,因此心有所感而怀了身孕,并生下了颛顼;颛顼佐少昊有功被封为高阳氏;水神共工约集心怀不满的天神们共同反颛顼,颛顼点燃七十二座烽火台,召四方诸侯、京畿兵马疾速支援,御驾亲征,战败共工,统摄部落;颛顼不因功高而自傲,心存敬畏,诚心诚意敬天地祖宗,循轩辕黄帝之策行事,使社会安定太平;他创制九州,使中国首次有了版图界线;他建立治制,研究男女之别、长幼之序,制定婚丧嫁娶之规;他劝导百姓遵循自然规律,鼓励开垦田地,等等,都不过是同一因果链条上的不同节点。

不是神,也不是什么神话传说,也许乘阳光而来的颛顼只为阳光。

"所居玄宫为北方之宫,北方色黑"。也许,这一切早已成为了他生命中的定数:为阳光而生,为阳光而行,以播洒阳光为使命。天下最美的阳光在哪里? 在米易。于是,颛顼生于阳光米易,谥号高阳,居于濮阳,葬于广阳,作曲《承云》,一生的阳光之缘,犹如天之于云彩难解难分。一切都顺理成章。而其以句芒为木正、祝融为火正、句龙为土正,及以民为本的治理理念,则是最早的阳光政治。

北极太冷,赤道太热,只为阳光的颛顼在寻找。

我更相信,颛顼的寻找只是果,它的因还很深很深。也许颛顼父母的父母、父母的祖辈,就已经开始阳光圣地的寻找之旅,寻找那一米。说不定在"西羌之本,出自三苗,徙之三危"的南迁队伍中,就有颛顼的先祖。他们从彭蠡(鄱阳湖)、洞庭湖,甚或贝加尔湖出发,朝着太阳的方向,循着黄帝炎帝的足迹南迁而来,在寻找的路上各得其所:喜水的到了云南等地,形成了后来的傣族、纳西族,在"水,水,水"的欢呼声中寄放灵魂;爱山的到了蜀南崇岭,形成了后来的彝族,以虎和鹰作为图腾。

崇尚阳光的,跟随阿考寻到了米易。

于是,公元 8 世纪,在蜀南山岭诞生了一个追赶太阳的民族——傈僳族。当然,这里本来就是他们的发祥地,叶未落而归己根,且来就不走了,与这里融为一体,只有一个理由:一米阳光。

我们到达新山傈僳族乡时正值正午,艳艳的阳光照在山上,艳而不热,近而不灼。阳光与人、阳光与自然只相隔一米。所谓距离产生美,那距离不短不长,应该就是一米。村民们穿着民族服饰,以傈僳族的最高礼仪迎接我们。男人们排列村道的两旁,手舞足蹈,摇头晃脑,吹奏葫芦笙、竖笛、横笛,弹奏琵琶,拉响二弦。阳光在地上投下他们奔放的剪影。乐声悠扬,歌声婉转,动作豪放而欢快,纵情的欢歌与澄澈的阳光天地和应。妇女们则喜气洋洋,一脸真诚,手执竹筒,挡住去路。先不知道是什么,我们想穿插绕行而过;当得知是"拦门酒",便主动接过,轻啜一口;觉得不过瘾,又接过一个再啜一口。阳光随酒流入身体,暖暖地融入血液。

然后是表演,准确说是傈僳族精神史诗的呈现。

不是专门的舞台,就在村民们平时过"约德节"的广场。傈僳族有不跟外族通婚的习俗,青年男女往往通过劳动、节庆、社交、对歌等寻找机会互相认识,自由恋爱。新山傈僳族至今仍保留着这种习俗。每年农历三月十二至十八的"约德节",就是年轻人约会的节日。我们到达这天不是"约德节",村民们却以"约德节"的方式迎接我们。我不认为这是表演,而是对客人最高的礼仪与尊重。从其内容看,表演都是劳动与生活的写实。先是祭司代表神灵与村民对话,指点迷津;然后是打猎、采集、耕织、刺绣、丰收、红盖头和对酒而歌;最后是"打跳舞",有点儿类似于彝族的达体舞。在男女互动、群欢共舞中,我仿佛看见一个民族的千年沧桑,以及人民与阳光为伴的幸福模样。

在广场的东方,面向太阳的方向,矗立着一尊威严的雕像,它在阳光的照耀下,熠熠生辉。见大家都在那里合影,我便好奇地走了过去。原来雕像人物是傈僳族英雄阿考。我顿然充满敬意,并心生好奇。这是一位史诗般的人物,据说,阿考不仅健硕英俊,足智多谋,还扶正压邪,惩恶扬善,教民农桑,使人民安居乐业。我没读过《阿考诗经》,但我相信,阿考不仅是傈僳族的英雄,还是一米阳光的化身;我还相信,走近阿考,就走近了傈僳族的根和魂。

我猜想,撒莲禹王宫村,就是阿考的牧场。

有人说，米易的雨季，是幸福在场，阳光在心里；而晴天，则是阳光在场，幸福在心里。此刻，太阳在东天，月亮在西天，难得的日月同辉，幸福和阳光都在心里。阳光柔软，落在田野，吻在脸上，醉在心里。阿考率领族人千里迢迢，越过千山万壑，追寻阳光的足迹，来到这里，不就是为了这样的景象？

撒莲禹王已去，宫村依然，唯有阳光是忠诚的陪伴。满田地的花，一垄垄，不着雕饰，开得潇洒自在。各色的红，似要分解阳光的色谱。炮仗花、野菊花、蛇花、百日草……要不是主人介绍，我根本不知道这些花的名字。村廊里的景瓶藤丝丝条条如帘子般垂下，村民们给它取了个浪漫的名字"一帘幽梦"，此刻配上农家园子里飘出的歌曲《昨夜星辰》，不醉都不行。没有想到的是，这些花不是用来卖的，只作观赏，既自己享受，也悦目来客，从田园到长廊。农民的花由奢侈商品变成日用品，自己种植，自己享用，这多少有点儿令人意外，但仔细一想，就觉得一切都是自然而然。日子那么好，阳光那么柔，家庭那么和谐美好，除了鲜花，还有什么可配？

我忽然想起了什么，做了一个深呼吸。阳光和花香一起被吸了进去，存在心里，感觉不仅是清新与怡然，还有澄澈、祥和与幸福。

无论名词还是量词，一米阳光，都只属于米易。

天心理直

走进阆中，走进这方天顾神眷之地，不为文韬，为的是感受天造人合的天心理直。

是的，感受天心理直。

我一直对心充满敬畏。作为哺乳动物的重要器官，心，不仅是从受精卵发育出来的第一个生命因子，也是唯一自始至终伴随着生命过程的忠实伴侣；同时，心还是接收外界信息，并形成善恶判断，继而作出相应的意识调整的理直谋士。可以说，心，是引领人获得并提升生命成色的珍贵恩师。因此对人而言，心不仅仅是一个器官、一个人体内血液循环和生命代谢的主宰，还是一种力量。

怎能不充满敬意？阆中的心，是天心；阆中的直，是理直。天心理直，仅仅这四个字，就可以令人用心悟一辈子。

晚春，节令还行走在李白的"云想衣裳花想容"里。"好汉不要夸，还有四月桐子花。"儿时父亲教我的谚语我至今仍还记得，意思是，即便到了春风四月，还有个倒寒潮哩。我到阆中正是四月初，可天气与我所处的成都平原显然是两样。太阳艳艳的、暖暖的、柔柔的，贴心地照在地上、身上。天空透明而高远，仿佛一眼就可以看见天的全部秘密。

早上出门,朋友还叮嘱多加一件衣裳,不要着凉;到了中午,行走在阆中古城的街头,就感到一身汗津津的,不知道该把衣服往哪里放。

不无羡慕,阆中春早。

我不知道阆中的温暖是否与天心有关,但我相信它一定与太阳有关,而太阳却与天心有关。

站在奎星楼和中天楼观看阆中,这两楼都与"文运"有关,不同与相同都那么明显。不同的是气象,相同的是天心。

我想到了父亲,想起了那些神秘的月下故事。

父亲略懂星象之术,一旦时机合适,就会向我们讲起玄妙的星宿之象。一般是夏夜,月朗星稀,忙了一天的犁耙耕作,父亲提着水桶到屋前的水井旁,抽起两桶水往身上一浇,冲掉一身的疲惫;然后回家,抬一把木椅往院坝中间一放,冲上一杯老人茶,点上一支叶子烟。虽然父亲不动声色,但我们几姊妹都知道,他是要讲星象了,便各自搬着小板凳围了上去。此时,父亲往往会若无其事地稳起,并不主动讲,而要等着我们缠,才从容地慢慢讲起。其实,他的牙早痒痒的了。

在开始讲前,父亲会故弄玄虚地先呷一口茶,吸一口烟,清清喉咙,然后抬头仰望星空,把目光指向一颗闪亮的星星,开始讲他的星象故事。特别要说明的是,父亲是用目光指向,而不是用手指。父亲曾多次严肃地告诉我们,人若用手直指月亮星星,睡着后会被它们割去耳朵。后来我们才知道,父亲认为用手指是对月亮、星星最大的不敬,是要受到惩罚的。我们唯恐稍有不慎犯了大忌,于是乖乖地把手攥紧,扣在身前,一动不动。

父亲神秘兮兮地说,魁星,又叫奎星,或文曲星,位居二十八星宿中的白虎宫,为七宿之首,主管着天下文运,是大吉大利之星。它常常以黑脸红发的鬼面出现,右手执朱笔,左手托金印,左脚后翘,科甲踢斗。我国历史上许多文章写得好、被朝廷封为大官的,都是文曲星下凡,比如范仲淹、包拯、刘伯温。文曲星不同于文昌星的是,此星带有桃花,若再遇武曲星同宫,再与父母宫相生,则文运昌盛,大气必成。

奎星楼的故事,一直停留在父亲的讲述里,直到随父亲逝去,我所能打捞的,唯有风样记忆。想不到在阆中突然邂逅,我感到意外,又有点儿惊喜。当然,作为文人,我还想沾沾它的灵气。

据说,阆中最早的中天楼,是清嘉庆年间从鳌山上的奎星阁迁建的,旨在保其天心,后来毁于时乱。现在的中天楼是 2006 年恢复重建的。由于秉承了"修旧如旧"理念,楼看上去仍很古老,透射出一种历史的气息,完全看不出新建的样子。

到中天楼已是晚饭后。响应夜幕的召唤,各色华灯重新装点了古城,也装点了古楼。给人的感觉是,夜与灯调和的鸡尾酒,不知不觉中灌醉了这城和楼。城朦胧,楼朦胧,模糊了许多真实。由于中天楼并不比古城一些建筑高出多少,包括口口相传的"天心十道,气势夺人",或古诗词中的"泠然蹑级御长风,境判仙凡到半空",都淹没在一片朦胧里,难以从现实中找到影子。能看见的只是三层飞檐、四通楼门,甚至能通多远,想象的距离仍局限于传说里,不好举目;或者说,能看见的只是中天楼粗糙的外形,而不是神采,不是天心。我甚至对这地、这楼产生了怀疑,怀疑所谓天心之说,是不是一种官宣美词。

倒是不经意的一个抬头,让我发现了意外的惊喜。

是奎星楼。

我先并不知道那是奎星楼,有一种天上宫阙的感觉。一栋辉煌的琼楼玉宇,矗立在远处的天空中。线条的连接并不完整,有的隐入天幕,有的遁入山顶。断断续续的灯光游离成星,星串成链,勾勒出楼的形,上尖下圆,恰似一颗凌空的心。

啊,好美!那是哪里?

"奎星楼。明天要去的地方。"

奎星。魁星。文曲星。天心。父亲的夏夜故事。当一连串熟悉而陌生的概念瞬间涌向我的脑际的时候,我有一种闯入仙境的感觉。血一下涌了上来,情绪陷入一种莫名的激动,口里不断念念有词:啊,奎星楼,明天要去。明天去。

不是昨夜,而是几十年前,甚或是前世。我如约而至。

第二天,当登上鳌山,登临奎星楼时,我的整个感觉就是这样。仿佛一个约定,埋了很深很深,突然地降临,我有一种走近阆中之魂,聆听天心的感觉,甚至有点儿措手不及。

在我的天心意识里,有李淳风和袁天罡。两位大师我早有所闻,他们的《推背图》更是充满神秘、神奇、神圣。一直的感觉是,此物只应天上有,何来人间慰凡人。没想到说见就见到了,就在眼前。与他们的相遇,纯粹是一种意外。

流连在《推背图》前,我猜想着一张张神秘的图、神奇的文字背后的人道天心。比如第一象"茫茫天地,不知所止;日月循环,周而复始",比如第四十五象"有客西来,至东而止;木火金水,洗此大耻",再比如第六十象"一阴一阳,无终无始;终者日终,始者自始"。我知道自己学薄识浅,读不透那些神秘的图,也理解不透那些简洁的文字和批注。唯一可欣慰的是可以悟:面对那些图和象,以手捂心,闭目静思。然后,循着李淳风和袁天罡的心路,一象一象,从甲子到癸亥,游历天地乾坤。我发现,所谓天心,当就是遵循自然法则,天道昭昭,得之泰然,失之不惜。

从甲子到癸亥，象，只是一个轮回，而不是终结。世界上没有完全相同的两片树叶，也没有两个完全相同的象。不变的只是天心，守护着人间正道，守护着阆中，守护着理直。没想到，袁天罡神奇的手往李淳风背上轻轻一推，就推出了一个充满变数与定数世界的天心指向，也推出了阆中的天心位置。他们的神，就在于知古、识今、通未来，读透天象风水、人道天心，然后轻舞珠笔，点墨成谶，让智者清醒，庸者忘形。

真是大幸，能来到阆中。

我怀疑，眼前的景象，就是奎星的物化呈现，就在鳌山之巅，奎星楼前。石山、桃花、小径、绿水都是凝固的，似雕塑，却又充满生命的动感。因了那雾。不，是仙气。氤氲的、虚幻的、灵动的，不是缥缈在仙国里，而是它的缥缈把奎星楼变成了一方仙境。突然，一只不龟不蟾的怪兽，从缥缈中冒出，直视我们。见我发蒙，同行告诉我那是鳌，独占鳌头的鳌，奎星楼的重要象征。许多地方的旅游文宣都难免有溢美之词，我相信，在这里，除了影像与感觉，一切文字都显得苍白，包括"登临环望，云山四合，碧流行舟，波光照影"等等。

奎星楼就在前面，穿过一片缥缈就是。

不知是否与天心有关，与许多名山不同，鳌山不是僧占，而是文占。文化的文，文明的文。奎星楼就是一个标志。

据说，这楼气接蟠龙(山)、檐飞伞盖(山)、窗望玉台(山)，是阆中古城山川龙虎交会及阴阳合和之地。不知是奎星楼点化了这方风水，还是这方风水灵脉所钟，含英咀华，造化了人。总之，落下闳、袁天罡、李淳风等星象家，都如获天心指引。他们在这里占星望气，以至于让阆中天文易学风水文脉常在常青，独享天机。

215

如果说落下闳、袁天罡、李淳风等星象家是拥有非凡之才的非凡之人，那么庶民凡辈中的人杰，就很难与奎星分开了。

　　史料是僵硬的，史实却是坚实的，就像这楼这山，不容否认。自从奎星楼建成以来，阆中便文风鼎盛，尚文好学蔚成风气，不仅先后出了唐时尹枢、尹极兄弟状元，宋代陈氏一门科考，更有陈尧叟、陈尧咨两状元一进士，官至两宰相一节度使。同时，阆中历史上还出了116名进士、402名举人，享有"蜀之人物，唯阆为盛，科名之盛，甲于天下"美誉。

　　有了奎星，有了文，阆中就交上了文昌之运。

　　就在此时，在奎星楼上，又一个意外让我惊喜无比——我发现了天心十道。不是局部的，而是全景式的，形神兼具。

　　准确地说，先发现的是阆中古城全景，我才意识到自己已置身于昨夜的天上宫阙、琼楼玉宇之中。但没有高处不胜寒，而是高处得天眼。此刻，我正借天眼之势，鸟瞰阆中古城。

　　就是一个硕大的心、心脏的心、阆中的心。那心鲜活、灵气，兀立在碧绿环绕的波光涟漪之间，经太阳一照，四周流光溢彩，是嘉陵江。与嘉陵江接力的是青山绿野，环顾四周，无缝对接。山、水、城完美融合，构成了一幅奇异风景。

　　当然，这还只是表面的，真正的神奇，在中天楼。似斗，支天立地，是为天心。这一切，在昨夜的朦胧交错中被全部遮蔽。幸好有今天，也许是天意。站在奎星楼看中天楼，才真正得其神。那神，就是一种由地理人文奇特结构形成的局。

　　一切就在眼前。中天楼一楼兀立，直向天庭，十字为心；双栅子街、北街、西街和武庙街四街为箭，直直的、刚毅的，八方进发，直指四野。

街楼相拥,构成了一种格局,一种统摄山水、整合四方、天心理直的格局。古城西街的张飞庙与学道街的贡院,一武一文,同携理直。魁星楼、翰天宫、翰仪宫、古戏台、天上宫,珠联璧合,攘星祭斗,匏襄聚福。阆中古城的风水坐标体系如此奇妙,地理四科中的龙、砂、穴、水,在这里都天赐人合占齐了,几近完美。古城所有的出发,无论是近处的繁衍还是远处的进击,就都有了方向,有了根和魂。

许多玄奥之事,似乎豁然开朗。

我终于理解了鳌山魁星崇拜,在中国为什么有那么久远的历史;理解了河姆渡文化中以猪喻象的北斗崇拜、良渚文化中的魁星崇拜,为什么富有宗教精神;理解了斗为天心,奎为鳌头,为何万物元神为文章智慧、人间福禄、人生命运之源;理解了古代的巴人,为何要以阆中古城为中心创造一方文明;理解了阆中张飞庙里的那道"刚强直理"、贡院门前的那道内涵良心的大门。原来,阆中就是一个天心理直的生命方程,世间的大道之理在这里都可以得到求解。《史记·天官书》中"斗为帝车、运于中央、临制四乡、建四时、均五行、移节度、定诸纪、皆系于斗""璇、玑、玉衡以齐七政"等记述,不过是一个结绳记事的在场叙事。聆听阆中,就是聆听天心理直。

许多地方都是有了仙,山才为之灵。阆中则相反,各方神圣相涌阆中,希望沾上这里的仙气。因为虽然教有不同,信仰各一,但一切精神所指,都逃不出天心理直。

奎星为魂,天心为道,合而天心理直。

阆中,我来迟了。

杜鹃不语

我盯着一朵花发愣。

杜鹃花。

己亥，叫深春或浅夏都可以。我闯入了一片杜鹃的花海。介绍说这里的杜鹃花有六十万亩，山势逶迤，青翠护艳。无论角度还是地势，我的视线都看不了那么远，看不到花的四至边界。双目所及全是花，杜鹃花，粉红的、雪青的、洁白的、奔放的、羞涩的、星星点点的、如云如霞的、清清晰晰的、若隐若现的、灿烂鲜艳的、萎靡颓丧的。花顺着山势蔓延而去，山到哪里，花就到了哪里，任何表达距离的词都不能准确呈现。准确的说法就是花海；我盯着发愣的花，是花海中的一朵小小浪花。

佛家说，"一花一世界，一叶一菩提"。在我的眼睛与花对视的一瞬，我惊讶了。

我顿然有了一种反主为客的被动。我发现，不是我看花，而是花在看我，幽幽地、深情地、顾盼有神。在我的目光聚集于它之时，它那复杂深邃的眼神直指向我，有一种穿透红尘洞察人心的魔力。一切都只可意会，不可言说。我说的是我，而不是花。花是可以言说的，或者说此刻它正在言说。花的言说是多色调的，似光影下的唇印；一瓣，两瓣，共五

218

瓣,不分先后彼此,次第排列,组合成一只口。我之所以要用"只",而不是"张",只因那口确实太娇小羞美,如用粗犷的"张",不仅会产生审美偏差,还会破坏那美。风是不知不觉的,由淡淡的香味陪伴。此刻,那口似欲言又止。

我心里微微一震:杜鹃,你想说什么,请告诉我。

杜鹃不语,我把目光转向花的身后。

身后是山。瓦屋山。

我被这个名字绊住。山与屋,伟岸与弱小,竟然如此机缘巧合,在这里联姻。不是望文生义。这山,肯定是不一般的山;这屋,也肯定是不一般的屋;栖息在这山这屋里的杜鹃,肯定也是不同寻常的杜鹃。世上杜鹃千万种,亚洲、北美洲、欧洲、大洋洲都有分布,从长江流域、云贵高原,到横断山脉和喜马拉雅地区,哪里不是杜鹃的故乡?可以说,杜鹃是大地最宠爱的幺女。令人费解的是,五湖四海为家的杜鹃,为什么有一些要选择栖身于这川西一隅的深山野岭?不该是偶然或巧合。数间瓦屋,半帘幽梦,深深闺房,一点绛唇,堪可生根。

显然是屋,这如山瓦屋,让杜鹃花心归意属。

不仅仅是安家落户,而是要成全一种生活方式——中国传统农耕文明里,那种几间茅屋、二三鸡犬、炊烟袅袅、小桥流水式的田园生活。我因此进一步判定,杜鹃是单纯质朴的,拥有泥土乡人般的品质,只需一间简朴瓦屋,就可以安心守神;杜鹃是高贵而孤傲的,不可委曲求全,不会"嫁鸡随鸡,嫁狗随狗",随意苟且委身。杜鹃不恋尘世喧嚣富贵,不趋炎附势,也不屑于城市的高楼华宇。杜鹃的心,属于这高山净土。

至少,瓦屋山的杜鹃是如此。

不能不说这是一种生命的高度。一方水土不仅养一方人,也养一方花。我相信,瓦屋山与瓦屋山的杜鹃,一定有某种不为人知的生命关联。这山、这花,怎能不令人想到太多?

相对于我眼前的这朵纤纤杜鹃,瓦屋山是伟岸高大的,从形到神均是如此。娇美与伟岸,如此绝妙之配,是否就是中国传统式的爱情经典?不,这太贵族化。瓦屋山与杜鹃是乡土的,但也不是牛郎与织女、范喜郎与孟姜女,或白娘子与许仙、梁山伯与祝英台之类民间爱情故事。瓦屋山与杜鹃的千年结缘里,只有喜,没有悲,鸳鸯池的清流可以作证。我甚至怀疑,这鸳鸯池也是因杜鹃而名。

一切都是猜想。我问杜鹃,杜鹃不语。

于是我想到,这不仅仅是一个美好姻缘,还可以作为故事,写成诗歌散文,让人鉴赏追寻;或编成话本,讲给世间追求美好爱情的人听。这也不只是爱情的印证。瓦屋山与杜鹃的相依相恋相存,是生命的绝唱,是超越庸常的自然大爱。

杜鹃不语,我问大山,瓦屋山。

瓦屋山就在眼前。远看不像是山,更像是船,停泊在梦幻般的云海之中,如传说中的诺亚方舟,时刻准备拯救危险的世界。此刻,它正把一望无际的杜鹃托举,不为拯救,只为巍峨伟岸,为杜鹃。本来娇美的花,拥有了一种形娇神阔的气势。没有理由不相信,当娇美拥有了神韵和气势,就拥有了征服世界的魔力。这是爱的力量,是瓦屋山爱的创造,爱的奇迹。在自然与生命的契合中,似乎找到了瓦屋山与杜鹃相依的答案。

可是,我很快动摇了。我发现了树。

云杉、冷杉、松柏、青桐,以及不知名的乔木灌木,它们只有高低繁

220

疏之别,没有资历深浅之分。它们与杜鹃花一样,不仅是瓦屋的土著,也是大山的衣襟和守护神。山有多久,树就住了多久,守护了多久;山有多高,树就有多高。最引人注目的是云杉,一片片,高大挺拔,与大山一样,陪伴着杜鹃,呵护着杜鹃。瓦屋山给质朴守屈的杜鹃提供了屋,云杉为风雨漂泊的飞鸟提供了屋。大山、飞鸟、杜鹃互为某种因果。我不知道,这挺立的云杉冷杉是否代表了瓦屋山的精神,但我相信,称之为云,冠之以杉,不畏高山寒冷,与瓦屋山和杜鹃相依为命,共生于同一环境,拥有相同品格,同为瓦屋山原住民,定可从中找到瓦屋山魅力之源和杜鹃坚守之因。

就这样,我把目光转向一棵云杉。

苍劲、挺拔、孤傲,它独立苍穹。从外表看只知道它的古老,根本估算不出它的大致年龄。云杉本来就是一种长生植物,究竟生命期有多长,甚至在植物学界也还是一个谜。据说瑞典科学家在一座山上发现一棵云杉已9500多岁了,堪称"世界上最古老"的树,可它仍枝繁叶茂蓬蓬勃勃。在瓦屋山,随便指一棵云杉,树龄也都在百年千年以上。何况,眼前这棵云杉,已垂垂老矣。粗壮的躯干顶天立地,刚毅的枝杈疏影横斜,躯干与枝杈被苔藓紧紧包裹。要不是树尖上几枝孤傲清高的绿,你甚至会怀疑,这是一棵早已枯死的树。然而,它确实还活着,活得妖娆多姿、青春萌动。不仅树尖上那孤傲清高的枝枝葱绿可以作证,当你靠近树的躯干,用心贴近,或是用手触摸,都会感受到一种生命的气息——原来生与死的气息区别如此鲜明。

奇迹,就在我贴近树的一瞬间被发现。

我发现了几朵细小的红花,鲜艳、娇美、隽秀。在树干绿色的苔藓衬下,远处看去,它们很像是草原上的格桑花。奇怪的是这些花不是

221

长在地上,而是天上,准确地说,是长在云杉粗壮的躯干与枝权的结合部。只听说过"枯藤老树昏鸦",从来就没有听说过"枯藤老树红花"。这么老的树还会开花;再说,这开得也不是杜鹃花。问陪同的朋友,朋友笑答,什么老树开花啊,那是附生杜鹃,瓦屋山的一大风景,而且,绝大多数寄生在老云杉上。说罢,朋友还信手一指,喏,到处都是。

见我仍纳闷,朋友又解释道,植物的繁殖分为有性和无性两类,杜鹃花是少有的两类繁殖同时并存的植物。我还是百思不得其解,迷茫地望着这独立枝头的云中杜鹃,追寻其繁殖途径。无论是播种、扦插、压条,还是嫁接、分株等,有谁能爬上大树,让浪漫的杜鹃花一圆逍遥梦?朋友说,附生杜鹃生命传递的红娘,是飞鸟。我豁然开朗,对附生杜鹃的生命履历更加好奇。

是的,瓦屋山杜鹃的生命,是如此神奇的演绎。

似乎是一种宿命的责任,杜鹃不仅有镇咳、平喘、祛痰、抗炎、降压、利尿、抑菌、镇痛等药用功效,杜鹃花籽还是鸟儿的食物。杜鹃的花籽在温馨的子房里发育成熟,让嘴馋的鸟儿心里痒痒的;鸟儿吃了花籽飞回树上的家,无法消化的花核随便排出,洒落在树权上。待到春暖花开,那核便开始生命的萌动,发芽生长,直到长成树,开出花,再结出籽,又蒂落于树上或地下。生命由此循环传承,生生不息。杜鹃满足了鸟儿的贪食和生长,鸟儿的翅膀成全了蓝天的丰富,还让稚嫩的杜鹃拥有了笃实的根基,让老朽的云杉春风得意。瓦屋山的生灵世界由此变得亲密祥和。这山、这树、这鸟,都是这条生命传承链的功臣,而杜鹃则是瓦屋山生命链中,最生动美艳的点睛。

大山依然不语。我用心感悟,感悟杜鹃生命的秘密,面对大山、飞鸟与树。不能不说,我对瓦屋山杜鹃的品质赞叹不已。

我笃信，在繁殖方式里，包含着生命哲学的真谛。

为了在遗传中保持品种的纯正性，杜鹃选择了无性系的扦插；为了让陪伴千年的大树青春永驻，杜鹃选择了有性系的播种；为了让自己扎根的大山更加丰姿绰约，杜鹃选择了无性系与有性系融合的杂交和嫁接。总之，为了这片山，这些树，这里的蓝天飞鸟、流泉瓦屋，杜鹃花选择了生命的多元与丰富。

面对老树与杜鹃，我仍然对自己的发现存疑。

特别是对朋友的"附生杜鹃"之说，我感到不敢苟同，甚至越来越感到有点儿不可思议。我认为，人们之所以产生这样的误判，在于不了解瓦屋山的杜鹃，及瓦屋山杜鹃与山、与树、与飞鸟生命链的魂。究竟谁是主，谁是寄？这树、这鸟、这杜鹃花，哪个不是瓦屋山的主人；谁代表生命的过去，谁又代表明天；难道生命的苍劲坚韧与鲜艳美丽，可以人为地截然分离？我相信，这不是飞鸟的逍遥杰作，而是瓦屋之下生命的必然逻辑。严格说，在地球的生物圈里，除了人，没有真正的寄生。比如在瓦屋山，这山与树与鸟，是一个完整的生物圈，相互生成又互为因果，如道家所说的"一生二，二生三，三生世界"。大山、云杉、春风与飞鸟只是天遂人愿，顺势而为，在阡陌纵横的瓦屋山，沿着冷杉云道铺设了一条杜鹃花径。经杜鹃点睛，花开花落，整个山一下就活了，就像张僧繇豪端的龙。

我怀疑，大山不语，是怕泄露了大山与杜鹃的约定。

于是，我问人。

第一位进入我视野的，是亨利·威尔逊。这位英国旅行家和植物学家，著述等身，对自然与植物的热爱几近痴迷。我循着他的足迹，从1899 年出发，一次又一次来到中国，随他跋山涉水，历经艰辛，阅历数不清的名山大川。直到 1908 年 9 月 9 日,登上瓦屋山顶,他的目光一下被拉直,他为眼前的发现所惊异。目光所及,皆是冰川世纪保留下来的孑遗植物,珙桐、桫椤、水青树、银杏、玉龙蕨、红豆杉、独叶草、连香等。

重要的是有"建木"和杜鹃。

所谓"建木",就是冷杉和云杉,遇雷打或者岁月风化,变得遒劲苍凉,孤傲挺拔,铸就一身傲骨。穿过岁月的云烟,我此刻的目光,与威尔逊的目光聚集在同一种景象之上。我不知道他是否发现了杉树上的附生杜鹃,即便没有,也不能责怪他的疏忽大意。岁在初秋,红去绿稠,栖身于云径杉间的附生杜鹃,早已被苔藓和枝丫遮蔽。秋风乍起,落叶漫天,荆棘丛生,古木参天,谁会注意到半空中高高在上的点绿碎叶?但是他肯定是看到了山上杜鹃花的,而且不止是一朵两朵,是一山一片。不然,为什么在《英国植物百科全书》里,以瓦屋山命名的杜鹃就多达17 种。在英国,除了威尔逊,谁可予名?

我猜想着威尔逊当时的心情,是激动、亲切,还是惊奇?也许他是循着《山海经》的指引,到了遥远的东方古国。这部先秦典籍,记载了中国 550 座山、300 多条河流,据说著者就是战国中后期至汉中期的楚或蜀人。《山海经·海内西经》说,黄帝居住的轩辕之丘,呈方形,"青丘国,其人食五谷,衣丝帛,其狐九尾"。那时的丝帛只产蜀地;晋代郭璞考,青丘国在岷山之南,很可能就是洪雅一带。那么方形的瓦屋山,可能就是黄帝居住之丘了。怎么能不去那一片神秘的东方净土呢?

问题是太意外了,这万里之外的神奇土地,威尔逊本来是想寻找陌生物种的,却在这里见到了似曾相识的杜鹃。身在异乡为异客,一山一木总关情。这亲切而神奇的杜鹃,你是从家乡苏格兰山区、北爱尔兰高原、本尼维斯山而来,还是从湖区的斯科费尔峰(Scafell Pike)和赫尔维林峰(Helvellyn)而来? 故乡的杜鹃,你为什么捷足先登,在我之前就来到这里,是向往瓦屋里的东方文明,还是仰慕这世界最美的人间天堂?

于是就有了日记,有了瓦屋山金花桥的镜像。

我还看见了黄帝、老子、张道陵,他们都是仙。"山不在高,有仙则灵。"但瓦屋山却恰恰相反。瓦屋山的灵,不是因为这些神仙的到来才有的,而是靠自己,靠天地人的合一。

从道家哲学看,峨眉山(佛教)是阳山,向上达天气;瓦屋山(道教)是阴山,向下接地气。两山一前一后、一阴一阳,天地互映,气息共振,天物造化,造就了瓦屋山的魂。这些本为人的神,阅尽世间名山大川,心都没有安顿下来,或者说无法安顿,来到这里,才终于找到了心定神归之地。于是,一切都变了。他们的心被捕获,静静地潜了下来,春赏百花,夏随杜鹃,秋问红叶,冬阅冰雪,看云卷云舒;没日没夜地修行、休闲、创道、布道、升天,才终得正果,成其为仙。

这是杜鹃的造化,飞鸟的造化,有幸栖身在瓦屋山。这也是神仙们的造化,他们有幸与瓦屋山和瓦屋山杜鹃结缘。

真水无香,大道无言。桃李不言,下自成蹊。

梵净天书

只知道在登山,梵净山,沐着淅淅沥沥的雨,踏在结结实实的石板路上。忽略了是在走进一部书,天书。登上山顶,来不及擦一擦颊上的汗水雨水,直到不经意的一个回头,我才顿然惊讶了。

呀,梵净天书。

不是一块石一片崖,而是整整一座山;也不是一本书几叠书,而是一个庞大的书库。没有沉寂,没被尘封,也没有关门闭户。是开放的,蓝天为窗,大地为户,充满了生命的动感。我相信许多人正在阅读,就像周末,位于成都市青羊区人民西路 4 号的四川省图书馆,或位于贵阳市云岩区安云路樱花巷 7 号的贵州省图书馆。倏地想起它的名,方似乎略有所悟,进而肃然起敬,胜过孔孟。

眼前却不是一般的图书馆,而是天帝的图书馆;里面馆藏的也不是一般的历史人文、自然地理书籍,或文学哲学书籍,而是天书。

天书。我心里微微一震。

也许是身为读书人,我对书有一种习惯的敏感。而且,读书越多,越深感自己的浅薄无知,越对书充满敬畏。比如此地此刻。

何况天书,梵净天书。

我轻轻地揉了揉太阳穴,再用手抹了抹满面的湿润,深深吸了一口凉飕飕的带着潮湿的空气,强迫自己必须冷静下来。我怕稍有不慎,亵渎了这梵天圣境。然后再仔细察看,看天看地看四周。四周烟雨朦胧,云雾缭绕,静谧无声,好一个虚无缥缈的天庭梵境。我原谅了自己刚才的忽略,天书本来就该在天上看,怎可途中随意翻阅? 我还相信,这沿途伴随我们的雨,也是一种天意。它成全了我们秉承古人对书的崇敬。古人在拜阅一部尊贵的书时,须先焚香、沐浴、净心,然后再轻轻翻开,浅闻墨香,逐页品读。面对一部天书,大山般的天书,我等凡辈俗人,怎能不浴身净心?

我心里有了一些坦然,对于天书,终可从容以对。

万卷书崖赫然眼前,玄武色的。单卷的独立天地,内藏天理;多卷的层层叠叠,卷帙浩繁,堆砌有序,气势宏伟。这是一批古典珍藏,色泽已经泛黄,甚有微微的褚黑;线装本的,当不断地有人翻阅圈注,页痕才那么清晰可见。历经天地间亿万年不停翻阅而不倦不厌,谁能怀疑这书的无尽魅力? 我相信,谓之天书,当是自然之书、时间之书、风雨之书,秦皇焚书坑儒的劫后余生之书,写尽天道人理的大书才配。正如古人诗中所盛赞的那样,"牙签玉轴是谁储,万卷堆来混代初;遍地纵遭秦火劫,名山还有未烧书"。

雾雨蒙蒙的天,乍现一线疏朗,空气湿润而清新。这样的天气最适合于读书。要是平时在家里,我会随手从书架上抽出一本,古典或现代文学都无所谓,然后走出郁闷的书房,来到开放的阳台,或三苏祠的草坪一角,坐在一把藤编木制的椅子上,泡上一杯峨眉山的竹叶青,开始慢慢品读。心情会像某夜悠闲写诗的海子一样,"不关心人类,只想你"。阅读就是一次想象之旅。不同的是,海子日夜想念的是他敬爱的

"姐姐",而我想念的可能是书中或心中的某个对象。此刻不在家,没有舒适的椅子不是遗憾,反而有一个意外的心安。读天书怎敢坐着,那是天大的不敬。是老天无意间拯救了我的失礼。梵净山的金顶高耸云端,是最接近天的地方。此时,蓝天为背,金顶为倚,众多文友为伴,敬立于天帝的书库之前,共同阅读一部部深奥的天书。膜拜中带着几分惬意,显然是一种奢侈。

我读书名,希望通过它寻找读书的意义。

天书,天帝之书。对,是天帝,而不是上帝。叫天帝、帝俊、帝喾,或天老爷、五方天帝、中央天帝、玉皇大帝都一样,总之,那是我们东方的神明,是中华文化中最原始的精神图腾。世界是神秘的,个人是渺小的。渺小的人为了战胜神秘的世界,创造了自己的神——天帝。它是宇宙万物的无上真宰,世界三界内外、十方、四生、六道的最高统治者。天帝的书,当蕴含天地间至高无上的真理。怪不得民间要说"梵天净土降圣物,万卷天书世人读;一页一页翻不尽,一代一代永无穷"。

我一下蒙了。天书丰富,天书难读,那么,自己的阅读为了什么?纯粹的好奇?那是对读书人的亵渎。是要寻找天地真理?那太崇高、太伟大、太不可思议,哪是我等凡夫俗子可为之。当初的笔名"闻道",及博客个性签名"与天下之人闻天下之道,道可或得而闻无止也",不就是时刻提醒自己闻道的艰难与得道的不易?想来想去,我给自己定位为怡情。如果能够在怡情中受到一些梵净天书的熏陶,拉近一点与梵天净土的距离,也算是莫大的造化了。

我翻开天书的扉页,读它的历史。

这一读,读到了 14 亿年前。我突然感到,书真是个奇妙的东西,它可以在瞬息之间,把你的在场迁移到任何时空之上。

我的阅读单纯而简单,不是要从南斯拉夫西北部伊斯特拉半岛那个被当地称为"Kras"的地名上,去寻找一个地质命名的依据,也不是要考证这里有没有致密石灰岩、降雨量的多少,以及地下水的循环是否通畅等这些形成喀斯特地貌的条件;虽然,梵净山的四周,都被喀斯特地貌所包围。我只是想了解了解梵净山真实的前世今生,为我的崇敬找到一个根。这一找,我坦然了。

的确,梵净山就是梵净山,它只与岁月有关。

时间之于梵净山,是巨大的毁灭,也是巨大的创造。梵净山的秘密,都记载在它的岩石里。根据塞尔维亚气候学家米兰科维奇的宇宙循环理论,地球的岁差、转轴倾角及公转轨道离心率变化,造成了地球气候的变化差异和地球上不同纬度的太阳辐射区别,而这类气候变化催生的生命轨迹,会记录在岩石和化石中。我相信,这些由岩石叠加成的天书,一定记载着我们不知的梵净山秘密。

把时间叠加成一本书,与梵净山结缘,再顺着岩石的褶皱往前追溯,我看见了那一场亘古前的惊心动魄。地球上的古陆板块,在不断地漂移碰撞,毁灭与生成都是瞬间发生的事。在经历了梵净、武陵、雪峰、燕山和喜马拉雅四期等一系列剧烈的地质构造运动之后,大自然以神奇之力,不断裂变、褶皱、凹陷、峭延,在卷折成鄂川湘黔侏罗山式褶皱带的同时,积蓄了巨大的能量。在14亿年前的某一天,这个积蓄的能量突破了地壳承受的极限,突然爆发了,海啸地裂,山水轮换,在今天的云贵高原东部向湘西低山丘陵过渡的大斜坡地带,即中国阶梯地势第二级与第三级过渡地区,将一片大洋的底部高高托向空中,托得一座被后人称为梵净山的高峰横空出世。"九龙出山",也许是山对水的依恋。

在梵净天书的内页里，我看见郁郁葱葱的绿。

那是生命的底色。

沉睡于大洋深处的一片奇石异峰，当初脱离大海屹立苍穹，不是要成为一座孤岛，而是要创造一个相对独立的生存环境，即典型的亚热带穹隆状山地森林生态系统，为起源于古老的动植物的繁衍和演化提供有利条件。就这样，梵净山以大海般母仪天下的天性情怀，为许多珍稀濒危动植物提供了珍贵的栖息之地，为古老的孑遗植物提供了避难所，还为特有动植物的分化进化提供了温床。

生命离不开水，水是天赐的神物。山多高，水就多高，因为再高的山，也高不过天。穿越密林的溪流，汇集成塘与山厮守，或飞泻为瀑，蜿蜒成河，携带着诗的浪漫，走向远方。水远去了，回到了它前世的家，生命却留下来了。梵净山有1200多种植物，包括名贵的中药材天麻、黄连、杜仲、银杏、当归，珍稀树种珙桐、紫薇、冷杉林、黄杨林、水青冈，以及灵芝、猴头菇数十种真菌等；300多种动物物种，如珍稀的黔金丝猴、华南虎、大鲵，不仅构成了这里全国最著名、最宏大的自然基因库，还造就了生命的高地。说它们是留下来的生命，是因为它们与水一样，根都在大海里。说不定这山上的某一棵树、某一叶草，或某一种动物，包括我们人类自己，就是若干亿年前海洋里的某个藻类生物，不断进化的结果。

这不是虚妄之想，也非虚妄之说，关于生命的起源，科学家们早已有定论。就在前不久，中国的科学家还在河北省的长城附近的矿石标本中，找到了距今14亿年前的海底原始生命遗迹。谁能说它与14年前的那场造山运动，就没有任何关联？天帝与岁月，不仅加赐了梵净山一个洪荒身份，还赐予了它生命的得天独厚元素。

无独有偶。第 228 届美国天文学会的 LIGO 科学合作组（LSC）和 Virgo 合作组科学家发布的报告说，他们再次探测到了 14 亿年前，两个遥远的黑洞相互合并过程所产生的引力波。

又是 14 亿年。一个在天，一个在地，一个在海。

我不禁要问：14 亿年前，宇宙间究竟发生了什么？我相信，对于这个问题，世界上没有人能够回答清楚，只有借助天书。

于是，我跳出具象，读梵音。我想，只有梵音可与天书直接相通。

所谓梵音，其实就是我们东方的宗教之声。

我曾把人类对宇宙的认识，分为五个层次：经验、知识、哲学、文化、宗教。不错，宗教是认识的最高层次，它属于信仰。据《善见律毗婆沙》记述，梵语写成的佛教经典，在两汉之际就传入了中国。问题是，天下名山不止一座，在 14 亿年前的那场造山运动中形成的山，也不止是梵净山。然而，为何独独梵净山以梵命名？我相信这绝不是偶然的巧合，里边一定有某种秘而不宣的大道天理；我还相信，从聆听梵音里，一定能够听见梵净天书的秘密。聆听梵音，是企盼从佛的声音中，接近佛的五种清净相，并从正直、和雅、清澈、深满、周遍远闻中感知佛陀三十二相的神秘。

只是，此刻似乎没有梵音，只有天籁。天籁从天际传来，乘着一场春雨后的和风，为人梳理散乱的发；或伴随飘飘忽忽的山岚，在梵净山的新老金顶之间拂来绕去，让人怀疑世界的真实。天籁从溪涧传来，随流水掠过大小不一、形状各异的山石，拂着石头上绿茸茸的苔藓，带来悦耳的轻快。天籁从万卷书山里边传来，轻言细语，你不得不一次次地洗耳细听，想听清是不是有一些孩童在读"人之初，性本善"。其实无论是否能听见，你都会相信那声音是真的。

当在恍恍惚惚中把这些声音都阅遍，你会有一种神清气爽的感觉，一身轻松怡然，物我两忘，天人合一，世界归于自己。

再看看身边的人，不管是同行文友，还是其他登山的陌路人，或找个镜子瞧瞧自己，你会感到惊讶，为什么个个都具有"八十种好""三十二相"特征。比如，你看天庭，会觉得他顶上有肉，隆起如髻形，明显的肉髻相；你观两颊，会发现他两颊隆满如狮，端的个隆满相，甚至会联想到，此兄天生吉星高照，江湖万般险恶，均可逢凶化吉，除灭百劫生死；察其肌肤，你会看到细薄光润、一尘不染，好一个皮肤润泽相，还会由此想到此君井井有条的生活，诸如清净的房舍、衣物、器具，疾恶如仇，亲近智者。此等胜相，既是佛陀的平等无垢，也以自身修为和大慈大悲化益众生之德。点化在心，并不是需要所谓的九十一劫，才可获得庄严德相的福报。

所谓梵音，就在自己心里。

心中的灯

名字我常常弄混，汩汩水的"汩"，当地人念 hū，现代汉语字典中汩又读"mì"或"wù"，《辞海》里的读音则为"hū"。而灯却珍藏在了心里，忘不掉了，不仅因为心主神，心脏是整个身体运行的中枢，更因为这盏汩汩水上的明灯直指灵魂。

"连雨不知春去，一晴方觉夏深。"时在早夏，节令正行走在范成大的诗句里。我们一行却行进在西柏坡深幽平坦的山道上，目的地是汩汩水发电站。一路就想这水、这名，越想就越觉得不同寻常，越想心里就越充满好奇、向往与敬仰。

在现实中，许多地名大都是因山、因水，或因人、因事等而取的，在通俗、质朴、简明中表达出某种历史人文意义，比如周庄、李村、田家坝。可这汩汩水，却以汩汩为姓，以水为名，表现出一种文雅、高贵和隐秘，似乎与通常的命名之道沾不上边，令人产生好奇，进而敬畏。水乃上善之物，能直接以水为名者，必有不同凡响之处，如渭水、淮水、沫水等等，便有一种隐隐的感觉，要从这地名中，寻找地域文化的密码难矣。想起一些与汩有关的诗，如贾谊的"袭九渊之神龙兮，汩深潜以自珍""汩穆无穷兮，胡可胜言"，或"如白练之经于天，白虹之饮于源"。谁能怀疑,这水拥有诗意的风骨。

当然,想得最多的,还是这沕沕水的姓。

虽同为水,这沕沕水显然是有区别的。甘洌、碧绿、清纯,静如琼浆,动若清流,滴似翡翠还只是表面;经过千岩万石的挤压,从层层叠叠白山岩深处涌出,入溪欢唱,见崖飞珠,过洼成潭,拥情成火,遇光成虹,是它生命的轨迹。按照学理的说法是,这是典型的喀斯特岩溶泉。原来,这水承载了某种天生的使命。天机不可泄露,而使命则是大道昭昭的。说浅,浇苗、饮用、洗濯都是生命的常态,不可或缺的;说深,则关系到生命之本——离开了水,哪还有什么生命。何况沕沕,神龙潜藏,精微深远,来无踪,去有影,贯通天地之间。

这水,怎么形容都不为过。

因此有人说,沕沕水是有灵性的,它就是溅在石头上,光秃秃的石头也会长出花草。我相信,那个善良村姑金凤的传说,不只是古代人们对这水的精神寄托,背后一定还有某种生活原型。"十年九旱,民不聊生",当是当时现实;舍己救民,"得观音护佑,生五龙,成圣母,开灵泉,解民难",则是人们在困顿中的美好愿望,或者希望获得拯救的精神寄托。这些传说,再与这里的雄伟山势、奇形驼峰、梦笔灵鹫等相结合,谁还能对这水等闲视之呢?

当然,再神奇的传说,再美好的愿望,甚至美丽的山川风物,并不能改变百姓生活的苦难现实。事实上,不只燕赵,也不只西柏坡,同样的沕沕水,过去流淌的,仍是千年忧愁。

好在,水在,希望就在。何况有灵性的沕沕水。

有灵性的水,应该置于圣坛,在哪里都是主宰,都是值得崇敬的图腾。我终于理解了沕沕水的命名。为什么叫沕沕水,而不沕沕江、沕沕河,或者汩汩湖、汩汩潭之类,因为任何庸常的、习惯性的称谓,都可能不配甚至降低这水的身份。

千百年来,汩汩水也不辱使命,在这方圣土之上,在这神山峡谷之间,默默地恩泽大地,浇灌生命,造福百姓。

灯是在黎明前的黑暗中点亮的,一个贯穿了中华民族漫长历史的黑暗之夜。它的出现,照亮的不只是这一方天地,而是整个华夏大地。点亮灯的,是汩汩水,是中国共产党人。

我想起了前不久一首很流行的歌,叫《黎明前的黑暗》。据说,它原来是一位埃及的滑板配电音乐人,受英国英格兰音乐制作人艾兰·奥拉夫·沃克的电音启发后创作出来的。原曲名为《Feelings》,后由情词尧填词,书岩、郝琪力翻唱。由于其歌词在沉缓中饱含生命的哲理,曲调绵长深邃,这首歌一下击中了人们心灵中的柔软之处,很受人们,特别是处于战乱与动荡中的人们喜爱,一经面世就广为传颂。目前,该歌曲的演唱已有十多个版本。

此刻,我又禁不住在心里唱起了这首歌——

"风伴着黎明的歌声/敲响命运的钟/是夜不灭的灯/那颗星在闪烁/挣脱黑暗的落寞/信仰年少的梦想/打破缚束枷锁……"

不必追述春秋,言及秦汉,或问道唐宋,就看近代史。

那场鸦片战争,惊醒了沉睡千年的国人。睁眼看世界,一切都变了:山河破碎,各种矛盾,变得越来越现实而尖锐。不管你喜欢也好、不喜欢也好,接受也好、不接受也罢,一个半封建半殖民地的中国,正一步一步向命运多舛走近。

先知先觉的知识分子们开始探索救国救民的真理, 他们开始寻找,寻找一盏灯,一盏能够把这个多灾多难的民族,引出困境引向光明的灯。戊戌变法和辛亥革命的失败，证明了资本主义道路在中国的不可行。只有当十月革命的一声炮响送来了马克思主义，那盏灯才终于找到；只有当上海法租界贝勒路树德里3号耀眼的灯光被点亮、浙江嘉兴南湖的船影承载起一个多难民族的命运，那盏灯才有了真正的掌灯人。

在此后的岁月里，那灯光先后在上海英租界南成都路辅德里625号和广州东山恤孤院路后街31号的房间，在上海虹口区四川北路的绿地公园，在武汉武昌区都府堤20号和延安的窑洞被点亮。那盏灯每次被点亮，都照亮一方，照亮一程，照亮一片人心。

历史将目光聚焦到了1947年，聚焦到了西柏坡。

"二战"的胜利，使压在中国人民头上的"三座大山"被推翻了一座——这座沉沉压了我们整整一百年的帝国主义大山，永远被埋葬在了中国历史的坟墓里。灯光所指，推翻另外的两座大山——封建主义和官僚资本主义——的任务，显得越来越迫切。

为了争取和平，避免内战，国共两党签订了停战协定。但国民党仗着拥有430万大军、占领着全国3亿以上人口的地区的绝对优势，一方面签停战协议，施展缓兵之计，一方面却暗度陈仓，精心盘算着一己之私，密令其军队迅速"抢占战略要点"。在完成这一切内战准备之后，国民党立即揭下了和善的面纱，撕毁了停战协议，并于1946年6月26日，以30万重军大举围攻中原解放区，并进而向解放区发动了全面进攻。

点亮的明灯，面临被扑灭的危险。

随着中原突围、苏中七战七捷、莱芜战役等一系列胜利，战争第一年，我军即歼敌112万人，粉碎了国民党军队的一次又一次围剿。1947年7月，我军由战略防御转入战略进攻。

同时转移的，还有延安窑洞的灯光。

也许是一种宿命，这一转，就遇上了汩汩水。

山还是原来的山，坡还是原来的坡，却怎么一下变得如此喜气。500多种四季不败的自然植物，充当了色彩斑斓的衣；郁郁葱葱，夏绿秋红，百鸟争鸣，不是要演绎神话传说或民间故事，而是要迎接一场历史的盛事。千年的守望，只待此刻。于是，汩汩水旁的西柏坡，成了解放战争时期中央工委、中共中央和中国人民解放军的领导和指挥中心。

一个民族精神的灯塔，在这里高高耸立。

有了精神的灯，还需要现实中的光明。何况辽沈、淮海、平津三大战役在即，前方的千军万马，时时都需要从这里发出的坚强指令；简陋的兵工厂需要开足马力加班加点，补充前线不断短缺的枪弹；黎明前的黑夜等待唤醒，需要红色电波，把这场战争的真相和本质告诉更多的人；中央机关的有效运行，也不能在黑夜中停顿。一个非常紧迫而现实的问题摆在面前：

电。

可这里洋(煤)油灯还没有哩。

也许是得道多助，天遂人愿，也许是千年的守望就为了这一天，人们几乎是不约而同地把目光聚焦在了同一个点：

汩汩水。

是的，汩汩水常年涌流，四季不竭。它不仅拥有洁净甘洌的水质、美丽的飞虹、传诵千年的故事，还有高达93米的落差、45立方米/秒的流量形成的绝壁飞流，蕴藏着巨大的能量。冰与火并非两重天，它们风雨同舟相携千年，等待的就是激情相拥的那一刻。好在等待没有白费，

237

这一刻终于到来。

此刻，众多聚焦于沕沕水的目光，转化为力，转化为开天辟地的创举。在沕沕水上建设水力发电站的宏伟计划，与如火如荼的解放事业计划一样，摆在了中央面前。没有技术，没有人才，没有设备，两大计划同样的重要，同样的困难。但是，只要有人，只要心中有灯，什么人间奇迹都可以被创造出来。发电站从设计、施工到建设运行，都由当时的晋察冀边区工业交通学院的师生完成；正定的百姓自己吃榆树皮，却把积攒下来的米面送给解放军。就这样，经中央工委批准，沕沕水电站于1947年6月开工了，在短短7个月时间里就建成投运。

不能不说，就是在现在，这也是个奇迹。

时至今日，不少人仍记得那个场景。1948年1月25日，虽春寒料峭，但人们的心里却是热乎乎的。沕沕水电站竣工典礼正式举行。朱德总司令代表党中央专程赶到参加典礼，并亲手启动水轮机发电；晋察冀边区政府遵照中央工委的指示，向电站颁发了"边区创举"纪念匾，向电站的每一位建设者赠发了一枚银质五星纪念章。任弼时、董必武、聂荣臻等中央领导同志也曾先后到电站参观、慰问。1950年9月11日，毛主席还专门给以该电站为代表的石家庄电业职工写信，鼓励大家"团结一致，努力工作，为完成国家任务和改善自己生活而奋斗"。

因此，沕沕水和西柏坡，不仅标志着"新中国的第一盏明灯从这里点亮"，也标志着新中国水电事业的奠基。

沕沕水的明灯，与一代人心中的明灯交相辉映，铸成了中国人民解放事业和建设事业一道耀眼夺目的风景。在这里，党中央召开了中国共产党全国土地会议，规划了土地改革的宏观蓝图和方向；召开了中国共产党七届二中全会，描绘了新中国建设发展的宏伟蓝图。电波声中,中国人民解放军横扫千军,经辽沈、淮海、平津三大战役,消灭了国民党的有生力量;横渡长江,解放南京,宣告了国民党统治的覆灭。至今,周恩来总理的话还回响在泜泜水旁:"西柏坡可能是世界上最小的指挥所,却指挥了世界上最大的战役。这个指挥所不发枪、不发粮、不发人,就是天天发电报,就把敌人给打败了。"

那天,阳光灿烂,夏日景和。我们一行人来到泜泜水边。

仍是山势峻峭,绿荫葱郁,悬瀑高挂,飞珠溅玉。泜泜水长,没有停息;电站依在,甚至朱德总司令六次来电站协调电力生产供应的情景,在解说员声情并茂的解说下,也得到生动感人的还原;他亲笔题写的"红色发电厂"几个大字,仍熠熠生辉。只是原发电设备已经停运。1975年,平山县政府投资对泜泜水电站进行了扩建,同时将其并入国网原石家庄公司运行,原发电设备作为历史文物,成为西柏坡的辅助胜迹,发挥着爱国教育和国防教育作用。灯依然亮着,它植根在了全国人民心里。

1949年3月23日,中共中央和解放军总部离开西柏坡,告别泜泜水,赴京建国。泜泜水点亮的明灯,迎来了中华大地的曙光。灯光照耀之下,我仿佛又听见,毛主席站在天安门城楼发出的气吞山河般的声音:中国人民从此站起来了!

泜水悠长,明灯永亮。